AF544557

Das Unkrautland

Die Gipfel der Schwefelzinnen

Das Unkrautland im Internet: **www.unkrautland.com**

Stefan Seitz

Das Unkrautland

Die Gipfel der Schwefelzinnen

CLEON VERLAG

3. Auflage 11/2019

Lektorat: Dr. Ulrike Schimming
Druck und Bindung: GGP Media GmbH, Pößneck
ISBN 978-3-9813-1715-2
Printed in Germany

Inhaltsverzeichnis

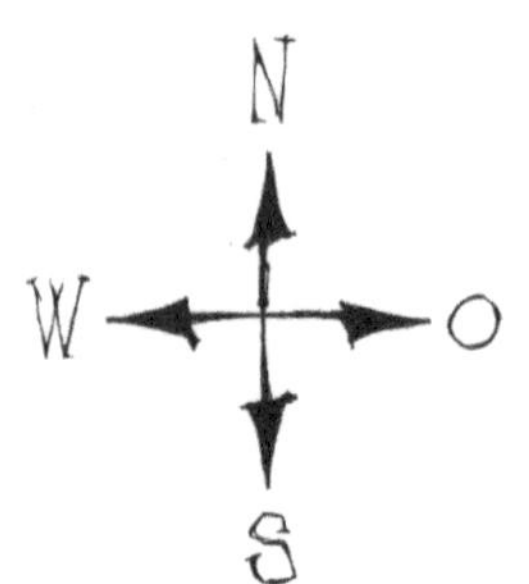

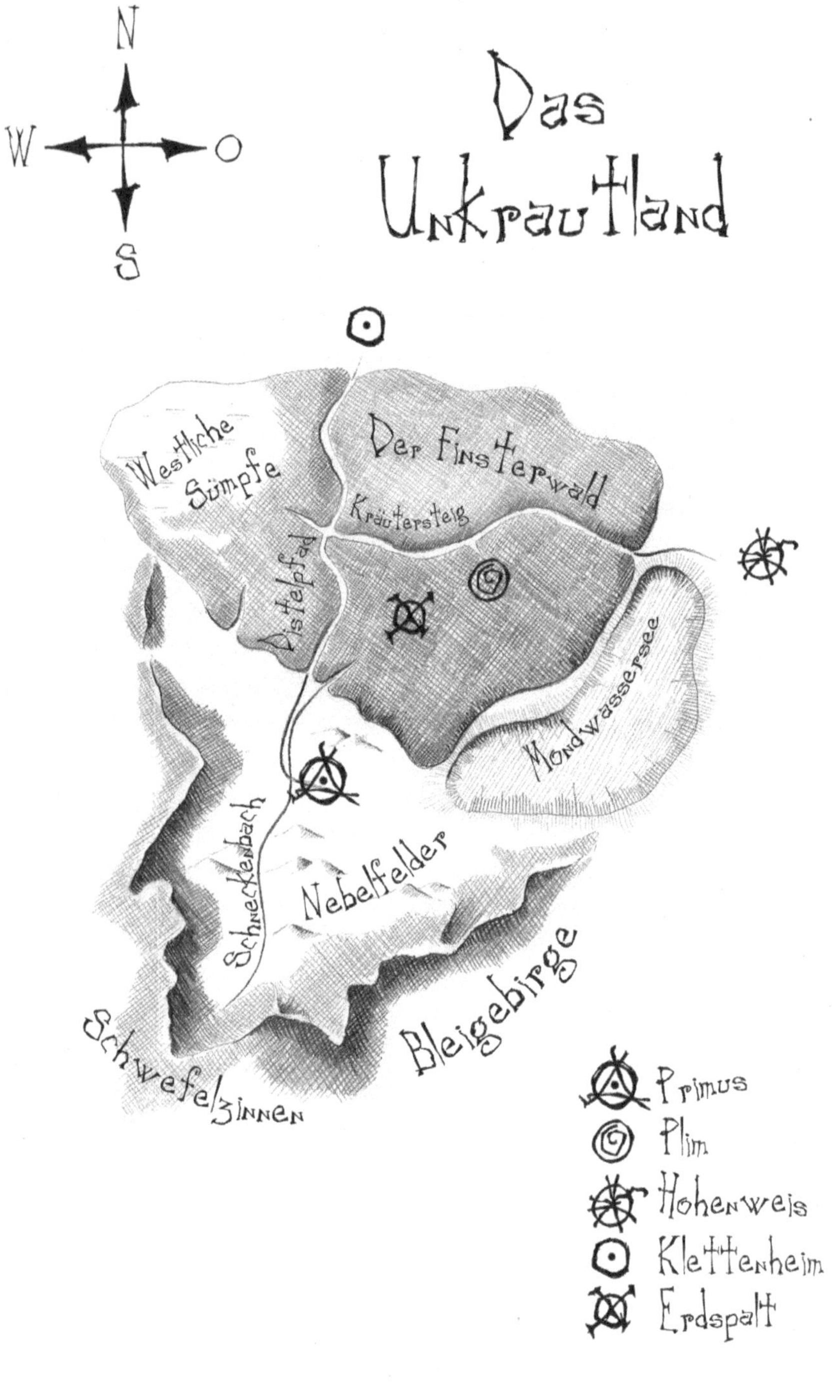

Das Unkrautland

Westliche Sümpfe

Der Finsterwald

Kräutersteig

Distelpfad

Mondwassersee

Schneckenbach

Nebelfelder

Bleigebirge

Schwefelzinnen

Primus

Plim

Hohenweis

Klettenheim

Erdspalt

Die Flamme im Wald

Langsam und sachte rieselte der Schnee. Zu Beginn fiel er noch zaghaft, fast wie glitzernder Puder. Doch mit jedem Augenblick, der von nun an verstrich, wurde das Gestöber dichter und dichter. Bald schon tanzten Flocken vom Himmel, so bauschig und groß, wie man sie abseits der Berge nur selten erblickte. Im blassen Mondschein bedeckten sie die Wiesen und die Felder, legten sich auf die Zweige und verhüllten im Nu das schlummernde Land. Wahrlich, jetzt gab es überhaupt keinen Zweifel mehr. In dieser Novembernacht, in den Morgenstunden des Jahres 832*, war der Winter ausgebrochen. Und bis zu den fernen Frühlingstagen in einigen Monaten sollte er das Unkrautland mit aller Kraft in Beschlag nehmen. So erstarrte nun die Natur im funkelnden Zauber, und in der Ebene, weitab des Gebirges, machte sich eine besänftigende Stille breit. Das Rascheln in den Gräsern wurde leiser, die plätschernden Wasser gefroren, und selbst im gespenstischen Finsterwald, wo es doch sonst immerzu raunte und knisterte, schien sich alles und jeder zur Ruhe zu legen. Die Geister des Waldes waren still und verstummt. Einzig das Fallen des Schnees belebte jetzt noch die Nacht.

Ganz anders war es indessen in den höheren Lagen, auf den Spitzen der Gletscher und in den felsigen Schluchten. Dort brüllte der Eiswind und es tobten die Stürme. Aus den schwärzesten Wolken stob der Schnee, türmte sich auf und

* nach Zeitrechnung des Unkrautlands

preschte mit Donnergrollen ins Tal. Die Schwefelzinnen versanken in Bergen aus Eis.

Doch diese Regionen waren allzu entlegen und meilenweit von jeder menschlichen Behausung entfernt. Kaum jemand ahnte die Wucht, mit welcher der Winter dort oben sein Unwesen trieb oder hörte die wilden Stürme, die zu dieser Stunde über die Berggipfel fegten. Wie sollte man auch? In den Städten und Dörfern hatten die Bewohner längst alle Fenster und Türen verschlossen. Die Vorhänge waren zugezogen und die Holzöfen geschürt. Außerdem kümmerten sich die Leute nicht sonderlich um die düstere Bergkette, die das Unkrautland im Süden wie eine Klammer umgab. Das Bleigebirge war gänzlich außer Reichweite und viel zu weit weg. Und dennoch, über die Sagen und Legenden, die jener unheilvollen Gegend entsprangen, wurde vor den Kaminfeuern der abergläubischen Landbevölkerung genauso gerne getuschelt wie über die Westlichen Sümpfe, den Turm auf den Nebelfeldern oder das immerwährende Lieblingsthema: die garstigen Spukgestalten des Finsterwalds.

Aber verglichen mit dem Tumult, der in dieser Nacht in den Bleibergen herrschte, wirkte der Finsterwald heute keineswegs Furcht einflößend oder gefährlich, ganz im Gegenteil. Im Glitzern der Schneeflocken machte er vielmehr einen friedlichen, ja fast schon beschaulichen Eindruck. Das galt besonders für die kleine Lichtung, die nur wenige Schritte abseits des Kräutersteigs lag. Gemächlich fielen dort die Flocken auf die Beete, bedeckten die Sträucher und legten sich auf den windschiefen Zaun, der den Gemüsegarten umgab. Ab und an strahlte das Mondlicht hinter den Wolken hervor und ließ den Schnee auf der Wiese funkeln wie einen Bottich voll Zucker. Von Geistern, Bösewichten oder ähnlichem Gesindel war weit und breit nichts zu sehen. Alles glich einem vollendeten Winterzauber, wenngleich auch mit einem winzigen Schönheitsfehler behaftet:

Denn der einzige Makel, der in dieser Decke aus frischem Neuschnee zu finden war, bestand in den drei seltsamen Spuren, die vom Salatbeet aus quer durch den Garten verliefen. Jene boten einen durchaus merkwürdigen Anblick, da sie wohl unterschiedlicher nicht hätten sein können. Von den laufenden Grasbüscheln, die selbst im Winter vereinzelt über den Waldboden huschten, stammten diese Spuren jedenfalls nicht, soviel stand fest. Stattdessen ähnelten sie eher den Abdrücken eines Balls, eines Stocks und den Krallenspuren eines kleinen, dürren Hühnchens. Dicht hintereinander zogen sich die Tapser über die Wiese, bogen bei einem Kurbelbrunnen ab und führten bis zur Rückseite des Hexenhäuschens, das inmitten der Waldlichtung stand. Einladend sah es aus, mit seinem Strohdach, den bauchigen Mauern und den Butzenglasfenstern, durch die flackernd das Licht von Kaminfeuer schimmerte. Eine Rauchfahne stieg aus dem Schornstein und schlängelte sich himmelwärts durch den fallenden Schnee.

Genauso gemütlich wie das kleine Häuschen von außen erschien, so zeigte es sich auch von innen. Zumindest wenn man die unsagbare Unordnung einmal außer Acht ließ, die darin herrschte. Leere Konservenbüchsen lagen wie wild umhergeworfen in den Ecken, Wäscheleinen spannten sich mitten durch den Raum, und aus einem völlig vollgestopften Kleiderschrank, dessen Tür man gar nicht mehr richtig schließen konnte, quoll ein Berg aus Schürzen, Abendkleidchen und Wollpullovern hervor. Es sah ganz danach aus, als hätte sich jemand in aller Eile umgezogen und schnell etwas zu Essen gemacht. Der Duft von Zimt und Bienenwachskerzen erfüllte das Haus, während über der Feuerstelle ein kleiner Teekessel dampfte.

Miss Plim, die Besitzerin dieser Unordnung, kauerte mit angezogenen Beinen auf dem Schreibtisch neben dem Fenster. Sie war bis zur Nasenspitze in eine Decke gewickelt, hatte den Kopf auf die Knie gelegt und blickte verschlafen ins Leere. Inzwischen war es schon sehr spät und in wenigen Stunden würde die Sonne aufgehen. Ihr langes, silbriges Haar glänzte im Licht der Kerzen und fiel in Bahnen über ihre Schultern. So müde wie heute hatte sich die junge Hexe schon lange nicht mehr gefühlt. Erschöpft vergrub sie das Gesicht in den Armen und gähnte.

Wie lange war sie jetzt schon auf den Beinen? – überlegte sie. Bestimmt schon eine halbe Ewigkeit. Seit jener Nacht, in der sie auf dem Baum in den Westlichen Sümpfen geschlummert hatte, war sie eigentlich keinen Augenblick mehr zur Ruhe gekommen. Und davon einmal abgesehen, besonders erholsam war das Nickerchen zwischen den Ästen auch nicht gewesen. Man denke nur an das neunmalkluge Hühnergerippe, das in aller Frühe auf ihrem Schoß gesessen und sie angestarrt hatte. Puh, noch immer steckte ihr der Schreck in den Knochen.

Vor Plims innerem Auge flitzten nun die Erlebnisse der letzten zwei Tage vorüber. Sie sah das Haus in den Sümpfen, erkannte den gewundenen Pfad und erblickte unter Schaudern die Schwarze Hütte mit all ihrem Spuk. Welche Mühen hatten sie und Primus auf sich nehmen müssen, um an das geheime Buch zu kommen, das so lange im Verborgenen gelegen hatte. Plim konnte es noch gar nicht fassen. Jetzt aber war das Buch endlich in ihrem Besitz, und sie würden es um keinen Preis der Welt wieder hergeben.

Übermüdet rieb sie sich die Augen. Im Nachhinein erschien es ihr beinahe so, als würde das Abenteuer, das sie und Primus erlebt hatten, schon Wochen zurückliegen. Ähnlich einer Erinnerung aus vergangenen Tagen, die langsam verblasste. Doch dieser Eindruck war trügerisch und stimmte bei Weitem nicht. Denn in Wirklichkeit waren Plim, Primus und der kleine Bucklewhee erst vor wenigen Stunden aus der Schwarzen Hütte entkommen und auf Plims Hexenbesen nach Hause geflogen. Jetzt fühlte sie sich restlos erschöpft und wünschte sich nur noch zu schlafen … ganz, ganz lange zu schlafen.

Aber ins Bett gehen wollte die hübsche Hexe wiederum nicht, denn dafür war sie viel zu neugierig. Wer weiß, fürchtete sie, vielleicht würde sie ja am Ende noch irgendetwas verpassen. Sie und Primus wollten doch so schnell wie möglich herausfinden, wie man zu den Schwefelzinnen gelangte … jenen entlegenen Berggipfeln, wo sich angeblich die sagenumwobene Nebelfee befinden sollte. Vor Tausenden von Jahren hatte man diese Erscheinung gefangen genommen und dorthin in eine Festung verschleppt, so vermutete Primus. Und jetzt, da sie endlich das Buch mit der Wegbeschreibung besaßen, waren sie ganz nahe dran, das Rätsel zu lösen. Nein, nein und nochmals nein, dachte Miss Plim. Diesen entscheidenden Moment wollte sie sich nicht entgehen lassen. Sie würde schön brav hier sitzen bleiben und aufpassen. Also zwinkerte sie angestrengt mit den Lidern und lugte zu Primus, der mit hellwachem Blick vor ihr auf einem Holzschemel saß.

Im Gegensatz zu Miss Plim, der die Müdigkeit deutlich ins Gesicht geschrieben stand, fühlte Primus sich prächtig. Er war noch immer putzmunter und wirkte, als wäre er gerade erst aufgestanden. Primus besaß ohnehin einige Eigenschaften, die äußerst bemerkenswert waren und über die selbst im Unkrautland kaum jemand verfügte. So sah man ihm etwa das hohe Alter von über zweihundert Jahren nicht einmal im Entferntesten an. Vielmehr ähnelte er einem jungen Bürschchen, das noch immer die Schulbank drückte.

Wenn man bei Primus nach solchen Hinweisen suchte, dann waren es bestenfalls die tief liegenden Augen und seine blasse Haut, die auf ein höheres Alter hätten schließen lassen. Doch im Schein des Feuers wurden sogar diese Anzeichen gemildert.

Aber da gab es noch eine Reihe anderer Besonderheiten, die Primus von den übrigen Menschen unterschieden. So musste er beispielsweise weder essen noch trinken, und krank wurde er auch nie. Zweifellos überaus praktisch, gar keine Frage. Jedoch war seine letzte Eigenschaft, die es hier zu erwähnen gilt, wohl die außergewöhnlichste: Primus konnte sich verwandeln! An jedem Ort und wann immer er wollte, vermochte er die Gestalt einer Fledermaus anzunehmen. Das ging ganz schnell und bereitete ihm keinerlei Mühen. *Wieso* er das konnte und vor allem seit *wann*, das wusste er nicht. Primus beherrschte diese Kunst schon solange er denken konnte. Und da sich mit solch einer Fertigkeit natürlich allerlei anstellen ließ, trieb er auch hin und wieder seine Scherze damit.

Jetzt aber hockte er in seiner menschlichen Gestalt auf dem Schemel und studierte das Buch, das sein alter Meister Magnus Ulme vor über zweihundert Jahren geschrieben hatte. Es war ein richtiger Schatz. Wer hätte gedacht, dass sich dieses Werk die ganze Zeit über in der Schwarzen Hütte befunden hatte, versteckt vor der Welt und fern jeden Zugriffs. Staunend betrachtete Primus die Seiten, die selbst nach all den Jahren noch immer sauber und in strahlendem Weiß erschienen. Das Büttenpapier wirkte so neu, als hätte man das Buch erst vor Kurzem gebunden. Was für ein Glück, dachte er, dass es immerzu im Dunklen geschlummert hat, gut verschlossen und geschützt vor den vergilbenden Strahlen der Sonne. Einzig die altmodische Handschrift von Magnus Ulme wies darauf hin, *wann* diese Seiten tatsächlich beschrieben worden waren. Und ach, wie waren die Seiten schön. Bunte Skizzen gab es darauf zu sehen, Zahlen, Symbole und jede Menge Zeichnungen. Mit feinstem Pinsel hatte Ulme die Buchseiten einst bemalt und mit kunstvollen Lettern verziert. Fasziniert strich Primus über das Papier. Dann blätterte er weiter.

Unterdessen kämpfte Plim mit aller Kraft gegen die Müdigkeit. Sie legte den Kopf zur Seite und lauschte dem Knistern des Feuers. Knack, knicks, knacks machte es. Ein beruhigendes Geräusch. Hin und wieder sprang ein Fünkchen hervor, sauste durch die Luft und landete auf dem Boden, wo es langsam verglühte. Sonst passierte nichts. Schließlich kam der Moment, in dem Plim die Augen zufielen. Sie atmete aus und kuschelte sich ein. Doch noch bevor sie richtig einschlafen konnte, vernahm sie ein Stöhnen, das neben ihr aus dem Holzregal kam.

»Ahhh«, tönte es, »ist mir schlecht.«

Plim rührte sich nicht.

»Mir auch«, brabbelte eine andere Stimme. »Bestimmt viel schlechter als dir.«

Das Stöhnen hielt an.

Grimmig linste Plim zwischen den Lidern hindurch. Sie blickte zur Seite und nahm ein großes Einmachglas ins Visier, das im Regal mit den Zauberzutaten stand. Zwei dicke Kröten lümmelten darin und zogen Mitleid erregend lange Gesichter. Taddel und Mills waren die alteingesessenen Ladenhüter von Plims kleiner Hexenküche, mit denen man tragischer Weise überhaupt nichts anfangen konnte – geschweige denn, einen vernünftigen Zaubertrank würzen. Plim wusste genau, mit den beiden Hanswursten darin würde so ein Trank garantiert in die Hosen gehen. Die zwei Kröten taugten eigentlich zu gar nichts, nicht einmal zum Fliegen fangen. Dafür aber konnten sie umso besser feiern und stundenlang dumme Sprüche von sich geben. Plim hätte diese nutzlose Bande bestimmt schon vor Jahren vor die Tür gesetzt, würde im Gildehandbuch für Hexen nicht ausdrücklich stehen, dass man als echte Hexe unbedingt zwei alte Kröten besitzen musste. Jetzt lugte sie zähneknirschend aus ihrer Decke hervor und zog die Nase hoch.

»Was ist denn nun schon wieder los?«, brummte sie.

»Sodbrennen«, jammerte Taddel.

»… und Blähungen«, fügte Mills hinzu.

Plim strich sich über das Gesicht. »Na, wunderbar. Das hat mir gerade noch gefehlt.«

»Oooooh«, stöhnte Mills, »ist mir übel.«

»Jaaaaa«, bestätigte Taddel, »üüüüübel.«

Ratlos schüttelte Plim den Kopf. »Was soll ich nur machen, damit ich vor denen endlich meine Ruhe habe?«

Primus schmunzelte.

»Du könntest uns vielleicht einen Tee kochen«, kam es aus dem Glas.

»NATÜRLICH!!!«, fuhr Plim die zwei Kröten an. »WAS HÄTTET IHR DENN GERNE FÜR EINEN, HÄ???«

Doch Plims Keifen beeindruckte die beiden nur wenig.

»Och, wenn du so fragst«, gähnte Mills, »dann nehme ich gerne etwas Fruchtiges.« Er kratzte sich mit seinen dicken Froschfingern am Kopf. »Ich muss noch kurz überlegen, was für einen.«

Taddel schob die Lippen vor und nickte. »Ich weiß schon«, sagte er. »Ich nehme einen mit Zitrone … bisschen Zucker dazu.«

Mit einem Satz sprang Plim vom Tisch. »Wisst ihr, was ihr kriegt, ihr zwei Landstreicher?! Frische Luft und sonst gar nichts.«

Sie machte das Fenster auf und stellte das Einmachglas mit einem Knall nach draußen. Das sollte helfen.

Gerade wollte Plim das Fenster wieder schließen, da sah sie plötzlich, dass hinter dem Haus regelrecht Hochbetrieb herrschte. Mitten in ihrem Kräuterbeet, auf einem umgedrehten Blumentopf, stand Sir Bucklewhee und hielt in würdevoller Pose einen Vortrag. Zweifellos ging es um das Abenteuer in den Westlichen Sümpfen, welches das kleine Hühnergerippe bis ins letzte Detail ausschmückte. Der dicke Kürbis Snigg und Chuck die Vogelscheuche waren auch zugegen. Sie alle hatten sich hinter dem Haus verkrochen, da es dort am schneegeschütztesten war.

Bucklewhee war so mit seiner Rede beschäftigt, dass er Plim und die beiden Kröten gar nicht bemerkte. Auch dass Snigg und Chuck längst eingeschlafen waren, störte ihn nicht im Geringsten. Ohne Pause fuhr er fort und tänzelte dabei elegant auf dem Blumentopf umher.

Plim fiel ihm ins Wort: »Ah, das trifft sich ja bestens, der Herr Professor erzählt Geschichten. Hier, ich habe ein paar Gasthörer für dich.« Sie zeigte auf die zwei dicken Kröten, die völlig belämmert in ihrem Einmachglas hockten. »Vielleicht fängst du ja noch einmal von vorne an, weil die beiden den Anfang nicht mitbekommen haben.« Und sie fügte hinzu: »Aber lass dir ruhig Zeit dabei.«

Das war wohl das Schönste, was man Bucklewhee hätte sagen können.

»Oh, wie *geniös*«, jubelte er, »vortrefflich. Interessenten sind mir stets willkommen. Nur schnell herbei und Plätze beziehen. Es ist unsagbar spannend, möchte ich meinen.« Er hob den Flügelknochen und wölbte seine Rippen. »Also dann«, stimmte er an, »noch mal von vorne.«

Bei diesen Worten zog Plim schnell den Kopf ein. Sie grinste Taddel und Mills schadenfroh an und schloss flugs das Fenster. Damit wäre das Problem ‚Kröten' wohl für die nächsten Stunden gelöst.

Sichtlich erleichtert setzte sie sich wieder auf den Tisch und wickelte sich in ihre Decke. Inzwischen musste es gewiss schon vier Uhr morgens sein. Sie schaute zu Primus, der noch immer mit gesenktem Kopf über dem Büchlein saß und überlegte. Wollte er es etwa auswendig lernen? Wann würde er denn endlich damit fertig sein?

Und tatsächlich dauerte es nicht mehr lange, bis Primus zum Ende kam. Er griff nach dem letzten Blatt und schlug es um. Da ging plötzlich ein Zucken durch seinen Körper. Überrascht richtete er sich auf. Was war denn das? Mit gerunzelter Stirn betrachtete er die fremdartigen Symbole, die sich auf der hintersten Buchseite befanden. Sollten diese Schnörkel etwa eine Formel darstellen? Etwas Ähnliches war ihm bisher noch nie unter die Augen gekommen. Er drehte das Buch herum und versuchte, die Schrift von der anderen Seite zu entziffern, aber vergeblich. Wenig später klappte er es zu.

Sofort hob Plim den Kopf. »Und, sind wir jetzt schlauer?« Sie rieb sich die Augen. »Nun sag schon. Wissen wir jetzt, wie wir zu den Schwefelzinnen gelangen und wo wir die Nebelfee finden?«

»Tja«, brummte Primus, »genau genommen schon, aber irgendwie …«

»Du hör mal«, drängte sie, »was soll denn das heißen? Vielleicht bist du so gütig und drückst dich ein wenig deutlicher aus. Es ist frühester Morgen, und mir fallen gleich die Augen zu.«

Primus erhob sich. Er zog den Frack zurecht und schlug erneut das Büchlein auf.

»Also«, setzte er an, »wenn ich Magnus Ulme hier richtig verstehe, dann gibt es in der Tat einen Weg, der zu den Gipfeln führt. Es ist ein schmaler Pfad, der etwa dort beginnt, wo auch der Schneckenbach entspringt.«

»Na, wunderbar«, freute sich Plim, »den finden wir ganz bestimmt.« Ungeduldig zappelte sie hin und her. »Und wie geht es dann weiter? Jetzt sag doch. Müssen wir viel laufen, bis wir am Ziel sind?«

»Worauf du dich verlassen kannst«, bekräftigte er. »Wir müssen zuerst zwischen den Felsspalten hindurch und dann Stück für Stück entlang der Schluchten nach oben steigen. Von dort aus geht es dann weiter. Hier«, sagte er, »sieh dir das einmal an.«

Er hielt Plim das Büchlein entgegen. Eine gespenstische Zeichnung von einer mächtigen Steilwand war auf einer der Seiten zu sehen.

»Das ist die *Spindelwand*«, erklärte Primus. »Diesen Abhang müssen wir im Anschluss auch noch hinauf.«

Plim blies die Backen auf. »Und wie sollen wir das anstellen? Ich bin doch keine Spinne.«

»Nun, halb so schlimm«, antwortete Primus. »Wir müssen nicht klettern. Es gibt eine Treppe. Sie ist direkt in die Felswand geschlagen. Allerdings kommt sie mir nicht sonderlich einladend vor. An ihrer Seite geht es mehr als 300 Klafter* senkrecht nach unten.«

»Ach, du giftige Hexenbrühe.« Plim wippte zurück. »Wer hat die denn gebaut?«

»Keine Ahnung. Die Kobolde waren es aber bestimmt nicht. Diese Treppe muss Tausende von Jahren alt sein. Wahrscheinlich stammt sie noch aus der Zeit, in der auch die Mondsichel gebaut wurde. Aber wie dem auch sei, auf jeden Fall ist sie unser wichtigster Zugang. Über diese Treppe gelangen wir ins Hochmassiv.«

»Puh, da wird mir jetzt schon schwindlig.«

»Geht mir nicht anders«, stimmte er zu. »In so einer Höhe wird uns außerdem gehörig der Wind um die Ohren pfeifen. Wir werden ein Seil brauchen, um uns anzubinden.«

* alte Maßeinheit, 1 Klafter = ca. 1,80 Meter

»Verstanden«, meinte Plim, »Seil einpacken und wetterfest anziehen. Und was kommt dann?«

»Nach der Treppe folgt eine Brücke. Eine Hängebrücke, um genau zu sein. Sie befindet sich irgendwo am oberen Ende der Spindelwand. Wenn man die überquert hat, dann erreicht man den Südkamm der Bleiberge. Dort existiert angeblich eine weitere Treppe, die schließlich bis zu den Gipfeln führt.« Primus nickte ihr zu. »Das ist unsere Route. Die werden wir nehmen.«

»Und das ist alles?« Plim war überrascht. »Das habe ich mir aber um einiges schwieriger vorgestellt. Ein paar Treppen ... eine Brücke ... und schwupp, schon ist man oben? Klingt doch mehr als einfach, findest du nicht?«

»Doch«, bestätigte Primus, »ganz meine Meinung.« Er machte eine Pause und starrte Plim nachdenklich an. »Und genau das gefällt mir irgendwie nicht.«

»Wie bitte? Das gefällt dir nicht? Warum denn das?«

»Nun, es muss da irgendwo einen Haken geben«, antwortete er. »Ganz so problemlos, wie Ulme es hier beschreibt, *kann* der Aufstieg zu den Schwefelzinnen nicht sein. Ansonsten würde man doch wesentlich mehr über diese Gegend wissen, findest du nicht? Nach den Chroniken, die wir seinerzeit in Hohenweis gefunden haben, ist kaum jemand auf den Gipfeln gewesen. Es gibt nichts, außer ein paar zweifelhaften Geschichten. Und selbst Rabenstein, der vom Geheimnis um die Nebelfee offenbar besessen war, hat sich nie auf den Weg dorthin gemacht. Dieser Punkt sollte uns eigentlich am meisten zu denken geben.«

»Und was ist mit Magnus Ulme? Der hat es doch sehr wohl gewagt, oder etwa nicht?«

»Ja, das ist schon richtig«, bestätigte Primus, »aber wie wir wissen, hat Ulme die Reise auch in einem Ballon angetreten und nicht etwa zu Fuß. Das ist etwas anderes.«

»Wie meinst du das?«

»Ich meine damit, dass Magnus Ulme den besagten Weg vielleicht absichtlich umgehen wollte. Durch seine Ballonfahrt musste er ihn doch gar nicht betreten. Erst nachdem sein Ballon abgestürzt war und ihm nichts anderes mehr übrig blieb, hat Ulme die Pfade beschritten.« Er tippte auf das Büchlein. »Und genau das war der Wendepunkt in seinem Abenteuer. Von diesem Moment an hat das Unheil seinen Lauf genommen. Ulme scheiterte auf eben jener Strecke, die er zuvor jahrelang erforscht und in diesem Buch hier niedergeschrieben hat. Schon seltsam, oder?« Primus warf Plim einen skeptischen Blick zu. »Nein, nein«, fügte er hinzu, »ich glaube, der Aufstieg zu den Schwefelzinnen ist nicht so einfach, wie wir denken, im Gegenteil. Irgendetwas ist da faul an der Sache.«

Plim rümpfte die Nase.

»Und was ist mit der Festung?«, wollte sie wissen. »Was steht über die geheimnisvolle Festung geschrieben, von der wir erfahren haben?«

»Ach, ja«, sagte Primus, »die Festung. Die kommt im hinteren Teil des Buches vor. Angeblich befindet sie sich auf dem fünften Gipfel des zerklüfteten Südkamms. Das ist ebenjener Berg, den man über die besagte Hängebrücke erreicht. Eine genaue Beschreibung, *wie* diese Festung aussieht, ist leider nicht vorhanden, da die meisten Teile von ihr offenbar unterirdisch liegen. Ulme hat sich stattdessen mehr mit dem Zugang beschäftigt, der zu ihr führt.«

»Ein Zugang?«

»Ja«, sagte er, »ein steiler Schacht, der sich knapp unterhalb des Gipfels befindet. Durch den gelangt man angeblich in einen großen, schimmernden Raum. Wahrscheinlich ist damit die Halle des Eiskönigs gemeint, von der in Ulmes Unterlagen schon einmal die Rede war.«

»Stimmt«, rief Plim, »daran kann ich mich auch noch erinnern.« Sie strahlte. »Und in dieser Halle ist dann die Nebelfee verborgen, nicht wahr? Der Behälter, in den man sie eingesperrt hat, liegt irgendwo dort herum, oder?«

»Weiß nicht«, grummelte er. »Ulme geht da leider überhaupt nicht drauf ein. Ich glaube, er hat selbst nie herausgefunden, wo sich die Nebelfee letztendlich befindet. Vielleicht ist sie in der Halle, vielleicht aber auch nicht. Möglicherweise gibt es noch andere Räume, wer weiß?«

Nach einer Weile zuckte Primus mit den Schultern. »Aber das soll uns vorläufig egal sein«, sagte er. »Wenn wir erst einmal dort oben sind, dann kommen wir der Sache gewiss auf die Spur.«

Plim lächelte zustimmend.

Dann fasste Primus noch einmal zusammen: »Auf jeden Fall haben wir jetzt eine ausgezeichnete Wegbeschreibung. Wir wissen, wo es langgeht, und wir wissen in etwa, wo wir nach der Nebelfee suchen müssen. Nun ist mir auch völlig klar, warum unser lieber Freund Rabenstein …«

»*Dein* Freund«, trällerte Plim, »nicht meiner. Du hast mit ihm die Schulbank gedrückt.«

»… *der* liebe Rabenstein«, verbesserte Primus, »so eifrig hinter diesem Buch her war. Ohne Ulmes jahrelange Forschungen hätte er niemals einen Anhaltspunkt gehabt, wo die Nebelfee abgeblieben ist.«

»Und jetzt nützt ihm sogar das nichts mehr«, freute sie sich. »Rabenstein liegt tief unter Geröll und Wurzeln begraben und kann uns nicht mehr in die Quere kommen.«

»Ja«, flüsterte Primus, »wollen wir es hoffen.« Nachdenklich schaute er nach draußen in den fallenden Schnee.

»Und was nun?«, fragte Plim.

»So wie es aussieht, müssen wir bis zum Frühling warten«, seufzte er. »Der Winter zieht auf, und es wäre unklug, sich jetzt noch zu den Gipfeln zu begeben. Lassen wir uns lieber etwas Zeit. Die Nebelfee hat 12 000 Jahre dort oben verbracht, dann kommt es auf ein paar Monate mehr oder weniger auch nicht mehr an, oder?«

»Einverstanden«, gähnte Plim, »bis zum Frühling habe ich bestimmt auch ausgeschlafen. Ich bin völlig erledigt und will nur noch ins Bett.«

Das konnte Primus verstehen.

»Ich werde mich auch auf den Heimweg machen«, sagte er. »Das Büchlein würde ich allerdings gerne mitnehmen, wenn du nichts dagegen hast. Vielleicht finde ich ja über die Wintermonate noch etwas heraus.«

»Aber gerne«, sagte sie, »ich brauche es nicht.«

So nahm Primus das Buch von Magnus Ulme und steckte es ein. Anschließend blickten er und Miss Plim aus dem Fenster. Bucklewhee stand noch immer auf dem Blumentopf und hielt seinen Vortrag. Die Puste war ihm längst noch nicht ausgegangen.

»Lass diesen Knaben ruhig eine Weile hier«, flüsterte Plim. »Solange er wie ein Wasserfall auf Taddel und Mills einredet, habe ich wenigstens meine Ruhe.«

Primus und Plim lachten. Dann schritten sie zur Tür und Primus nahm Abschied. Er wechselte seine Gestalt, schwang sich in die Luft, bevor er mit schnellen Flügelschlägen heimwärts über die hohen Tannen flatterte. Müde winkte Plim ihm hinterher.

In der Zwischenzeit hatten sich die Wolken weiter verdichtet und das Mondlicht fast restlos verschluckt. In Massen fiel jetzt der Schnee. Primus flog knapp über den kahlen Baumkronen durch die Nacht. Immer schlechter wurde die Sicht und immer stärker stoben die Flocken. Sein schwarzer Zylinder, den Primus als Mensch und auch als Fledermaus trug, war mittlerweile schon so mit Schnee bedeckt, dass er ihm ständig über die Augen rutschte. Daher wählte Primus die kürzeste Strecke und steuerte schnurstracks über den Finsterwald auf die Nebelfelder zu. Er konnte es kaum mehr erwarten, endlich bei seinem alten Turm anzukommen, und freute sich auf sein Bett.

Etwa auf halber Strecke näherte sich Primus der kleinen Lichtung, in deren Umgebung auch der verhängnisvolle Erdspalt klaffte. Einst war Primus dort hinabgestiegen, zu jener Zeit, als er noch Lehrling bei Meister Ulme gewesen war. Doch das ist eine andere Geschichte und soll woanders erzählt werden. Jetzt überflog er die blattlosen Bäume und kämpfte mit aller Kraft gegen den Schnee. Da passierte auf einmal etwas Merkwürdiges.

Die Schneefälle hatten plötzlich aufgehört … schlagartig und wie von einem Moment zum anderen. Verdutzt schaute Primus sich nach allen Seiten um. Was hatte denn *das* zu bedeuten?! So etwas war ihm ja noch nie untergekommen. Von dem lästigen Gestöber, das ihn bis vor wenigen Sekunden noch wie ein Mantel umgeben hatte, war auf einmal nicht mehr das Geringste zu sehen. Erst in einiger Entfernung setzte der Flockenwirbel wieder ein und bildete einen undurchdringlichen Vorhang aus Schnee.

Sehr seltsam. Die Szene erweckte beinahe den Anschein, als hätte jemand eine unsichtbare Haube über diesen Teil des Waldes gestülpt. Eine Haube, in deren Inneren kein einziges Flöckchen mehr tanzte. Verwundert und ohne eine Erklärung dafür zu haben, flatterte Primus weiter.

Die Lichtung rückte näher.

Primus hatte ihren Rand beinahe erreicht und wollte gerade über sie hinweg fliegen, als er auf einmal ein kleines Feuer bemerkte. Züngelnd und flackernd schimmerte es hinter den Bäumen hervor.

Sofort verlangsamte Primus seinen Flug.

Ein Feuer?! Hier und zu dieser Stunde? Merkwürdig. Primus hatte noch nie davon gehört, dass die Kobolde nachts im Finsterwald Feuer entzündeten. Und den verschreckten Dorfbewohnern der näheren Umgebung traute er so viel Kühnheit gleich dreimal nicht zu. Wer also war es dann? Primus wusste keine Antwort darauf.

Doch während er noch überlegte und weiter Ausschau hielt, fiel ihm *noch* etwas auf: Von irgendwoher drang Musik an seine Ohren … leise und zaghaft, wie von einer Geige. Dieser Sache musste er auf den Grund gehen, aber sofort. Schnell breitete er seine Flügel aus und segelte in die Lichtung hinunter.

Wie ein Schatten glitt Primus an den Bäumen vorbei, bis er hinter einer alten Eiche zur Landung ansetzte. Nicht eine Flocke fiel mehr vom Himmel, und nirgendwo ertönte ein Geräusch des Waldes. Einzig das Geigenspiel zog weiter durch die Nacht. Mit aller Vorsicht schmiegte Primus sich an den Baum. Er schob den Kopf vor und spähte in die Lichtung. Der Anblick, der sich ihm daraufhin bot, war mehr als befremdlich.

Nur wenige Schritte von ihm entfernt loderte eine Flamme und leuchtete hell durch das Dunkel der Nacht. Primus bemerkte sofort, dass es sich hierbei um kein normales Feuer handeln konnte, da die Flamme in der Luft schwebte, wie von unsichtbarer Macht getragen. Auch schien das Feuer keinerlei Hitze zu versprühen. Der Schnee darunter war vollkommen unberührt.

Aber es kam noch besser!

Primus zwinkerte. Täuschte er sich, oder konnte er inmitten der Flamme etwas erkennen? Ja, dachte er, da war tatsächlich etwas. Ein schummriges Bild, genau wie man es von einer magischen Kristallkugel kennt.

Primus platzte beinahe vor Neugierde. Am liebsten wäre er gleich hinter dem Baum hervorgekommen und hätte sich alles aus nächster Nähe angesehen, doch dazu kam es nicht. Blitzschnell zog er den Kopf ein und kauerte sich zusammen. Denn wie sich herausstellte, war er nicht *alleine* vor Ort. Außer ihm war noch jemand anderes auf der Lichtung zugegen. Primus hielt den Atem an.

Im Schein des Feuers zeichnete sich ein schmächtiges Männchen ab, das ruhig und gelassen auf einer Baumwurzel saß. Sein Gesicht war nicht zu erkennen, da es Primus fast gänzlich den Rücken zudrehte. Einzig der struppige Bart, der unter der Kapuze hervorragte, ließ Primus darauf schließen, dass er es mit einem Mann zu tun hatte. Dieser war in einen Umhang gehüllt, trug enge Beinkleider und fein glänzendes Schuhwerk. In der Hand hielt er eine Fiedel, die er wohl und geübt zu spielen vermochte. Mit spitzen Fingern schwang er den Bogen und strich über die Saiten.

Primus verharrte in seinem Versteck. Er hörte der Musik eine geraume Zeit zu, wobei er aufmerksam das Feuer betrachtete. Auf wundersame Weise, so schien es ihm, mussten beide miteinander in Verbindung stehen – das Feuer und die Musik. Denn je eindringlicher das Männchen die Fiedel spielte, desto größer wurden die Flammen. Bei leisen Tönen dagegen nahmen sie wieder ab.

Plötzlich gewann das Konzert an Fahrt. Wild strich der Fiedler über die Saiten, dass die Musik von den Bäumen hallte. Das Feuer schwoll an, wurde immer größer, bis Primus schließlich auch das rätselhafte Bild erkennen konnte, das inmitten der Flammen schwebte. Es war das Bild von einem Haus. Einem alten Haus mit bröckligen Mauern.

Primus überlegte. Hatte er dieses Gebäude nicht schon einmal gesehen? Natürlich, das war das Haus in den Sümpfen! Jenes, in dem er und Miss Plim nach Magnus Ulmes geheimem Buch gesucht hatten. Primus war verblüfft. Was hatte das zu bedeuten?

Doch schon kurz darauf veränderte sich das Bild, und etwas völlig anderes tauchte auf. Nun war es ein *Raum*. Ein Gewölbe mit Fässern und steinernem Boden. Da musste Primus nicht lange nachdenken, worum es sich handelte. Das war der Weinkeller in seinem Turm!

Misstrauisch runzelte Primus die Stirn. Die Angelegenheit erschien ihm doch auf das Äußerste verdächtig. Was tut dieser Kerl da? – fragte er sich. Da stimmte doch etwas nicht. Er betrachtete die geheimnisvolle Gestalt, die ihm fiedelnd den Rücken zudrehte und biss sich auf die Lippen. Sollte er das Männchen vielleicht einfach ansprechen? Möglicherweise hatte sich der Kerl ja im Wald verirrt und vertrieb sich die Zeit bis zum Sonnenaufgang mit etwas Musik? Oder vielleicht war es gar ein Gaukler, der sich den denkbar ungünstigsten Platz für Straßenmusik ausgesucht hatte. Erklärungen gab es derer viele.

Aber bei allen Möglichkeiten, die Primus einfielen, zog er es dennoch vor, auf der Hut zu sein. Man konnte ja nie wissen, wer sich hier alles herumtrieb und wem man nachts im Finsterwald über den Weg lief. Also rutschte er langsam zurück und machte sich abflugbereit.

Da ergriff das Männchen plötzlich das Wort:

»Willst du etwa schon wieder gehen?«, sprach es, ohne sich umzudrehen.

Primus fuhr der Schreck in die Knochen. Er hatte wahrlich nicht damit gerechnet, dass der kleine Kerl ihn die ganze Zeit über bemerkt hatte. Besaß er etwa Augen am Rücken? Kurz entschlossen nahm Primus seine menschliche Gestalt an und stellte sich auf die Beine. Im selben Moment versank er bis zu den Knien im Schnee.

»Sprichst du mit mir?«, rief er dem Fiedler zu.

»Ei, sehr wohl«, antwortete der und wandte sich um.

Er sah gerissen aus und hatte ein Gesicht mit hohen Wangen und einer entsetzlich langen Nase. Grüne Augen funkelten unter der Kapuze hervor und starrten Primus durchdringend an.

»Doch sag, mein Freund«, fuhr das Männlein fort, »warum stehst du denn so heimlich im Wald?«

Primus aber war nicht auf den Mund gefallen. »Gemach, gemach«, entgegnete er mit gelassener Stimme, »ich wollte dich lediglich nicht stören. Du schienst mir doch allzu beschäftigt mit deinem Zauberhandwerk.«

»Hihi, ein Zauberhandwerk in der Tat«, kicherte der Fiedler, »das hast du sehr wohl bemerkt. Dennoch störst du mich nicht im Geringsten, ganz im Gegenteil. Komm nur her und gesell dich zu mir. Ich möchte dir etwas zeigen.«

Mit diesen Worten ließ er die Fiedel erklingen und fachte die Flamme an.

Doch Primus gefiel der Bursche ganz und gar nicht. Und die Art, *wie* er sprach, gefiel ihm noch weniger. So blieb er in sicherer Entfernung unter den Bäumen und beäugte das magische Schauspiel.

Die Flammen loderten und ein neues Bild erschien. Dieses Mal war es kein Raum, sondern ein Gegenstand. Ein wuchtiger Sessel wurde sichtbar, mit abgewetzten Polstern und wurmstichigem Holz.

Primus' Miene hellte sich auf. »Oh«, sagte er, »das sieht ja beinahe aus wie mein alter Lehnstuhl.« Er beugte sich vor und kam einen Schritt näher. »Ganz ohne Flicken und Schrammen wie mir scheint. Nicht schlecht.«

Der Fiedler grinste. »Besitzt du etwa so einen?«

»Ja doch«, antwortete Primus, »und es gibt gewiss nichts Bequemeres, um vor dem Kamin zu sitzen. Nur mein Sessel ist leider schon etwas in die Jahre gekommen.«

»So, so«, summte das Männlein, »also eine Antiquität, nehme ich an.«

»Könnte man sagen.«

Der Kleine zuckte mit den Augenbrauen. »Dann warte ab«, sagte er. »Ich habe noch mehr für dich.«

Er wirbelte herum. Flink strich er die Fiedel, worauf das Feuer erneut an Größe gewann. Nun verschwand das Bild des Sessels und etwas anderes tauchte auf. Es war ein Tisch. Der Gleiche wohlgemerkt, der auch in der großen Halle des Turms zu finden war.

Ratlos schüttelte Primus den Kopf. »Sag mir, Alterchen, was soll das alles? Bist du etwa ein Trödler oder gar ein fahrender Händler? Du musst wissen, ich brauche auch keinen Tisch.«

»Oh«, sagte der Fiedler und weitete seine Augen, »du brauchst auch keinen Tisch? Sprich, mein Junge, hast du etwa schon so einen? Sieh genau hin.«

»Sehr wohl«, erwiderte Primus. »Und wenn du gestattest, dann werde ich mich wieder auf den Weg machen. Es ist schon spät und auf mich wartet mein Lehnstuhl.« Er lupfte den Hut. »Gehab dich wohl.«

»Nicht so hastig«, zischte das Männchen und kratzte über die Saiten, »bleib doch noch.«

In diesem Moment bemerkte Primus, wie seine Füße schlagartig schwer wurden. Wie gelähmt stand er im Schnee und konnte sich nicht mehr von der Stelle bewegen. Er war in eine Falle getappt.

Der Fiedler setzte indessen zu anderen Mitteln an. Grinsend spielte er auf, dass die Töne durch die Nacht schallten. Primus brummte der Kopf. Trotzdem starrte er wie gebannt ins Feuer und konnte seinen Blick nicht davon lösen. Denn auch dieses Mal wurde ein Gegenstand sichtbar, der Primus‘ Aufmerksamkeit auf sich zog.

Was sollte das sein? – überlegte er. Das war kein Möbelstück, dafür war das Ding viel zu flach. Moment mal, ging es Primus durch den Kopf. Das war ein Buch. Genau, jetzt konnte er es deutlich erkennen. Das war das geheime Buch von Magnus Ulme!!!

Mit einem teuflischen Blick sah der Fiedler ihn an. »Und was ist damit, lieber Primus?« Seine Augen funkelten. »Besitzt du *das* etwa auch, hm?«

Primus hielt die Luft an. Zitternd stand er im Schnee und verwehrte jegliche Antwort.

»Raus mit der Sprache«, heischte das Männchen. »Wo steckt dieses Buch? Denk doch mal nach.«

Denken? Primus wagte an gar nichts mehr zu denken. Bei diesem Stichwort war ihm völlig klar, was hier gespielt wurde. Von diesem Trick hatte Primus schon einmal im Zauberzirkel gelesen. An alles durfte Primus von jetzt an denken, nur nicht an Ulmes geheimes Buch, das er just zu diesem Zeitpunkt in seiner Tasche trug.

Der Fiedler wurde ungeduldig. »Wo ist das Buch?«, drängte er. »Du besitzt es doch, nicht wahr? Versuche nicht, mich zu täuschen, Primus. Ich warne dich. Die geheimen Niederschriften deines Meisters … wo sind sie?«

Primus nahm sich zusammen. Er dachte an alle Bücher, die er je in Händen gehalten hatte. An die Bücher in seiner Dachkammer, die Bücher im Kaminzimmer und sogar an die Bücher in der Bibliothek von Hohenweis. Aber er verdrängte jeden Gedanken, der mit Ulmes verborgenen Aufzeichnungen zu tun hatte.

Stattdessen schüttelte er den Kopf. »Ich kenne dieses Buch überhaupt nicht«, rief er. »Ich habe es noch nie im Leben gesehen.«

Er schaute in das Gesicht des Fiedlers, dessen Blick ihn geradezu durchbohrte. Mit aller Kraft versuchte dieser, Primus‘ Gedanken zu lesen und in seinen Erinnerungen zu stöbern. Aber Primus war stärker. In seinem Kopf war kein Gedanke mehr an das Buch vorhanden.

Der Fiedler fauchte. Er zog den Bogen wie ein Messer über die Saiten und fuhr herum. In diesem Moment war das Bild in den Flammen auch schon verschwunden. Primus atmete auf.

Doch der üble Geselle war längst noch nicht fertig. Erneut ließ er die Fiedel erklingen und heizte das Feuer an. Jetzt erschien auf einmal etwas Rundliches inmitten der Flammen, ein kleines Gefäß. Das Ding sah aus wie ein Zuckertopf, bauchig und aus roter Erde gebrannt.

Primus war überrascht. Hierbei musste er sich gar nicht weiter anstrengen. Dieses Töpfchen hatte er wirklich noch nie gesehen. Er hob den Kopf und musterte den Behälter, in dessen Innerem eine merkwürdige bläuliche Flüssigkeit glänzte. Zäh wippte sie hin und her. Was sollte das sein? Ein Topf mit Gelee oder Öl?

Schon ertönte die Stimme des Fiedlers. »Und was ist damit? Gewiss kommt dir das hier bekannt vor, mein Freund, nicht wahr?«

Primus aber schüttelte den Kopf.

»Lüg mich nicht an«, widersprach ihm das Männchen, »du weißt genau, was das ist. Was hat es damit auf sich? Raus mit der Sprache.«

»Woher soll ich das wissen?«, schimpfte Primus. »Ich kenne weder diesen Topf und schon gar nicht den blauen Kleister darin. Jetzt lass mich endlich in Ruhe.«

Doch der Kerl ließ nicht von ihm ab. Wütend fiedelte er weiter und versuchte, mehr aus Primus herauszubekommen, aber ohne Erfolg. Über den rätselhaften Topf fand er genauso wenig, wie über Ulmes geheimes Buch. Dennoch spielte er weiter, dass die Saiten glühten.

»Ich komme dir schon noch auf die Schliche«, schnaubte er. »Du kannst dich nicht ewig verstellen.«

Doch noch viel weniger konnte er ewig auf seiner Fiedel spielen. Denn plötzlich ging ein Knall durch die Lichtung, dass im Wald die Äste vibrierten. Eine Saite war gerissen. Wie der Blitz sauste der Draht herum, schnellte durch die Luft und traf den Fiedler an der Hand. Sein Schmerzensschrei schallte durch die Nacht.

Im selben Moment verstummte die Musik. Das Feuer erlosch und dichter Schnee fiel vom Himmel. Der Zauber war gebrochen.

Primus reagierte sofort. Er verwandelte sich, so schnell es nur ging, und trat die Flucht an. Aus dem Augenwinkel bemerkte er das Männlein, das sich hektisch bemühte, die Saite zu spannen. Mit feurigen Augen schrie ihm der Fiedler hinterher und ballte die Fäuste. Doch Primus war längst im dichten Treiben der Schneeflocken verschwunden.

Zornesrot blieb der Fiedler zurück.

Als Primus wenig später den alten Turm erreichte, schien es ihm, als wäre er eine Ewigkeit von zu Hause fort gewesen. Erschöpft und mit klopfendem Herzen flog er durch das Loch in der Fensterscheibe in das Kaminzimmer, landete und versuchte, sich zu beruhigen. So flink wie heute hatte er die Strecke über den Wald noch nie zurückgelegt. Er wechselte seine Gestalt, nahm ein Kissen und dichtete damit die zerbrochene Fensterscheibe ab. Dann ließ er sich erleichtert in seinen Sessel fallen.

Diesen garstigen Musikus würde er bestimmt so schnell nicht vergessen. Primus war es vollkommen schleierhaft, woher dieser Bursche seinen Namen gekannt hatte und wieso ihm die Möbel im Turm so vertraut gewesen waren. Könnte es sein, dass dieser geheimnisvolle Kerl vielleicht schon einmal hier gewesen war? Primus grübelte. Es wäre natürlich möglich.

Noch einmal führte er sich die Geschehnisse vor Augen und dachte an das Abenteuer auf der Lichtung zurück. Am meisten beschäftigte ihn dabei das Töpfchen, das der Fiedler ihm zuletzt gezeigt hatte. Was könnte das nur für eine seltsame Substanz gewesen sein, die darin so bläulich geschimmert hatte? Primus zog Ulmes Büchlein aus der Tasche und strich gedankenverloren über den Umschlag. Zum Glück hatte der Fiedler es nicht entdeckt. In diesem Fall hätten er und Miss Plim ihre Reise zu den Schwefelzinnen wahrscheinlich vergessen können.

Nach einer Weile wandte Primus sich um und starrte misstrauisch zum Fenster. Vielleicht wäre es besser, das Buch zu verstecken. Irgendwie beschlich ihn das Gefühl, als wäre es hier nicht sicher vor gierigen Händen.

Kurz entschlossen erhob er sich und flog nach oben zum Dachzimmer. Nachdem er sich zurückverwandelt hatte, trat Primus auf Bucklewhees Standuhr zu. Er öffnete die Klappe über dem Ziffernblatt und bog das Scherengitter mit der Vogelstange zur Seite. Bucklewhee hatte bestimmt nichts dagegen, wenn das Büchlein eine Weile bei ihm untergebracht wäre. So schob Primus das Buch behutsam in den Uhrenkasten, schloss die Klappe und ließ sich, den Kopf voller Gedanken, ins Bett fallen. In der nächsten Sekunde war er eingeschlafen.

Ein Spalt bei der Mauer

Es ging bereits auf Mittag zu, als Plim noch immer im Bett lag und schlief. Die Sonne strahlte zum Fenster des kleinen Dachbodens herein und blinzelte durch die Vorhänge des hellblauen Himmelbetts. Geblendet rümpfte Plim die Nase. Sie rieb sich die Augen, gähnte und betrachtete die zahllosen Staubflocken, die um sie herum durch die Luft tanzten. Sofort musste sie niesen. Dann krabbelte sie aus dem Bett, tastete mit den Zehen nach ihren Pantoffeln und schlurfte zum Fenster. Plim wischte mit dem Ärmel den Frost von der Scheibe. Hui, staunte sie, mit so einem herrlichen Winterwetter hatte sie nicht gerechnet. Der Himmel war wolkenlos blau und von allen Seiten glitzerte der Schnee. Sie drückte ihre Nase gegen das Glas und spähte nach Süden. So wie es aussah, schien selbst in den Bleibergen praller Sonnenschein zu herrschen. Keine Spur von Eis- oder Schneeregen. Wer hätte das gedacht? Schnell machte sie sich frisch und schlüpfte in ihre Kleider. Dann lief sie gut gelaunt die Treppe hinunter.

In der Hexenküche duftete es noch immer nach Kräutern, Zimt und Bienenwachskerzen. Kein Wunder, schließlich hatten Primus und Plim beinahe bis zum Sonnenaufgang hier unten zusammengesessen. Sie zog die Schürklappe auf, fachte das Feuer an und setzte wie gewohnt den Morgentee auf. Mit einem Pfiff begann das Wasser zu kochen. Jetzt schnell noch ein paar Blätter hineingeworfen, umgerührt, fertig. So saß Plim wenig später neben dem Hexenkessel und pustete in die Tasse.

Sie blickte sich um. Wie ruhig es heute doch war, fiel es ihr auf. So wunderbar friedlich und angenehm still. Ein prächtiger Morgen. Bei genauerer Überlegung konnte sie sich gar nicht daran erinnern, wann sie das letzte Mal so einen beschaulichen Moment in ihren eigenen vier Wänden erlebt hatte. Draußen zwitscherten die Vögel, die Sonne lachte, und Miss Plim konnte hier einfach ruhig sitzen und ungestört ihren Morgentee trinken. Wie schön, warum hatte sie das bloß früher nie getan? Genüsslich schlürfte sie den Tee und schloss die Augen. Dann beschlich Plim plötzlich ein Verdacht.

Misstrauisch schielte sie zur Seite. Da stimmte doch etwas nicht. Dieser merkwürdige Friede war eindeutig nicht normal. Sie schaute sich um und überlegte. Vielleicht hatte sich ja über Nacht etwas in der Hexenküche verändert? Doch die Unordnung war haargenau die gleiche wie immer. Die Giftwurzeln und die getrockneten Kräuter hingen noch an der Wäscheleine, ihre Zauberbücher lagen wie gewohnt in den Ecken, und der Wäscheberg, der aus dem Kleiderschrank quoll, war genauso hoch wie eh und je. Alles schien in bester Ordnung zu sein. Seltsam, dachte Miss Plim, wie man sich doch täuschen kann.

Auf einmal fiel es ihr ein!

Sie richtete ihren Blick auf das Regal mit den Zauberzutaten und zuckte zusammen. Ach du Schreck, jetzt war ihr auf einmal alles sonnenklar. Die zwei lästigen Kröten waren nicht da. Deswegen also die beschauliche Ruhe. Plim hatte die beiden Taugenichtse doch glatt vergessen, nachdem sie sie letzte Nacht vor das Fenster gestellt hatte. Sie waren noch immer draußen im Schnee. Hoppla, dachte Miss Plim, die werden jetzt aber bestimmt ganz schön vor Kälte schlottern. Schnell huschte sie durch den Raum und öffnete das hintere Fenster.

Doch ihre Besorgnis um Taddel und Mills sollte schon im nächsten Moment verflogen sein.

»Ah, wie schön«, schallte es unter der Fensterbank hervor. »Wen höre ich denn da? He, Mills, mir schwant, hier kommt der Zimmerservice. Das Fräulein will uns bestimmt das Frühstück servieren.«

Prustendes Gelächter setzte ein.

»Aber du hast doch gar nicht geläutet«, johlte die andere Kröte.

»Ach so«, verbesserte Taddel. »Pardon, das wird natürlich gleich nachgeholt.« Und er gab ein lautstarkes ‚DINNNNG' von sich.

Das war der Augenblick, in dem die zwei Kröten vor Lachen fast explodierten. Von Unterkühlung fehlte jegliche Spur. Zwar konnte Plim die zwei Ladenhüter nicht sehen, da das Einmachglas bis obenhin beschlagen war, aber hören konnte sie sie dafür umso besser. Taddel und Mills kugelten sich und klatschten auf ihre Bäuche.

Wütend beugte sich Plim aus dem Fenster. Sie griff nach dem Einmachglas, dessen Verschlussklemme merkwürdigerweise offen stand, und holte es ins Haus. Flüchtig konnte sie Chuck die Vogelscheuche erkennen, wie er verdutzt in einem der Kräuterbeete stand. Doch für Chuck interessierte sich Plim im Moment herzlich wenig. Sie hatte jetzt ganz andere Sorgen.

»Zofe«, schallte es in würdevollem Ton aus dem Einmachglas, »wür hötten görne ein paar Fliegen.«

»Gönau«, fügte Mills hinzu, »aaaberrr hurrrtig, wänn ich bütten darrrf!«

Plim knallte das Glas auf den Tisch. »So«, fauchte sie, »jetzt reicht's mir. Ich schmeiß euch in den Kessel, aber sofort.« Sie riss den Deckel auf. »AUS EUCH MACHE ICH WARZENTINKTUR! ODER ABFÜHRMITTEL! ODER IRGENDEIN BILLIGES …«

Die letzten Worte blieben Plim im Halse stecken. Mit großen Augen betrachtete sie die zwei Kröten, die sie fröhlich angrinsten.

»Wie seht ihr denn aus?«, stammelte sie.

Taddel blies die Backen auf. »Was meint sie damit?«, fragte er Mills.

»Keine Ahnung.«

Plim rang nach Luft. »Aber ihr seid ja völlig behaart!«

Belämmert sahen sich die Kröten an.

»Ich glaube, sie hat recht«, meinte Taddel. »Du hast einen Vollbart bekommen. Hm, wäre mir eigentlich gar nicht aufgefallen. Aber jetzt, wo sie es sagt.«

Mills strich sich über das Gesicht. »Aha, soso. Ich glaube aber, dir ist auch einer gewachsen.« Er blickte an Taddels Körper entlang. »Außerdem hast du auch Haare am Rücken. Höhö, ein richtiger Pelz.«

Stille setzte ein. Die Kröten starrten sich an und überlegten. Dann streckten sie ihre Finger aus, zeigten aufeinander und wie auf Kommando brachen beide in schallendes Gelächter aus. Taddel und Mills fanden das alles urkomisch.

Plim hingegen stemmte die Hände in die Hüften. »Ruhe«, rief sie. »Ich will jetzt sofort wissen, was hier los ist. Das geht doch nicht mit rechten Dingen zu.« Sie kniff ein Auge zu. »Habt ihr vielleicht irgendetwas gegessen oder woher kommen diese seltsamen Borsten?«

»Gegessen?« Mills wischte sich die Tränen aus dem Gesicht. »Nein, eigentlich nicht. Abgesehen von dem kleinen Vorspeisenteller, den es zum Frühstück gab.«

»VORSPEISENTELLER???« Plim schnellte vor. »Ja, höre ich recht? Was denn für ein Vorspeisenteller?«

»Na, der, den uns diese Vogelscheuche zum Frühstück serviert hat«, sagte Taddel. »Sie hat uns sogar noch einen Hauptgang versprochen. Sag mal, Plim, hast du etwa nichts abbekommen?«

»Doch«, mischte sich Mills ein, »hat sie. Siehst du nicht ihren Rauschebart?«

Und das Gelächter ging weiter.

Aber Plim hatte den beiden gar nicht mehr zugehört. Sie war längst nach draußen gerannt, um die Wurzel des Übels zu suchen.

»Na, der kann was erleben«, schnaubte sie. »Warte nur, dich kaufe ich mir.«

Mit wehendem Rock stapfte sie zur Rückseite des Hauses, wo sich die versteckten Beete mit den Zauberkräutern befanden. Freudig wurde sie dort von Chuck in Empfang genommen.

»Hallo, Plim«, rief die Vogelscheuche entzückt. »Ja, das ist aber eine Überraschung. Seid Ihr auch schon aufgewacht?« In bester Laune strahlte Chuck sie an. Dann kam er flink auf sie zu gehüpft und begann, wie ein Wasserfall zu reden. »Hach, wie ist mir das unangenehm«, stöhnte er wobei er sich gequält an die Stirn fasste, »peinlich, peinlich, peinlich. Die Gäste sind gerade abgereist … husch … fort und weg … vor einer Stunde gegangen.« Er verdrehte seine Knopfaugen. »Also, wenn ich gewusst hätte, dass Ihr auch kommt, dann hätte ich sie bestimmt noch eine Weile aufgehalten. Das wäre sooooo schön gewesen, wenn wir alle hier gemütlich und in trauter Runde …«

Plim lief puterrot an. »Kann ich vielleicht auch mal was sagen?«

Die Vogelscheuche verstummte.

Dann setzte Plim zur Standpauke an: »Hör mal, Freundchen«, schnaubte sie und tippte Chuck auf die Brust, »ich will jetzt sofort wissen, was hier gespielt wird. Habt ihr Spaßvögel etwa wieder eines eurer berühmten Bankette abgehalten?«

Unschuldig zuckte Chuck zurück. »Aber, nein«, säuselte er, »Plim, was denkt Ihr bloß. Das war doch kein Bankett. Wir haben lediglich in einem netten Kränzchen zusammengesessen und sind …«

»Ach, das ist ja interessant«, trällerte Plim, »nettes Kränzchen nennt man das also neuerdings. Und jetzt lass mich mal raten. Bei dieser Plapperrunde hast du garantiert wieder den Kellner gespielt, nicht wahr?« Sie blickte zu Boden und riss die Augen auf. »Hhhhhhh«, schnaufte sie, »ich kann es nicht glauben. Mein ganzer Teufelspfeffer ist ja ausgerupft. Alles futsch und weg.«

Die Vogelscheuche kratzte sich am Kopf. »Ach, diese Blätter waren Pfeffer?«

»NATÜRLICH WAR DAS PFEFFER!!!«, kreischte Plim. »Was hast du denn gedacht? Das steht doch groß und breit auf dem Schild hier geschrieben.«

»Richtig«, bemerkte Chuck, »da ist ja ein Schild. Hui, das habe ich doch glatt übersehen, hahaha.« Verlegen fing er zu lachen an. Dann schob er den Kopf vor. »P-f-e-f-f-e-r«, las er die Aufschrift. »Ah, jetzt verstehe ich, warum diesem Gockel auf einmal die Luft weggeblieben ist. Ich habe mich schon gewundert.«

»Geschieht ihm ganz recht«, sagte Plim. »Wüsste gerne, wie er jetzt aussieht.«

Sie packte Chuck kurzerhand am Ärmel und zog ihn nach vorne in den Gemüsegarten. Dort stellte sie ihn unter die Bohnenstangen. Es folgte eine kurze Ansprache, Plim wedelte mit dem Finger und ging dann kopfschüttelnd zum Haus zurück.

Chuck sah ihr hinterher.

»Snigg hat mein Essen sehr gut geschmeckt«, grummelte er. »Genauso, wie den zwei lustigen Kröten.«

»Pfffff«, prustete Plim, ohne sich umzudrehen, »lustige Kröten. Das wird ja immer besser.«

Doch Chuck ließ sich nicht entmutigen. »In der Tat«, bekräftigte er, während Plim die Tür hinter sich zuzog, »es hat allen vorzüglich gemundet. Nur dieser seltsame Herr hat nichts davon gegessen.«

Bei diesen Worten fiel die Haustür ins Schloss.

Die Sonne strahlte vom Himmel und von den Eiszapfen am Dach tropfte das Wasser. Dann ging die Tür langsam wieder auf.

Mit erstauntem Blick stand Miss Plim im Eingang. »Was war das? Habe ich da eben richtig gehört? Von was für einem *Herrn* redest du da?«

»Pah«, entgegnete Chuck und blickte schmollend zum Himmel.

Plim aber ließ nicht locker. »War Primus etwa auch bei eurem Kränzchen dabei? Das kann doch eigentlich gar nicht sein. Ich habe selbst gesehen, wie er ...«

»Nein«, stöhnte Chuck, »das war nicht Primus. Wir hatten einen *Musike*r zu Gast.«

»Wie bitte?«

»Na, gut«, räumte Chuck ein, »ich glaube zumindest, dass es einer war. Er hatte eine Geige dabei, oder war es eine Laute? Hm, vielleicht war es auch eine Bratsche oder vielleicht auch ...«

Jetzt wurde es Plim zu bunt.

»Sag mal, wer treibt sich eigentlich noch alles hinter meinem Haus herum? Da kommt man sich ja fast vor, wie auf einem Jahrmarkt. Hühner, Kröten, Kürbisse und jetzt auch noch irgendwelche dahergelaufenen Musikanten.«

»Nein«, verbesserte Chuck, »es war nur *einer.*«

»Na, und wo ist der jetzt?«

»Stimmt«, antwortete Chuck, »gute Frage. Wo ist der eigentlich?« Er schaute sich um. »Also, ich vermute, er ist gegangen. Wahrscheinlich noch bevor die anderen aufgewacht sind. Ich habe ihn ja auch nur ganz kurz gesehen«, beschwichtigte er. »Nur so ganz am Rande, als ich das Essen verteilt habe.«

Plim rollte mit den Augen. Fragend zog sie die Oberlippe hoch und überlegte. Dann ging sie ins Haus. Sie blickte sich noch einmal im Garten um und machte dann die Tür hinter sich zu. Deutlich konnte Chuck das Geräusch des Riegels vernehmen.

Er schaute zum Himmel und dachte an das herrliche Frühstück, das er gezaubert hatte. Bestimmt würden die Gäste noch wochenlang davon schwärmen, redete er sich ein. Ach, was, monatelang … oder sogar noch länger.

Bis in die Dämmerung hatte die Sonne gestrahlt, bevor sie in glühendem Rot hinter den Bergen untergegangen war. Zu dieser Zeit aber waren Snigg und Bucklewhee längst bei Primus‘ altem Turm angelangt. Die Reise durch den Finsterwald war fast wie ein Spaziergang gewesen. Es hatte keine Zwischenfälle gegeben, keine Waldgeister waren erschienen, und verlaufen hatten sich die beiden Freunde auch nicht. Letzteres rührte vor allem daher, dass Snigg die Strecke über den Kräutersteig mittlerweile in- und auswendig kannte. Viel zu oft hatte er in den Sommermonaten Chuck besucht, als dass sich der Kürbis jetzt noch hätte verirren können. Dazu kam, dass die Wege im dichten Wald weitgehend schneefrei waren, weshalb Snigg und das kleine Hühnergrippe all die Zeit über hurtig voraneilen konnten. Einzig der Pfad zum Hügel hinauf, auf dem der alte Turm thronte, hatte dem Kürbis so manche Schwierigkeiten bereitet. Bei seinem Übergewicht war er ständig ausgerutscht und den Hügel bis zur Schneckenbachbrücke wieder hinuntergekullert. Ein wirklich mühseliges Unterfangen, wie sich herausgestellt hatte. Zum Schluss aber hatte es Snigg doch noch geschafft. Glücklich war er auf seinen Komposthaufen gesprungen, hatte den Schnee beiseitegeschoben und sogleich unter den Blättern nach etwas Essbarem gesucht. Zu Hause schmeckte es eben am besten.

Dann schwang das Wetter um.

Noch in der Nacht zogen Wolken von den Nordlanden auf und brachten erneut Schnee, Eis und bitterste Kälte. Es schneite und schneite, als wollte es nimmermehr aufhören. Tag ein, Tag aus fielen die Flocken, ohne dass ein Ende in Sicht kam. Der Distelpfad war schon bald nicht mehr zu sehen, und selbst das Eis auf dem Mondwassersee verschwand unter einer dicken, weißen Decke. Einen derartigen Wintereinbruch hatte Primus noch nie erlebt. Knackend bog sich der alte Turm unter den Lasten des Schnees und die Dachbalken ächzten, dass Primus die Ohren sausten. Binnen kurzer Zeit waren er und Bucklewhee eingeschneit. Jetzt hieß es abwarten und einheizen.

»Wie wäre es, wenn wir einen Kamin bei mir in der Pendeluhr einbauen würden?«, gackerte Bucklewhee vom Dachboden. »Du weißt schon, so einen Bollerofen mit Füßen und einer Kochplatte. Mich dünkt, das wäre gewiss ein Fortschritt.«

»Meinetwegen«, antwortete Primus von unten, »das machen wir. Aber ich glaube, dazu müssen wir auch einen Rauchabzug legen. Andernfalls wird es in deinem Uhrenkasten reichlich stickig werden.« Er kniete im Kaminzimmer und schürte das Feuer.

Mit einem fachmännischen Gesichtsausdruck sah sich Bucklewhee in der Dachkammer um.

»Kein Problem«, verkündete er, »da bohren wir einfach ein Loch in die Uhr und stecken ein Ofenrohr durch. Ich weiß auch schon genau, wie wir das anstellen.« Er fuchtelte mit den Flügelknochen und führte Selbstgespräche: »Wir müssen mit dem Rohr zuerst da hinten entlang und dann am Ziffernblatt vorbei … ja, ja … hier scharf abgeknickt … und dann da … mhm, das geht wunderbar. Du«, rief er, »ich hab's. Dann ist das eben keine Standuhr mehr, sondern eine *Kaminuhr*. Höhö, geniös!«

In der Zwischenzeit hatte Primus das Feuer zum Lodern gebracht. Er verwandelte sich, flatterte nach oben ins Dachzimmer und ließ sich auf das Bett fallen.

Interessiert drehte er sich zur Seite. »Ich würde sagen, wir machen das anders. Vielleicht könnten wir das Ofenrohr sogar an den Rauchabzug des Turms anschließen. Ich meine, dann müssen wir nicht extra ein Loch in die Hauswand schlagen.«

Der Vogel ging sofort darauf ein.

»Vorzügliche Idee, das machen wir. Wir legen einfach ein Rußrohr quer über dein Bett und zapfen dann da hinten die Hauptleitung an. Da sparen wir uns eine Menge Arbeit. Und das Beste ist: So einen Eingriff muss man nicht einmal genehmigen lassen.«

»Muss man nicht?«

»Nein, nein«, erklärte Bucklewhee, »bei solchen Kleinigkeiten tritt Paragraph sieben in Kraft. Darüber weiß ich bestens Bescheid.« Stolz hob er den Schnabel. »Ich bin praktisch ein Profi.«

Mit diesem Stichwort nahm die allabendliche Diskussion ihren Lauf. Primus und Bucklewhee hatten schon seit zweihundert Jahren vor, den alten Turm einmal ordentlich auf Vordermann zu bringen und ihn dabei mit allerlei fragwürdigen Vorrichtungen zu versehen. Es war sozusagen ihr

Lieblingsthema. Dabei fiel ihnen ständig etwas Neues ein, ohne dass den beiden jemals langweilig wurde. Heute stand eine Zentralheizung auf dem Programm … mit sekundengenauer Steuerung, wohlgemerkt, darauf legte Bucklewhee sehr großen Wert.

Primus und er redeten und plapperten, entwickelten, planten und entwarfen die abenteuerlichsten Geräte, dass gewiss jedem Ofenbauer die Haare zu Berge gestanden hätten. Alles unter Bucklewhees amtlicher Kontrolle, versteht sich. Zahlreiche Schnüre wurden eingeplant, mechanische Klappen und jede Menge Apparaturen, die bei gefährlicher Hitze zu bimmeln beginnen sollten. Die beiden waren heute wieder einmal in Höchstform.

In den frühen Morgenstunden kippte jedoch das Gespräch und die übliche Blödelei stellte sich ein. Es war immer das Gleiche. Primus und Bucklewhee lachten, dass der Gockel fast von der Stange fiel und beide hatten ihre Pläne mittlerweile völlig vergessen.

Plötzlich aber schreckten sie auf.

Schlagartig und wie aus dem Nichts heraus ging ein Rumpeln durch das Zimmer, dass der Boden vibrierte. Die Dachbretter zitterten wie bei einem Erdbeben und der Staub rieselte aus den Ritzen.

Dann herrschte wieder Stille.

»Hast du das gehört?«, fragte Bucklewhee leise.

»Ich bin doch nicht taub. Das war bestimmt der Schnee auf den Schindeln.«

»Oh, du meinst eine Dachlawine?«

»Ja, genau. Da scheint mir eine gehörige Ladung in den Garten gerutscht zu sein.« Primus stand auf und trat ans Fenster. »Aber für Nachschub ist auf jeden Fall reichlich gesorgt«, sagte er. »Ich glaube, es schneit noch mehr, als die Tage zuvor.«

Bucklewhee warf ihm einen zweifelnden Blick zu. »Vielleicht waren es aber auch böse Geister«, flüsterte er. »Gespenster, die übers Dach gelaufen sind. Du weißt schon, die mit den seltsamen Fußabdrücken.«

Der Vogel spielte hierbei auf eine Geschichte an, die ihnen der Spiegel vorletzte Nacht erzählt hatte.

Doch Primus winkte ab.

»Aber nein«, entgegnete er, »das war doch nichts weiter als blanker Unsinn. Lass dir von dem alten Spiegel keinen Schreck einjagen. Der Lärm kam vom Schnee, das ist alles. Oh«, fiel es ihm ein, »hoffentlich ist Snigg nichts passiert. Der sitzt doch unten im Garten.«

Primus verwandelte sich schnell und flatterte über das Geländer zum Kaminzimmer hinunter. Dort spähte er durch das Loch in der Fensterscheibe nach draußen. Ein mächtiger Schneeberg lag vor dem Eingang zum Turm, der eindeutig vom Dach gestürzt war – glücklicherweise weit genug entfernt von Sniggs Komposthaufen.

Dennoch, dachte sich Primus, sicher ist sicher. Und er segelte aus dem Fenster. Mit ausgebreiteten Flügeln landete er neben einer unverkennbar dicken Beule, die sich in der verschneiten Wiese abzeichnete. Dort stellte er sich auf die Beine.

»Hallo«, begrüßte er Snigg, wobei er dem Kürbis den Schnee vom Kopf wischte. »Sag mal, ist dir hier draußen nicht etwas zu kalt?«

Verschlafen öffnete Snigg die Augen. »Oh, Primus«, freute er sich. »Ach was, ganz im Gegenteil. So ein Wetter hält einen knackig und frisch.«

Snigg gähnte und pustete sich die Flocken aus dem Gesicht. Dann schüttelte er sich frei. Just bei diesen Verrenkungen kam etwas Buntes zum Vorschein, das zerknittert unter Sniggs breitem Hinterteil lag.

Primus schärfte seinen Blick. Er starrte zu Boden und riss die Augen auf. Das durfte doch nicht wahr sein. Da lag sein geliebtes Monatsmagazin! Das hatte er doch völlig vergessen. Es musste schon vor über einer Woche eingetroffen sein und hatte all die Zeit bei Wind und Wetter im Garten gelegen. Herrje, und als ob das noch nicht genug war, hatte es der dicke Kürbis auch noch als Matratze benutzt. Eine schöne Bescherung.

»Ist das etwa der Zauberzirkel?«, rief Primus.

»Wo?«

»Na, wo schon?! Da, unter deinem Hintern natürlich.«

»Ach, da …«

»Hast du etwa die ganze Zeit darauf gesessen?«

Der Kürbis überlegte.

»Na, du bist mir aber einer«, sagte Primus. »Jetzt gib schon her.« Und er zog das Magazin unter dem Kürbis hervor. »Das Ding ist ja völlig durchnässt.«

Primus schüttelte das Wasser von der Zeitung, rollte sie mit aller Vorsicht zusammen und verwandelte sich. Mit dem Heft zwischen den Beinen flatterte er daraufhin zum Haus zurück.

So eine Überraschung, den Zauberzirkel hatte er schon lange nicht mehr gelesen. Eilig flatterte er zum Fenster hinein und ließ sich in seinen Sessel fallen. Jetzt konnte der gemütliche Teil des Morgens beginnen.

»Gibt es etwas Neues?«, schallte es aus dem Dach.

»Das kannst du laut sagen«, antwortete Primus, »ich habe den Zauberzirkel gefunden. Ist ein wenig zermatscht, das gute Blatt, aber immer noch lesbar.«

Er überflog die Seiten und grinste. Wie immer standen die besten Artikel am Anfang.

»Jetzt hör dir mal an, was hier steht«, rief Primus. »Irgendwo in Unterwurz hat eine Truppe Hausgeister die Bewohner verklagt. Und zwar wegen Lärmbelästigung und unangenehmer Küchengerüche. Das ist ja kaum zu glauben. Die armen Leute müssen jetzt ausziehen und nebenan in den Holzschuppen wechseln.«

»Wer muss ausziehen?«, kam es von oben. »Die Geister oder die Hauseigentümer?«

»Die Eigentümer natürlich.«

»Ah, so«, brummte Bucklewhee. »Naja, wenn's halt auch so stinkt.«

Das sah Primus ein. Er nickte, legte die Füße auf den Tisch und las weiter.

Der größte Teil des Heftes befasste sich diesmal mit Spuk- und Schauergeschichten der näheren Umgebung. Es war kaum zu glauben, was sich die Waldgeister alles einfallen ließen. Doch auch über die Hügelkobolde gab es zahlreiche Berichte, die Primus wie immer in Staunen versetzten. Die Wichte hatten wahre Meisterleistungen in Sachen Bergbau vollbracht und neben allerlei Leckereien, die tief im Erdboden wuchsen, auch Unmengen Kupfer, Zinn und Erz zu Tage geschaufelt.

»Bei denen brummt wieder mal das Geschäft«, murmelte Primus, »wie könnte es auch anders sein?«

Er blätterte weiter, las einen Artikel über verzauberte Wegweiser, bevor er schließlich auf eine dick gedruckte und sehr auffällige Schlagzeile stieß:

MANN UNTER GERÖLLBERG BEFREIT

Bei diesen Worten bekam Primus augenblicklich einen trockenen Mund. Seine Zunge haftete wie ein klebriger Lappen am Gaumen, während seine Knie nach und nach immer zittriger wurden. Gebannt beugte er sich über die Zeilen, deren Inhalt ihn nahezu vom Stuhl fallen ließen.

Jetzt war es also passiert, stellte Primus mit Schrecken fest. Der Fall, den er und Miss Plim all die Zeit über befürchtet hatten, war eingetroffen:

Die Kobolde hatten Rabenstein ausgegraben.

In Windeseile überflog Primus noch einmal die Zeilen. Er konnte es nicht fassen, was er da las, und biss vor Aufregung die Zähne zusammen.

Bei der Erweiterung der Wurzelrohrpost hatte man Rabenstein gefunden, stand da geschrieben, tief in der Erde und unter mächtigen Steinen begraben. Eine Sensation, lobte die Zeitung. Ruven Rabenstein, eine der obersten Instanzen der Bibliothek von Hohenweis, war völlig unverletzt und bei bester Gesundheit aus einer eingestürzten Grotte unter dem Finsterwald befreit worden.

Primus wusste genau, woher dieser *sensationelle* Gesundheitszustand rührte: Der magische Splitter mit dem Element der Unsterblichkeit, den sein ehemaliger Freund um den Hals trug, tat noch immer seine Wirkung.

»Verflixt«, schimpfte Primus und sprang auf, »ausgerechnet jetzt muss so etwas passieren.«

»Was denn?«, kam es von oben.

Doch Primus hatte keine Zeit mehr für lange Erklärungen. Er musste so schnell wie möglich Miss Plim Bescheid geben und mit ihr einen Schlachtplan entwickeln. Die Reise zu den Schwefelzinnen durfte auf gar keinen Fall länger aufgeschoben werden. In all der Zeit, in welcher der Zauberzirkel vor dem Haus gelegen hatte, war Rabenstein schon auf freiem Fuß gewesen. Und Primus und Plim hatten nichts davon gewusst.

Primus überlegte. Bestimmt hatte sein Feind in Erfahrung bringen können, wo Primus und Miss Plim vor Einbruch des Winters hingegangen waren und was sie in den Westlichen Sümpfen gesucht hatten. Rabenstein hatte überall seine Späher. Mit allergrößter Wahrscheinlichkeit hatte er auch herausgefunden, dass Primus und Plim das geheime Buch von Magnus Ulme entdeckt hatten, hinter dem er selbst schon seit einer Ewigkeit her war.

Jetzt drängte die Zeit.

»Wie spät ist es?«, rief Primus.

Da brauchte man bei Bucklewhee nicht lange auf eine Antwort zu warten.

»Genau fünf Uhr und sieben Minuten«, kam es wie aus der Pistole geschossen. »Äh, morgens natürlich.«

»Ach, du Schreck«, stöhnte Primus, »da schläft Plim ja noch. Ich bin gespannt, was sie sagt, wenn ich gleich bei ihr auftauche.«

Er verwandelte sich und flatterte zum Dachboden. Dort öffnete er Bucklewhees Uhr. Verwundert sah ihm das kleine Hühnergerippe dabei zu.

»Du gehst noch aus?«, fragte der Vogel. »Jetzt? Und bei diesem Schneefall?«

Primus nahm Ulmes Buch aus dem Versteck und schob es in seine Tasche. Dann schaute er Bucklewhee an. Lächelnd strich er dem Vogel über das Köpfchen.

»Ja«, sagte Primus, »ich muss zu den Bleibergen. Pass immer schön auf Snigg und das Haus auf, versprochen? Ich weiß nicht genau, wann ich wiederkomme. Wenn alles gut geht, dann vielleicht schon in ein paar Tagen.«

»Wie? Was soll denn das heißen?« Bucklewhee fehlten kurz die Worte. »Wollten wir nicht umbauen und einen Ofen montieren?«

»Später vielleicht«, sagte Primus, »aber jetzt muss ich fort.« Er schaute sich in der Dachkammer um und überlegte. »Plim und ich brauchen einen Kompass«, flüsterte er zu sich selbst, »ansonsten ist eine Reise durch das Gebirge viel zu gefährlich. Hm, irgendwo habe ich doch einen gesehen, das weiß ich genau, aber wo? Ah, ich hab's! Oben im Turmzimmer.«

Er verwandelte sich und flog über das Geländer vom Dachboden.

»Mach's gut, alter Junge«, rief er Bucklewhee zu, »und mach dir keine Sorgen um mich. Ich komme bald wieder nach Hause.«

So verschwand er durch die Küche ins Treppenhaus.

Schnee fiel durch die Fensteröffnungen des Treppenhauses, als Primus über die vereisten Stufen flatterte. Im Eiltempo jagte er die Wendeltreppe hinauf. Er flog durch die Windungen, schoss aus dem Treppenloch und kam kurz darauf mit einem gehörigen Drehwurm im Turmzimmer an.

Jetzt hieß es, den Kompass suchen.

Primus hatte auch schon eine Idee, wo er anfangen musste. Ohne Umschweife ging es an dem alten Fernrohr vorbei, unter Modellen von Himmelskörpern hindurch und anschließend schnurstracks auf den großen Schreibtisch zu, auf dem sich Bücher, Karten und wissenschaftliche Geräte aller Art türmten. Irgendwo hier, da war sich Primus sicher, musste der Kompass liegen. Er verwandelte sich. Hektisch durchwühlte er die Sachen auf dem Tisch, schob die Bücher beiseite, stapelte die staubigen Mappen und kramte zwischen den raschelnden Pergamentrollen.

Da ertönte plötzlich eine tiefe Stimme.

»Na, Primus. Bist du wieder auf der Suche?«

Primus drehte sich um. Er blickte zur Wand neben der Treppe, wo ein gewaltiger Spiegel hing. Es war eines jener magischen Stücke, wie sie nur selten zu finden waren. Der außergewöhnliche Rahmen aus pechschwarzem Ebenholz sah aus, als würde die Scheibe in einem Umhang stecken, der von zwei knochigen Händen aufgehalten wurde. In wilden Falten schwang sich der hölzerne Mantel am Glas vorbei, bevor er wallend zu Boden fiel. Oben, über dem Kragen, thronte ein geschnitzter Kopf mit Spitzbart, Hörnern und einem markanten Gesicht. Wachsam waren seine Augen auf Primus gerichtet.

Dieser überlegte, was er darauf antworten sollte. Er kannte den alten Spiegel nur allzu gut, schließlich hatte er in den letzten Jahrhunderten schon sehr häufig mit ihm zu tun gehabt. Doch aus Erfahrung zog er es vor, dem Spiegel nicht alles auf die Nase zu binden, denn viel zu oft hatte Primus sich mit ihm herumärgern müssen. Zwar sprach der magische Spiegel äußerst gebildet und wusste über zahlreiche Dinge Bescheid, aber gleichzeitig war dieser Geselle so ausgekocht, eingebildet und überheblich, dass Primus jedes Mal fast die Nerven verlor. Daher hielt er es auch heute für besser, den Unschuldigen zu spielen. Sicher ist sicher.

»Nein«, antwortete Primus »ich suche gar nichts. Ich brauche lediglich so ein kleines Gerät, mit dem man die Himmelsrichtungen bestimmen kann. Hast du das zufällig irgendwo gesehen?«

Der Spiegel grinste. »So ein Gerät nennt man *Kompass*«, sagte er mit einem gewissen Unterton. Und nach einer Pause fügte er hinzu: »Wofür brauchst du ihn denn, hm?« Seine Augen funkelten.

Aber Primus ließ sich nicht beeindrucken.

»Ich brauche ihn eben.«

»Das ist erstaunlich«, kam es von oben. »Nach all den Jahren müsstest du dich eigentlich bestens in dieser Gegend auskennen.« Der Spiegel zuckte mit der Augenbraue. »Du hast doch nicht etwa vor, dich in unbekannte Gefilde zu begeben, oder?«

Primus knurrte. Das hatte ihm gerade noch gefehlt. Vor diesem raffinierten Burschen konnte man aber auch gar nichts geheim halten. Wahrscheinlich hatte der Spiegel genau kombiniert und wusste, was Primus im Sinn hatte. Doch Primus wollte sich jetzt auf gar keinen Fall in ein Gespräch verwickeln lassen, dafür hatte er es viel zu eilig. Und außerdem würde ihn dieser neunmalkluge Spiegel am Ende bestimmt wieder auslachen.

Also winkte er ab.

»Völlig unwichtig«, entgegnete er, wobei er sich wieder dem Schreibtisch zuwandte, »ich brauche nur schnell den Kompass, das ist alles. Wo könnte er nur sein … na bitte, da ist er ja.«

Er schob die Pergamentrollen beiseite und zog einen kleinen Messingkompass hervor. Behutsam öffnete er den Deckel und wischte über das Glas. Dann tippte er kurz mit dem Finger drauf und betrachtete die kleine Magnetnadel, die sich zuckelnd nach Norden ausrichtete.

»Wie schön«, freute er sich. »Er funktioniert.«

Da ertönte erneut die Stimme des Spiegels.

»Und sonst brauchst du nichts? Das ist alles, was du mitnehmen musst?«

Erstaunt blickte Primus den Spiegel an. »Ja«, antwortete er und überlegte, »ich denke schon. Gehab dich wohl, mein Freund. Und erzähl Bucklewhee bloß keine Geistergeschichten mehr, hörst du? Der glaubt dir das alles noch.«

Der Spiegel warf vor Lachen den Kopf zurück.

»Und was ist mit dir, Primus? Fürchtest du dich nicht vor Gespenstern?«

»Nicht die Spur«, entgegnete er, »Gespenster haben mir noch nie etwas getan. Es sind die Lebenden, die böse Dinge tun, das weißt du genau.«

Das hatte gesessen.

»Wohl gesprochen«, lobte der Spiegel, »und überaus weise zugleich. Du erstaunst mich immer wieder, Primus. Aber halte noch ein, bevor du gehst. Sei dir gewiss, du hast nicht alles dabei.«

Pah, dachte Primus, da täuschst du dich aber. Stolz zog er das Buch von Magnus Ulme aus der Tasche und streckte es dem Spiegel entgegen.

»Hier«, sagte er, »wenn du zufällig auf Magnus Ulmes verschollene Aufzeichnungen anspielst, dann bin ich gänzlich anderer Meinung. Das Buch habe ich sehr wohl gefunden, siehst du?«

Doch zu Primus' Verwunderung schüttelte der Spiegel den Kopf.

»Das alleine wird dir nichts nützen.«

»Wie meinst du das?« Primus war verblüfft.

»Etwas Wichtiges fehlt dir trotz allem«, beharrte der Spiegel. »Ich weiß es genau. Ich habe es mehr als deutlich gesehen, in jener Nacht.«

Das gab Primus nun doch zu denken. Er machte ein langes Gesicht und blickte zum Spiegel auf.

»Was hast du gesehen? Und was bitte heißt *in jener Nacht*?«

Aber der Spiegel wich aus. »Oh, nein«, lenkte er ab, »so einfach geht das nicht. Wo kämen wir denn da hin, wenn ich es dir so leicht machen würde? Du musst dich schon ein wenig anstrengen, um zu finden, was ich meine. Es ist wohl und sicher versteckt.«

»Wovon sprichst du? Was soll das heißen?«

»Das soll heißen, dass ich dir eine Aufgabe stelle«, grinste der Spiegel. »Ein kleines Rätsel. So etwas magst du doch, nicht wahr? Ich bin sicher, du wirst es schaffen.« Er blickte Primus scharf an. »Und jetzt pass auf: *Das, was du suchst, liegt unten und dennoch hoch oben. Du kannst es nicht sehen, doch hört es dich gehen.*«

Mit offenem Mund stand Primus da.

»Wie? Sind wir schon fertig? War das etwa das Rätsel?«

Der Spiegel nickte. »Und jetzt löse es.«

»Ich habe aber keine Zeit für solche Spielchen«, schimpfte Primus und ballte die Fäuste. »Kannst du mir nicht einfach verraten, wo ich suchen muss? Ich meine, wenn dieses Etwas schon so wichtig ist.«

Doch der Spiegel ließ sich nicht erweichen.

Nervös fing Primus zu zappeln an. Das hatte ihm gerade noch gefehlt. Ein heiteres Rätselraten mit dem alten Spiegel, wo er doch längst unterwegs zu Miss Plim sein wollte. Schlimmer hätte ein Abenteuer gar nicht anfangen können. Dennoch spielte er das Spielchen mit. Was blieb ihm auch anderes übrig?

»Was ist oben und gleichzeitig unten?« Primus zuckte mit den Schultern. »Keine Ahnung. Soll ich mich etwa auf den Kopf stellen, um danach zu suchen?«

»Hört es dich denn dann gehen?«, kam es spöttisch zurück. »Das glaube ich nicht.«

Augenblick! Was war das?

Primus schaute sich um. Dann tappte er mit dem Fuß auf den Holzboden des Turmzimmers.

»Der Boden«, rief Primus, »hier oben im Turm! Willst du mir damit vielleicht sagen, dass hier etwas unter den Fußbodenbrettern liegt?«

Das aufmunternde Lächeln des Spiegels verriet ihm, dass er richtig lag.

Sofort kniete Primus sich hin. Er rutschte über die Holzdielen und klopfte Stück für Stück den Fußboden ab. Allerdings ohne großen Erfolg. Weder war eines der Bretter lose, noch klang es darunter irgendwo hohl. Ganz so einfach schien die Suche dann doch nicht zu sein.

Aber noch gab sich Primus nicht geschlagen. Er untersuchte die Treppenstufen, schob das alte Fernrohr zur Seite und stocherte mit dem Finger in jedem Astloch, das ihm dabei in die Quere kam. Vergebens – das Versteck war nicht zu finden.

Gerade wollte Primus aufgeben und den Spiegel zur Rede stellen, als ihm ein handbreiter Spalt ins Blickfeld geriet, der an der hinteren Mauer unter dem Schreibtisch klaffte. Konnte das die gesuchte Stelle sein? Schnell krempelte Primus seinen Ärmel hoch. Er rutschte unter den Tisch, streckte den Arm aus und griff in den staubigen Hohlraum.

Tatsächlich! Da war wirklich etwas: ein kleiner, quadratischer Zettel. Vermutlich war er Magnus Ulme irgendwann einmal vom Schreibtisch gefallen. Oder hatte Ulme ihn gar dort unten versteckt? Primus zog ihn hervor und hielt ihn ins Licht.

Merkwürdig, dachte er, als er das Dokument genau betrachtete. Das war keine Zeichnung und auch keine Karte. Vielmehr glich das, was auf dem Zettel zu sehen war, einer kurzen Notiz. Eine kleine Niederschrift, die in seltsam anmutenden Lettern verfasst worden war. Diese sahen aus wie die verschnörkelten Kerben von Holzwürmern.

Mit großen Augen starrte Primus auf die Zeichen und überlegte. Was sollte das bedeuten? Diese Symbole hatte er doch schon einmal gesehen, aber wo? Auf jeden Fall konnte es noch nicht lange her sein.

Dann fiel es ihm ein.

Richtig, es waren unverkennbar die gleichen Zeichen, die er auf der letzten Seite von Magnus Ulmes geheimem Büchlein gefunden hatte. Sofort holte er es heraus und schlug es ganz hinten auf.

Volltreffer! Beide Schriften waren identisch. Aber was die Zeichen letztendlich bedeuten sollten, das wusste Primus nicht.

Schweigend drehte er den Zettel um.

Da entdeckte er, dass auf der Rückseite auch etwas geschrieben stand. Allerdings in einer Schrift, die er weitaus besser lesen konnte:

Zu Mittag blauer Honig

Primus hielt dem Spiegel den Zettel entgegen. »Blauer Honig? Was soll denn das? Ich kenne keinen blauen Honig. Und warum zu Mittag?«

Doch der Spiegel hüllte sich in Schweigen.

Dann zeigte Primus auf die seltsamen Zeichen, die er nicht im Geringsten verstand. »Und was bedeuten diese Symbole? Ist das eine Art Schrift? Wenn ja, dann kann ich sie leider nicht lesen.«

»Merke sie dir einfach«, sagte der Spiegel. »Präge sie dir gut ein und vergiss sie nicht. Du wirst sie erkennen, wenn die Zeit reif ist.« Er lächelte Primus freundschaftlich zu. »Und pass gut auf, dort, wo du mit deinem Kompass hingehst«, mahnte er. »Der Winter ist hart, und die eisigen Winde sind tückisch.«

Primus nickte dankend und lächelte. Ihm war klar, dass der Spiegel sein Ziel erahnte und steckte den Zettel ein.

Jetzt drängte die Zeit. Er griff sich den Kompass, schob Ulmes wertvolles Buch in seine Fracktasche und öffnete das Turmfenster. Als Fledermaus ging es im Sturzflug hinaus in die Nacht.

Verschiedene Pfade

Der Schnee in Plims kleiner Lichtung reichte dem Hexenhäuschen fast bis unter die Fenster. Überladen bogen sich die Äste der hohen Tannen, während der Weg durch den Garten längst nicht mehr zu erkennen war. Kein Wunder, Miss Plim hatte das Schneeschaufeln bereits vor Tagen aufgegeben, nachdem sie beinahe nicht mehr gewusst hatte, wo ihr der Kopf stand. Kaum war sie in der einen Richtung mit dem Schneeräumen fertig gewesen, da hatte sie für den Rückweg schon gleich wieder hinten anfangen dürfen. Eine Plackerei war das. Jetzt kehrte sie nur noch das Treppchen bei der Eingangstür frei, damit sie im Notfall noch aus dem Haus herauskam. Was für ein Winter. Gegen so einen Schnee half sogar der beste Hexenzauber nicht mehr.

Wesentlich mehr Sorgen noch als Miss Plim hatte allerdings Chuck die Vogelscheuche. Ihm bereitete das Wetter neben den üblichen Depressionen zahlreiche Zipperlein, obgleich er doch ohnehin schon so viele besaß. Mit eingezogenem Kopf stand er im Schneetreiben vor der Haustür und starrte verdrossen ins Leere. Dieses Klima war überhaupt nicht nach seinem Geschmack. Nicht nur, dass sich seit Tagen kein einziger Vogel mehr hatte blicken lassen und Chuck vom dauernden Anblick des Flockenwirbels Kopfweh bekam, auch die frostige Luft machte der pimpeligen Vogelscheuche mächtig zu schaffen. Was gäbe er bloß für eine Lotion oder einen Feuchtigkeitsbalsam. Gequält stieß er ein Seufzen aus.

Chuck war ja schon immer der Meinung gewesen, dass er viel zu empfindsam für die Arbeit im Garten war und wesentlich besser bei Plim im Haus aufgehoben wäre. Dort hätte er kochen, die zwei netten Kröten bewirten und hin und wieder ein kleines Pflegemittelchen von Miss Plim ausprobieren können. Der letzte Punkt war hierbei natürlich der ausschlaggebende. Chuck liebte Parfums, Puder und feine Düfte. Doch bei genauerer Überlegung fiel ihm ein, dass auch die Hausarbeit nicht ganz das Richtige für ihn war, weil er an einer schlimmen Stauballergie litt und in engen Räumen stets Beklemmungen bekam. Was sollte er bloß tun? Verzweifelt schüttelte Chuck den Kopf. Er musste ganz dringend mit jemandem reden und seine Probleme besprechen, aber hurtig.

Glücklicherweise nahte auch schon Hilfe.

Die Nacht war noch nicht vorüber, als Primus plötzlich über der Waldlichtung auftauchte. Wie der Wind kam er auf das Haus zugeflogen. Er schnellte durch den Garten, machte einen kurzen Bogen um den Brunnen und landete genau neben Chuck vor der Haustür. Dort nahm er seine menschliche Gestalt an.

Chuck war hocherfreut.

»Einen wunderschönen guten Morgen«, trällerte die Vogelscheuche und strahlte Primus an. »Das ist aber eine Überraschung, dass Ihr einfach so vorbeikommt, hahaha.« Verlegen wackelte Chuck auf der Stufe hin und her. »Nein, was für ein Zufall aber auch ...«

Primus hob abwehrend die Hände.

»Entschuldige bitte«, rief er und versuchte, die redselige Vogelscheuche zu bremsen, »aber ich habe es furchtbar eilig. Ich muss ganz dringend Plim sprechen.«

»Oooooh, das ist aber schade«, plapperte Chuck, »jammerjammerschade. Obwohl … hm, ich glaube fast, dass Miss Plim noch schläft. Das heißt, äh, genau weiß ich es nicht, aber wenn ich recht überlege, dann nehme ich es doch stark an. Schließlich ist es frühester Morgen, hahaha.« Er wedelte mit der Hand. »Also wenn ich Euch einen kleinen Tipp geben darf, ich würde sie lieber noch etwas schlafen lassen. Wir könnten uns in der Zwischenzeit vielleicht ein bisschen unterhalten und …«

»Nein«, drängte Primus, »so leid es mir tut, aber das müssen wir verschieben.« Er zog an der Glocke und läutete Sturm. »PLIM!!!«, schrie er, dass es von den Bäumen zurückhallte. »PLIM, WACH AUF!!!«

Nichts passierte.

Chuck nickte verständnisvoll. »Miss Plim hat einen sehr tiefen Schlaf«, teilte er Primus mit. »Das ist auch wichtig, wenn man den ganzen Tag …«

Doch Primus klingelte schon wieder.

»PLIM!!!«, rief er aus voller Kehle. »AUFSTEHEN, WIR MÜSSEN LOS!!!«

Hartnäckig läutete er weiter.

Schließlich, nach einer geraumen Zeit des Dauerklingelns, kam Bewegung ins Haus. Ein Lichtlein ging an, die Treppenstufen knarrten und tapsende Schritte näherten sich. Plim ging durch den Vorraum.

»Primus«, kam es hinter der Tür hervor, »bist du das?«

»Ja«, antwortete dieser, wobei er nervös von einem Bein auf das andere wippte. »Mach schnell auf und lass mich rein. Es ist etwas passiert.«

»Was denn?«

Er verdrehte die Augen. »Genau das will ich dir ja erklären«, stöhnte er, »aber nicht hier draußen, wo es alle Welt hören kann.«

Stille setzte ein.

Die Haustür aber blieb weiterhin zu.

»Hallo, Plim?«, fragte Primus. »Bist du noch da?«

Das war sie sehr wohl.

»Sag mal, weißt du eigentlich, wie spät es ist?« Diese Frage hörte sich eindeutig nach einem Vorwurf an.

Die Vogelscheuche hob kundig die Hand. »Ich schätze, so ungefähr sechs«, flüsterte er Primus ins Ohr, »vielleicht auch halb sieben.«

Primus jedoch zeigte sich hartnäckig. »Natürlich weiß ich, wie spät es ist«, sprach er zur Tür. »Aber es ist wirklich sehr, sehr wichtig, hörst du? Ich muss dir unbedingt etwas erzählen.«

»Geht nicht«, protestierte Plim.

»Warum?«

»Weil ich noch im Nachthemd bin.«

Er breitete die Arme aus. »Im Nachthemd? Aber das ist doch völlig egal.«

»Na, dir vielleicht«, entgegnete sie störrisch, »aber mir nicht. Ich bin eine Dame.«

Primus gab ein verzweifeltes Seufzen von sich. »Meine Güte«, jammerte er, »hab dich nicht so. Lässt mich das werte Fräulein jetzt rein, oder muss ich hier draußen Wurzeln schlagen?«

Endlich konnte er Plim erweichen.

Sie schob den Riegel zur Seite und öffnete die Tür. Der Anblick, der sich Primus daraufhin bot, war mehr als hinreißend.

Mit einer Kerze in der Hand und einem knöchellangen Nachthemd bekleidet stand Plim in der Tür. Sie hatte ihre Zöpfe geöffnet und eine Decke um die Schultern gelegt. Silbrig glänzten ihre Haare im flackernden Licht, während sie Primus mit großen Augen anstarrte.

Plim-Toys

Er schluckte. In all der Zeit, in der er Miss Plim kannte, war ihm noch nie richtig aufgefallen, wie hübsch sie eigentlich war.

Doch der Friede währte nicht lange. Denn schon im nächsten Moment begann sie zu schimpfen.

»Was ist jetzt?«, hörte er sie zetern. »Kommst du jetzt rein, oder nicht? Es bläst tüchtig frisch von den Nordlanden und mir wird langsam kalt.«

»Äh, natürlich«, sagte Primus und riss seinen Blick von ihr los, »entschuldige. Aber du wirst nicht glauben, was ich erfahren habe. Komm mit.«

Schnell drängte er sich an ihr vorbei und lief durch den Vorraum des Spielzeugladens in die Hexenküche. Plim zog die Tür hinter sich zu. Mit der Kerze in der Hand ging sie Primus nach. Jetzt war sie wirklich gespannt, was er so eilig zu berichten hatte.

Taddel und Mills hingen wie zwei betrunkene Nachtwächter in ihrem Einmachglas und schnarchten. Den Abend zuvor hatten sie wieder einmal mächtig gefeiert. Zwar waren ihnen die Barthaare bereits nach kurzer Zeit wieder ausgefallen, da der Teufelspfeffer schon bald seine Wirkung verloren hatte, doch in ihrem jetzigen Zustand sahen sie auch ohne Bärte keineswegs besser aus. Taddel klebte mit seinem grünen Froschgesicht an der Scheibe, wobei sich seine Lippen zu einem bemerkenswert dümmlichen Grinsen verschoben hatten. Einen ähnlichen Anblick bot auch sein Kumpel Mills, dem darüber hinaus noch die lange Zunge aus dem Maul hing.

Primus betrachtete die zwei dicken Kröten und schmunzelte. Diese Halunken waren einfach unverbesserlich. Dann wandte er sich um und blickte zum Dachboden hinauf. Es war ein kleines Geschoss über dem Vorraum, wo auch Plims hellblaues Himmelbett stand. Er hörte, wie sie raschelnd dort oben werkelte.

Plim war jetzt schon fast eine halbe Stunde in der Dachkammer, um sich für die Reise fertig zu machen. Nach allem, was ihr Primus berichtet hatte, durften sie wirklich keine Zeit mehr verlieren. Rabenstein war gefährlich, und bestimmt wollte ihnen der Schurke in die Quere kommen. In aller Hast hatte Plim sich frisch gemacht und für den notwendigen Proviant gesorgt. Jetzt musste sie nur noch ihre geliebte Handtasche packen. Und das konnte erfahrungsgemäß ein klein wenig dauern.

»Wie lange brauchst du denn noch?«, rief Primus ungeduldig, »es wird gleich hell.«

»Immer mit der Ruhe«, kam es zurück, »ich bin ja fast fertig.«

Kurz darauf setzte lautes Scheppern ein – wie von Gläsern, Ampullen und kleinen Flaschen. Es ploppte, als Plim die Korken abzog.

Primus schnupperte.

»Was stinkt denn hier so?«

»Gar nichts«, schallte es von oben. »Das sind nur ein paar Vorsichtsmaßnahmen.« Sie schloss ihre Tasche und kam die Treppe herunter.

»Bah«, sagte Primus, »das sind aber ganz schön üble Vorsichtsmaßnahmen, so wie die riechen.«

»Aber natürlich«, sagte die Hexe frech, »die müssen schließlich wirken.«

Sie trug eine dicke, weiße Jacke mit großem Pelzkragen und buschige Winterstiefel. Ihre seidigen Haare hatte sie zu zwei langen Zöpfen zusammengebunden, die unter einer Fellmütze hervorguckten. Auch diese war weiß.

»Für den Schnee bin ich bestens gerüstet«, verkündete Miss Plim. »Schau her, ganz in Weiß falle ich überhaupt nicht auf. Na ja, gut«, räumte sie ein, »nur meine Handtasche sticht vielleicht ein bisschen hervor. Aber das macht nichts.« Sie zeigte auf das dunkelrote Arztköfferchen, das bis zum Bersten vollgestopft war.

Missmutig kratzte sich Primus an der Nase. »Was hast du denn da drin?«, fragte er. »Musst du das wirklich alles mitnehmen?«

Er musterte die Tasche und schüttelte besorgt den Kopf. Aus Erfahrung liefen solche Ausflüge üblicherweise darauf hinaus, dass kein anderer als Primus das schwere Ding schleppen musste. Und wenn alles schiefging, dann kam früher oder später auch noch Plims sperriger Rennbesen dazu. Keine guten Aussichten also.

Plim aber sah das anders.

»Natürlich muss ich das mitnehmen«, sagte sie entrüstet, »was glaubst denn du? Da ist alles drin, was man für unterwegs braucht.« Und sie zählte auf: »Brechstange, Feuerstein, Zunder, ein klein wenig Sprengstoff und natürlich jede Menge Mittel zur Abwehr ungeliebter Zeitgenossen.« Sie grinste. »Für den Fall nämlich, dass uns zufällig dein alter Freund Rabenstein über den Weg läuft, habe ich ein paar echte Überraschungen für ihn eingepackt. Hui, der wird seine Freude haben, hihi.«

Was sollte Primus da noch entgegensetzen?

»Also gut«, lenkte er ein, »meinetwegen. Vielleicht hast du ja recht. Aber wir müssen trotzdem gut aufpassen. Rabenstein ist zäh und es wird bestimmt nicht leicht werden, ihn abzuschütteln.«

Er griff in die Tasche seines Fracks und zog das kleine Buch von Magnus Ulme hervor. Suchend blätterte er durch die Seiten, um die Route festzulegen.

»Wir fliegen also zuerst einmal nach Süden«, schlug er vor, »bis wir zur Quelle des Schneckenbachs kommen. Dort müssen wir uns umsehen. Der Pfad, der zu den Schwefelzinnen führt, fängt dort irgendwo an.«

Plim zuckte mit den Schultern. »Und was ist, wenn wir ihn nicht finden? Hast du schon einmal nach draußen gesehen? Am Ende müssen wir … äh … musst *du* noch Schnee räumen.«

Das ließ Primus vollkommen kalt.

»Mit ein wenig Glück werden wir ihn schon ausmachen«, sagte er. »Aus der Luft müsste er eigentlich zu erkennen sein.« Er schlug im Buch eine Karte auf und deutete auf eine gezackte Linie. »Hier, das ist er. Das ist der Pfad, der nach oben führt.«

»Puh«, meinte Plim, »ganz schön kurvig.«

Er warf ihr einen sorgenvollen Blick zu. »Denkst du, dein Hexenbesen schafft das?«

»Natürlich«, blaffte sie, »überhaupt kein Problem. Das mache ich doch mit links.«

»Na, wunderbar«, entgegnete er, »dann dürfte uns ja nichts mehr im Weg stehen. Und jetzt pass auf.« Primus streckte ihr das Buch entgegen und erklärte die Route: »Wir halten uns am besten im sicheren Abstand über dem Pfad und versuchen, im Flug die Schluchten zu bewältigen. Mal sehen, wie weit wir kommen. Zumindest sollten wir es bis zur Spindelwand schaffen. Die Treppe dort müssen wir wahrscheinlich zu Fuß erklimmen.«

»Zu Fuß? Warum zu Fuß? Fliegen wir denn nicht auf dem Besen bis ganz nach oben?«

»Wir probieren es«, sagte Primus. »Aber es würde mich allzu sehr wundern, wenn wir es tatsächlich schaffen. In den Steilwänden toben angeblich Stürme, wie wir es in unseren schlimmsten Albträumen wahrscheinlich noch nicht erlebt haben. Im Flug werden wir weggefegt wie Blätter im Wind. Da können wir uns gehörig auf etwas gefasst machen.«

Er biss sich auf die Lippen und dachte an die mahnenden Worte des Spiegels. Er hatte sehr wohl gewusst, was Primus bevorstand und worauf er sich da einlassen wollte. Ein beschaulicher Ausflug würde diese Reise bestimmt nicht werden.

Nach einer kurzen Pause fuhr Primus fort.

»Sobald wir die Brücke erreicht haben, kann uns eigentlich nicht mehr viel passieren. Die gefährlichsten Stellen sind laut Ulmes Buch alle auf der Strecke davor. Und eben die gilt es, im Flug zu umgehen.« Er hob den Kopf. »Oh«, rief er, »fast hätte ich es vergessen! Ich habe ja noch etwas Hilfreiches mitgenommen. Nur für den Fall, dass wir uns verlaufen.«

Er griff in seine Tasche und holte den kleinen Messingkompass hervor. Zufällig zog er dabei auch den geheimnisvollen Zettel heraus, den er kurz zuvor im Turmzimmer gefunden hatte. Sanft segelte das Blatt herunter, bevor es neben Plim auf dem Fußboden landete.

»Sieh mal einer an«, sagte sie vorwurfsvoll. »Ulmes schönes Büchlein hat über zweihundert Jahre gehalten und sobald du darin liest, fliegen auch schon die ersten Seiten heraus. Tststs.«

»Stimmt ja gar nicht«, verteidigte sich Primus. »Das ist überhaupt keine Buchseite.«

Er bückte sich und streckte eine Hand aus.

Doch in solchen Dingen war Plim eindeutig schneller. Mit flinken Diebesfingern hatte sie sich den Zettel geschnappt und hielt ihn in die Höhe.

»Jaja«, summte sie, »das hätte ich jetzt auch gesagt. Ist aber doch zumindest die gleiche Schrift, oder etwa nicht?« Sie krauste die Nase und versuchte, die schnörkeligen Buchstaben zu entziffern. »Du, was soll denn das heißen?«, fragte sie nach einer Weile. »*Zu Mittag blauer Honig*?« Ungläubig sah sie Primus an. »Sag mal, ist das vielleicht deine Einkaufsliste? Von was für komischen Sachen ernährst du dich eigentlich?«

Primus lief puterrot an. »Ich esse das überhaupt nicht«, knurrte er. »Und das ist auch keine Einkaufsliste. Ich habe diesen Zettel lediglich bei mir zu Hause unter dem Fußboden gefunden.«

»Hihi«, kicherte sie, »wer's glaubt.«

»Doch«, bekräftigte er, »so wahr ich hier stehe. Ich hab keine Ahnung, was diese Worte bedeuten sollen, aber ich glaube, dass sie irgendetwas mit den Schwefelzinnen zu tun haben. Der alte Spiegel oben im Turmzimmer hat mich zu dem Zettel geführt, indem er mich vorher über den halben Fußboden hat kriechen lassen.«

»Der Spiegel? Hast du ihm denn gesagt, wo wir hin wollen?«

»Ach, was«, keuchte Primus, »das hat er erraten. Kaum lässt man ein falsches Wort in seiner Gegenwart fallen, da weiß er sofort Bescheid. Diesem Schlauberger kann man nichts vormachen.«

Erstaunt betrachtete Plim den vergilbten Zettel. Dann drehte sie ihn um.

»Holla«, sagte sie, »das habe ich ja vorhin gar nicht gesehen. Was bedeuten denn diese lustigen Kritzeleien auf der Rückseite? Kannst du das lesen?«

»Nein«, antwortete Primus, »leider nicht. Aber ich habe den Verdacht, dass es die gleichen Worte sind, die auch auf der Vorderseite stehen. Magnus Ulme hat den Text möglicherweise übersetzt.«

»Du meinst, es ist auch der Satz mit dem Honig? Nur in einer anderen Sprache?«

Er nickte. »Könnte ich mir gut vorstellen. Allerdings weiß ich bisher überhaupt nicht, was wir damit anfangen sollen.

Kennst du aus deinen Hexenbüchern vielleicht einen blauen Honig?«

Plim schüttelte den Kopf.

»Ich auch nicht«, gab Primus zu, »aber das kann sich ja ändern. Vielleicht kommen wir dem Geheimnis schon bald auf die Spur.«

Mit diesen Worten faltete Primus den Zettel zusammen und steckte ihn ein. Dann ergriff Plim letzte Vorkehrungen. Sie ging zum Regal, in dem das Einmachglas mit den zwei Kröten stand, und prüfte den Deckel. Er war sicher verschlossen.

»Man kann ja nie wissen«, sagte sie. »Am Ende stellen mir die zwei in der Zwischenzeit das ganze Haus auf den Kopf, veranstalten rauschende Feste und laden den halben Wald dazu ein. Denen ist alles zuzutrauen.« Sie deutete zur Haustür. »Und so wie ich Chuck kenne, spielt der für sie auch noch den Kellner.«

Primus lachte.

Dann machten er und Miss Plim sich auf den Weg. Plim schnappte sich ihre Handtasche, nahm den Rennbesen und ihre Flugausrüstung und löschte das Licht. Durch den Vorraum der Hexenküche gingen die beiden nach draußen ins Freie.

Im Dämmerschein brach der Morgen an. Gar frostig wehte ihnen die Waldluft entgegen, als Primus und Plim das Haus verließen. Endlich. Nach all der Zeit hatten die Schneefälle nachgelassen. Ein glühend goldener Streifen zeichnete sich entlang des Horizonts ab, während es von Osten her nach und nach heller wurde. Binnen kurzer Zeit würde die Sonne aufgehen.

»Hallo, Hallöchen«, schallte es ihnen entgegen. »Wo soll es denn so früh am Morgen hingehen?« Die Vogelscheuche stand noch immer neben der Haustür und wackelte auf dem Treppenabsatz hin und her.

»Och, wir wollen nur so ein bisschen durchs Land fliegen«, antwortete Plim. »Dauert nicht lange. In ein paar Tagen sind wir wieder zurück.«

In ein paar Tagen? Hatte Chuck da richtig gehört? Das war die Chance für ihn.

»Oha, das ist aber lange, wie mir scheint«, säuselte er verführerisch. »Sollte ich da nicht lieber im Haus auf Euch warten. Ich könnte in der Zwischenzeit auf Eure Sachen aufpassen und ein klitzeklein wenig …«

»Wage es ja nicht«, drohte Miss Plim. »Wehe, ich erwische dich dabei, dass du an meinen Schrank gehst.« Sie hob den Finger. »Und du lässt auch niemanden rein, verstanden? Du bleibst schön da, wo du bist und passt auf. Bei dem ganzen Gesindel, das sich hier so herumtreibt, kann man nie wissen.« Und sie fügte hinzu: »Damit meine ich sowohl das Gesindel da drinnen, als auch deinen Geigenmusikanten hier draußen, in Ordnung?«

Moment mal! Primus horchte auf.

Ihm war völlig klar, dass mit dem ersten Gesindel Taddel und Mills gemeint waren. Aber was hatte *Geigenmusikant* zu bedeuten? Sprach Plim hierbei etwa von diesem rätselhaften Männchen, das er vor Kurzem nachts im Finsterwald getroffen hatte?

»Hier war ein Geigenspieler?«

»Na, offenbar.«

»Wann war der hier?«

»Vor einigen Tagen«, antwortete sie. »Warum? Ist das etwa ein Freund von dir?«

»Ganz und gar nicht«, sagte er. »Aber erzähl mir lieber, was er hier gewollt hat. Hast du mit ihm über irgendetwas gesprochen?« Primus wurde unruhig.

»Nein«, entgegnete Plim, »nicht die Bohne. Ich habe ihn ja nicht einmal gesehen. Der liebe Chuck hat mir erzählt, dass er ihn hinter dem Haus getroffen hätte.« Mit strengem Blick schaute sie die Vogelscheuche an. »Bei seinem *Kaffeekränzchen*«, trällerte sie. »Wieso?« Sie wandte sich wieder an Primus. »Kennst du den Kerl?«

Primus schnaufte gequält. »Nun, sagen wir, vielleicht. Ich hatte bereits das Vergnügen. Neulich bin ich nachts einem Geiger begegnet, als ich von hier nach Hause geflogen bin. Es war in der Nähe der Waldlichtung. Dort, wo auch der tiefe Erdspalt klafft.«

»Was denn für ein Erdspalt?«

»Ach, du weißt schon«, winkte Primus ab. »Dieses Loch im Finsterwald, durch das man in den merkwürdigen Tunnel gelangt. Davon habe ich dir doch im letzten Sommer erzählt.«

»Stimmt«, erinnerte sich Plim, »dieser Tunnel, der endlos nach Süden geführt hat und der am Ende eingestürzt war. Und da hast du diesen Geiger getroffen?«

»Kann man so sagen. Oder drücken wir es besser so aus: Er hat dort auf mich *gewartet*.« Misstrauisch blickte Primus sich um. »Wir sollten jetzt aber wirklich zusehen, dass wir loskommen«, drängte er. »Je eher wir aufbrechen, desto besser.« Schnell wechselte er seine Gestalt und machte sich abflugbereit.

Plim startete unterdessen den Besen. Sie zog die Rennfahrerbrille auf und gab Gas. Lautstark begann der Motor zu heulen. Primus nahm vorne am Lenker Platz und krallte sich fest. Mit Krach, Ruß und Gepolter schossen die zwei aus der Lichtung. Dann wurde es ruhig.

Chuck blickte ihnen nach. Er blinzelte in die aufgehende Sonne und lauschte verzückt der Stille des Waldes. Wie schön, freute er sich. Hatte er da eben ein kleines Vögelchen gehört? Nein, das war kein Vogel. Das musste etwas anderes gewesen sein. Es hatte sich eher nach dem Klang einer Fiedel angehört. Schade, dachte die Vogelscheuche und wandte sich wieder dem Sonnenaufgang zu, wie man sich doch täuschen kann.

Sanft fiel das Morgenlicht auf die Zinnen der Stadtmauer. In Hohenweis, ihres Zeichens die Hauptstadt des Unkrautlands, hatten sich die Bewohner wacker für den Winter gerüstet. Karren mit Feuerholz verstopften die Straßen, Händler verluden Felle, und die Kamine der altehrwürdigen Häuser qualmten, als wäre die Gilde der Köhler am Werk. Stolz ragten die Türme der Akademie in den Himmel, während aus den Mäulern der Wasserspeier die Eiszapfen funkelten. Es war ein Anblick, wie man ihn nur in der Hauptstadt zu sehen bekam. Schillernd war Hohenweis, erhaben und prächtig, und von einer solch magischen Aura durchzogen, die jeden Reisenden in blankes Staunen versetzte.

Bereits früh am Morgen herrschte hier dichter Trubel, wobei sich das größte Gedränge zweifelsfrei am Marktplatz abspielte. Dort scharten sich die Leute und zwängten sich zwischen den Ständen hindurch. Die Kobolde hatten in den letzten Wochen den Preis für Schafswolle tüchtig in die Höhe getrieben. Mit klingelnder Kasse saßen sie in ihren Buden, boten Socken, Mützen und Strickwaren an, während gleich nebenan der Geruch von Backwerk aus den Bauchläden stieg. Es war genau, wie Primus es vorausgesagt hatte: Für die Kobolde blühte wieder einmal das Geschäft.

Doch nicht nur am Marktplatz herrschte reges Treiben, auch in der großen Bibliothek war man zu dieser Stunde längst auf den Beinen. Seit fast einer Woche wurden hier schon die Bücher sortiert, Pergamente zusammengetragen und alle Verzeichnisse höchst sorgfältig auf Vordermann gebracht. Ordnung zog wieder ein in die erhabene Halle und das mit allergrößter Strenge.

»Ich verspreche Euch, Ihr werdet alles zu Eurer Zufriedenheit vorfinden«, sagte der Bibliothekar mit zitternder Stimme. »In den letzten Monaten ist hier wahrlich viel liegengeblieben. Aber es wird gewiss nicht mehr lange dauern, und alles ist wieder beim Alten.«

Er sah an dem schwarz gekleideten Mann empor, der ihn mit finsterer Miene anstarrte. Seine blauen Augen waren so hell, dass sie im Schein des Morgenlichts beinahe weiß aussahen.

»Das habt Ihr mir schon vor einer Woche gesagt«, zischte der Mann. »Ich gebe Euch noch genau *einen* Tag, dann ist hier alles wieder an Ort und Stelle, verstanden?!«

»Sehr wohl doch, Herr Rabenstein«, sagte der Bibliothekar unterwürfig, »sehr wohl. Es wird bestimmt alles zu Eurer Zufriedenheit erledigt.«

»Das will ich hoffen«, fuhr Rabenstein fort, »und zwar für Euch! Jetzt seht gefälligst zu, dass Ihr mir die Landkarten bringt. Bis zum Abend will ich alle Aufzeichnungen auf meinem Tisch haben, die sich mit den Bergpässen beschäftigen.« Drohend hob er den Finger. »Und sollte ich zufällig merken, dass Ihr dabei etwas übersehen habt, dann lernt Ihr mich kennen. Und jetzt verschwindet, Milbenwang.«

Das ließ sich der schüchterne Bibliothekar nicht ein zweites Mal sagen. Eilig und in geduckter Haltung suchte er das Weite.

Rabenstein schritt durch die Halle. Er passierte die Pulte der Buchmaler, ging an den haushohen Regalen vorbei und öffnete eine der Türen an der Seite des Saals. Dahinter verbarg sich eine Treppe. Mit entschlossenem Blick stieg er die steinernen Stufen hinunter. Bald schon waren seine Schritte verhallt.

Das Studierzimmer tief im Keller der Bibliothek lag beinahe völlig im Dunkeln. Einzig die staubige Lampe, die neben den Schriftrollen auf dem Tisch brannte, sorgte für ein klein wenig Licht. Es war ein geheimnisvoller Raum, angefüllt mit Büchern, Karten und magischen Artefakten. Dinge, die Rabenstein einst seinem alten Meister Magnus Ulme entwendet hatte, bevor dieser ihn mit Schimpf und Schande aus dem Turm verbannt hatte. Doch das war vor sehr langer Zeit geschehen, als Rabenstein noch jung gewesen war und nachdem er Primus bereits beseitigt hatte.

Im Schein der Lampe saß er nun in dem mächtigen Lehnstuhl und blickte vor sich auf den Tisch. In der Alchemie war Rabenstein kundig geworden. Kundiger noch, als Ulme es jemals gewesen war. Pah, dachte er, der alte Mann hatte mir nichts mehr beibringen können.

Rabenstein hatte eine kupferne Schale bereitgestellt, in der sich eine milchige Flüssigkeit befand. Ein Duft wie von feinem Öl stieg ihm in die Nase und breitete sich betörend im Raum aus. Rabenstein nahm eine kleine Ampulle. Mit spitzen Fingern zog er den Deckel ab, ließ ein Pülverchen in die Schale rieseln und wartete ab. Es dampfte. Dann, nach einer kurzen Zeit, begann die Mischung in der Schale zu glühen. Sie leuchtete auf, zischte und entzündete sich zu einer grünlich lodernden Flamme. Gespenstisch tanzten die Schatten der Möbel über die Wände.

Rabenstein beugte sich vor. »Was hast du mir zu berichten?«, sprach er in die Flamme. »Sind sie schon unterwegs?«

Stille.

Dann aber, wie aus dem Nichts, ertönte plötzlich eine Stimme.

»Ganz recht, das sind sie«, drang es im Flüsterton aus der Flamme. »Sie sind gen Süden geflogen. Bei Tagesanbruch zur siebten Stunde.«

Wäre Primus in diesem Moment im Raum gewesen, hätte er augenblicklich gewusst, *wer* da sprach. Es war keine andere als die Stimme des Fiedlers, die aus der Flamme antwortete.

Rabenstein ballte die Fäuste. »Also haben sie das Buch«, rief er.

»Es scheint so«, flüsterte die Stimme. »Wahrlich, es scheint so. Und daher ist Vorsicht geboten, mein Herr. Euer Freund ist beherzt. Er hat seine Gedanken wohl vor mir zu verbergen gewusst.«

»In der Tat«, antwortete Rabenstein und versuchte, seine Wut zu zügeln, »man unterschätzt ihn nur allzu leicht. Das habe ich auch immer getan.«

Die Flamme flackerte. »Denkt Ihr, sie werden die Berge bezwingen?«

»Es könnte sein«, sagte Rabenstein, »aber die Winde sind tückisch und die Schluchten gefährlich. Ein Aufstieg im Winter gleicht purer Tollheit. Niemand, der noch bei Trost ist, würde das Risiko eingehen.«

Zähneknirschend grub Rabenstein die Finger in die Armlehne. »Aber für diesen Knaben ist es vielleicht sogar möglich«, fuhr er fort. »Primus steckt voller Überraschungen. Er hat es sogar geschafft, aus dem tiefen Erdspalt zu entwischen. Aus einem Spalt, der normalerweise jedem Mann das Genick hätte brechen müssen.« Fassungslos schüttelte Rabenstein den Kopf. »Stattdessen hat er dabei auch noch das Fliegen gelernt. Wer hätte das für möglich gehalten? Dieses Kunststück beherrschte Primus vorher nicht, ich weiß es genau.«

»Erstaunlich«, sagte der Fiedler, »aber vielleicht auch ebenso aufschlussreich.«

»Was will Er mir damit sagen?« Rabenstein runzelte die Stirn.

»Der Erdspalt«, setzte die Stimme an. »Hat Euer Freund Euch jemals bekundet, was er damals dort unten entdeckt hat?«

Rabenstein lachte hämisch. »Bedauerlicherweise fehlte ihm dafür die Zeit. Ein gar tragisches Unglück. Mein werter Freund musste sich leider allzu schnell von mir verabschieden.«

»Nun«, sagte der Fiedler, »vielleicht aber besteht darin jetzt Euer Vorteil.«

Nachdenklich beugte Rabenstein sich vor. »Was soll das bedeuten? Sprich Er deutlich mit mir.«

»Es gibt einen Tunnel«, berichtete der Fiedler, »einen sehr langen Tunnel, der von dort aus nach Süden führt. Ich habe es gehört. Die beiden sprachen davon. Wenn das stimmen sollte, dann besteht vielleicht noch eine Möglichkeit, ihnen zuvorzukommen.«

Schweigen breitete sich aus. Rabenstein strich sich über das Kinn. Er lehnte sich in seinem Sessel zurück und dachte angespannt nach.

»Ein Tunnel«, murmelte er, »ein Tunnel, der über lange Strecken nach Süden führt. Wer mag wohl der Erbauer sein? Die Kobolde würden ihre Stollen niemals offen zurücklassen, dafür sind sie viel zu gewitzt. Nein, der Tunnel muss einen anderen Ursprung haben.«

Rabenstein blickte auf seine uralten Bücher und dachte an die geheimnisvolle Legende – an das Gedicht, das sich um die Nebelfee rankte und das er in den letzten Jahrhunderten mehr als tausend Mal gelesen hatte.

Da wurde ihm auf einmal alles klar. Das war die Lösung! Endlich schloss sich der Kreis.

Ein Lächeln huschte über Rabensteins Lippen. »So, so, mein lieber Primus«, sagte er leise zu sich, während die Flamme verblasste, »du gehst also über die Berge. Nun, wohlan, mein alter Freund. Dann will ich dich nicht weiter aufhalten. Aber sei dir gewiss, ich werde auch dort oben eintreffen. Und dann wird es das letzte Mal sein, dass wir uns begegnen.«

Zügigen Schritts verließ er den Raum und eilte nach oben in die Bibliothek. Die Kobolde waren ihm gewiss noch einen weiteren Gefallen schuldig. Jetzt wollte er sehen, wie eifrig sie graben konnten.

Durch enge Schluchten

Schneidend blies ihnen der Wind entgegen. Die Kälte war schlimmer noch als im Eiskeller, während Primus und Plim zu den Bleibergen jagten. Wenn es jetzt schon so frostig war, wie sollte es dann erst auf den Berggipfeln werden? Im Tiefflug und mit rauchendem Auspuff ging es dahin.

Stundenlang brausten sie nun schon über die verschneiten Wiesen, passierten Felsen und kleinere Wäldchen und folgten dem Verlauf des Schneckenbachs stetig in entgegengesetzter Richtung nach Süden. Dabei war es nicht gerade einfach, das schmale Bächlein im Blick zu behalten, da sich der Schnee auf den Nebelfeldern zu beachtlicher Höhe aufgetürmt hatte. Nur noch als feine Linie zeichnete sich der Bach in der hüfthohen Schneedecke ab, wobei er sich kurvenreich zwischen den Hügeln hindurchschlängelte. Weit und breit sahen Primus und Plim keine Dörfer, keine Gehöfte und auch keine Häuser mehr. Einzig ein paar Unterbrechungen im Bachlauf ließen die zwei darauf schließen, dass sich unter dem Schnee möglicherweise ab und an eine Brücke verbarg. Allerdings hatten diese gewiss niemand anderer als die Kobolde gezimmert, vermutete Primus, denn von den Menschen fehlte in dieser Gegend mittlerweile jegliche Spur. So weit das Auge reichte, gab es nichts als Schnee, Eis und zahllose Hügel. Und Letztere wurden zusehends höher und höher.

Mit klappernden Zähnen und hochroter Nase saß Plim auf ihrem Besen. Sie hatte den Kopf bis zu den Schultern eingezogen, während sie gebückt und vor Kälte schlotternd über dem Fahrradlenker kauerte. Wieso mussten diese wichtigtuerischen Kobolde ausgerechnet beim schlimmsten Wintereinbruch Rabenstein freischaufeln? – kam es ihr in den Sinn. Hatten diese Burschen denn nichts Besseres zu tun? Da wäre doch gewiss auch bis zum Frühling reichlich Zeit gewesen. Hui, fröstelte sie, beim dampfenden Hexenkessel aber auch, wie war ihr bloß kalt.

Sie beugte sich zu Primus herab. »Ich glaube, du hast irgendwo das Fenster offengelassen«, schrie sie ihm von hinten ins Ohr. »Mir scheint nämlich, hier zieht es ganz gewaltig.«

Als Fledermaus hockte er windschnittig vorne am Lenker und klammerte sich am Griff von Plims geliebter Handtasche fest. Die Luft pfiff so laut, dass Primus kaum etwas verstehen konnte.

»Hä? Was ist?«

»ES ZIEHT!!!«, plärrte Plim.

»Stimmt«, meinte Primus, wobei ihm der Wind die Ohren flattern ließ, »ist mir auch schon aufgefallen. Man kommt sich vor wie beim Durchlüften.«

Plim zog eine Hand vom Lenker und pustete sich in die Faust. »Aha«, murmelte sie, »*wie beim Durchlüften* nennt man das also.« Sie lehnte sich vor. »So kalt, wie es hier ist«, schrie sie, »habe ich in meinem ganzen Leben noch nicht gelüftet. Nicht einmal, als mir die Brühe voller Staubpilze explodiert ist.« Angeekelt schüttelte sie den Kopf. »Und ich sage dir, das hat vielleicht gestunken.«

»Kann ich mir vorstellen«, schmunzelte Primus. »Das gab wohl dicke Luft in der Hexenküche. Was haben denn deine beiden Freunde dazu gesagt?«

»Was denn für Freunde?«

»Na, Taddel und Mills natürlich«, rief er, »deine zwei Kröten.« Er hielt sich den flatternden Zylinder und drehte sich zu ihr um. »Haben die zwei sich etwa nicht über den Gestank beschwert?«

»Ach, was«, schrie Plim gegen den Wind, »wo denkst du hin? Diese nutzlosen Halunken fanden das natürlich wieder einmal besonders unterhaltsam. Die wären vor Lachen fast erstickt.«

»Passt zu ihnen.«

Plim nickte. »Und das Allerbeste ist, dass dieses Lumpengesindel für den ganzen Zinnober auch noch der Auslöser war.«

»Wie bitte? Warum denn das?«

»Na, du kennst sie doch«, schimpfte Plim. »Die haben mir an dem Tag ständig die Hexenrezepte in der falschen Reihenfolge nachgeplappert. So lange, bis ich mich überhaupt nicht mehr ausgekannt habe. Keine Ahnung, was das für eine bombastische Mischung gewesen ist, aber irgendwann hat es auf jeden Fall gekracht, dass beinahe der ganze Dachstuhl davongeflogen ist. Frag mich jetzt bloß nicht, was die zwei den lieben langen Tag noch so alles anstellen. Da würdest du dich am Ende noch wundern.«

Primus lachte. Dann jagten sie im rasenden Tempo weiter durch die verschneite Landschaft.

Die Zeit verging wortwörtlich wie im Flug, und so war es auch schon später Morgen, als Primus und Plim endlich die Nebelfelder hinter sich ließen. Primus sah in seiner Gestalt als Fledermaus inzwischen fast wie ein geschmückter Tannenbaum aus. Unmengen kleiner Eiszapfen baumelten von seinem Fell, während ihm der Luftzug den Frost vom Zylinder wehte. Es glich einem Wunder, dass Primus noch nicht selbst zu einem Eiszapfen gefroren war. Aufrecht saß er vorne am Lenker und spähte in die Ferne. Doch auf wunderliche Weise schien ihm die Kälte nicht wirklich viel auszumachen. Guter Dinge hockte er da und betrachtete die Gegend.

Plötzlich schärfte er den Blick.

Vor ihnen ragten die Bleiberge auf. Bedrohlich und wie eine Ansammlung mächtiger Riesen schoben sich die Felswände aus dem blauen Dunst.

»Wir sind fast da«, rief er Plim zu. »Siehst du? Da vorne muss irgendwo die Quelle sein.«

»Na endlich«, bibberte Plim, »das wurde aber auch langsam Zeit. Ich spüre meine Nase schon gar nicht mehr.« Sie wischte sich das Eis von der Brille und zwinkerte. »Ach, du Schreck«, quiekte sie, als sie die gewaltigen Berge nun ganz deutlich erblickte, »was ist denn das? Wollen wir da wirklich hoch?«

»So etwas Ähnliches hatte ich vor«, rief Primus.

»Aber das sind ja bestimmt fünftausend Fuß!« Plim klappte der Kiefer runter.

»Ich glaube, das reicht nicht«, entgegnete Primus. »Eher sechstausend.«

»Na, da bin ich aber froh«, grunzte sie. »Was habe ich nur für ein Glück. Ich dachte schon, mir könnte es langweilig werden.«

Primus hob den Flügel und deutete geradeaus. »Ich vermute, dass der Bach da drüben entspringt. Siehst du die dunkle Stelle im Fels? Das sind noch knapp zwei Meilen bis dahin. Wenn wir angekommen sind, müssen wir nur noch diesen Pfad ausfindig machen, und die erste Etappe hätten wir auch schon hinter uns.«

... *Pfad ausfindig machen*? Das schien für Plim wiederum das geringste Problem zu sein. Für geheime Wege, Hintertüren und Schlupflöcher aller Art hatte sie praktisch so etwas wie einen Riecher.

»Keine Bange«, rief sie, »den finden wir schon. Wenn es diesen Pfad wirklich gibt, dann stöbern wir ihn auch auf, wirst sehen.«

»Na, wunderbar«, freute sich Primus, »dann los. Gib noch mal kräftig Dampf.«

Das musste man Plim nicht zwei Mal sagen. Mit einer pechschwarzen Rauchwolke ließ sie den Motor aufheulen und ging in Position. Es gab einen Ruck, dass Primus fast vom Lenker gefallen wäre, und schon im nächsten Moment schossen sie mit Knattern und Poltern zwischen den Hügeln hindurch.

Die beiden hatten den Fuß des Gebirges noch nicht ganz erreicht, als die Gegend bereits deutlich rauere Züge annahm. Büsche und Bäume wurden karger, der Schnee türmte sich auf und die vormals noch rundlichen Erdhügel erschienen kantig, zerklüftet und schroff. Blanke Felsen zeichneten sich an ihren Seiten ab, von denen das Eis bis hinunter zum Boden hing.

Überwältigt ließ Primus den Blick wandern. Er betrachtete die beeindruckende Landschaft und musterte die weitere Strecke. In einiger Entfernung, so schien es ihm, gingen die Hügel in das ansteigende Felsmassiv über. Sie versanken in der Decke aus mannshohem Schnee, bis sie auf Höhe der unteren Berghänge schließlich verschwanden. Dahinter ragten die nördlichen Steilwände auf.

Aber da war noch etwas!

Primus zog die Augen zu zwei Schlitzen zusammen. Er setzte sich auf und stierte gebannt in die Ferne. Ihm war, als würde der ansteigende Boden entlang des Schneckenbachs eine Art Rinne formen – eine mächtige Spalte im Boden. Scharfkantig und steil führte sie geradewegs in den Schatten der Berge. Das war interessant. Dieser längliche Einschnitt sah beinahe aus wie die Kerbe einer riesigen Axt. So, als hätte ein Erdbeben einst den Boden gesprengt und ihn mit aller Wucht in zwei Hälften zerrissen. Von unten, aus der Mitte der Schneise, glitzerte das Wasser des Schneckenbachs hervor.

Primus ahnte, woher dieser gewaltige Riss stammte und welch ungeheure Kraft ihn einst, vor langer Zeit, verursacht hatte. In allen übrigen Teilen des Landes waren die Wälder über jene Epoche gewachsen und hatten die Spuren des mystischen Zeitalters tief unter Blättern, Farnen und Wurzeln begraben. Einzig hier, in den kalten Felsen der Bleiberge, war die Katastrophe, die vor 12 000 Jahren das Land verwüstet hatte, noch immer zu sehen.

Jetzt war sich Primus vollkommen sicher. Das hier war der Beweis. Alles, was sein Meister Magnus Ulme jemals über die Mondsichel und deren Sturz vom Himmel in Erfahrung gebracht hatte, entsprach der Wahrheit. Daran gab es nichts mehr zu rütteln.

Noch einmal schaute Primus zum Himmel und prüfte das Wetter. Die Wintersonne stand tief über den südlichen Gipfeln und schien ihm ins Gesicht. Schnell hob er den Flügel und beschattete die Augen. Abgesehen von ein paar kleinen Schleierwolken, die sich um die östlichen Ausläufer scharten, scheint das Wetter beinahe perfekt zu sein, dachte er. So weit das Auge reichte herrschten beste Sicht und strahlender Sonnenschein.

Dennoch beschlichen Primus Bedenken. Dieser Eindruck vermochte zu trügen, und gerade in den Bergen konnte sich das Wetter rasend schnell ändern. Primus wusste das sehr genau und umso misstrauischer beäugte er die unscheinbar dünnen Schwaden, die von Süden her über den Bleibergen aufzogen.

Doch da hatten sie die Schneise schon erreicht.

»Was meinst du?«, rief Plim und nickte zur Spalte, die den ansteigenden Boden teilte. »Fliegen wir oben entlang, oder mitten durch?«

»Worauf du mehr Lust hast«, entgegnete Primus. »Ich überlasse dir die Entscheidung.«

»Schön«, lachte sie, »dann halt dich gut fest.«

Und das tat er.

Denn schon im nächsten Moment schoben sich Primus die Felsen ins Bild. Es wurde dunkel und von Sekunde zu Sekunde immerfort kühler. Eisig rauschte das Wasser des Schneckenbachs unter ihnen hindurch, während Plim ausgelassen durch den Bodenriss steuerte. Trotz der Kälte war sie noch immer in Höchstform. Es ging nach links, dann wieder nach rechts, an Eiszapfen und Felsvorsprüngen vorbei und schließlich ein ganzes Stück weit geradeaus. Der Krach des Motors hallte von den Steinwänden wider und dröhnte in ihren Ohren. Doch die Fahrt sollte nicht allzu lang dauern. Denn schon nach etwa fünfhundert Schrittlängen hatten sie das Ende der Rinne erreicht. Der Bachlauf stieg an, es ging scharf nach oben und wenig später waren Primus und Plim wieder im Licht. Geblendet zwinkerten sie in den gleißenden Schnee.

Es dauerte ein paar Momente, bis sich ihre Augen wieder an die Helligkeit gewöhnt hatten und die Konturen um sie herum nach und nach Gestalt annahmen. Dann aber erkannten sie es ganz deutlich:

Vor ihnen lag ein kleines Plateau.

Es war von seiner Fläche nicht viel größer als der Weinkeller im Turm und ragte wie eine Stufe waagerecht aus dem Fels. Gar einsam ruhte es am Fuße der Berge, als hätte die Menschheit es seit Anbeginn aller Tage vergessen. Gleich an seinem hinteren Ende, dort wo der Boden die Felswand berührte, plätscherte das Wasser des Schneckenbachs aus dem Stein.

Sofort drosselte Plim ihren Besen. Sie drehte eine Runde, ging tiefer und setzte zur Landung an. Stolz blickten sich Primus und Plim in die Augen. Sie hatten es geschafft. Nach über zwei Stunden eiskalter Fahrt waren sie endlich bei der Quelle des Schneckenbachs angekommen.

Plim war die Erste, die wieder zu Worten fand.

»Nicht zu fassen«, sagte sie, wobei sie die Rennfahrerbrille von der Nase zog, »das nenne ich doch mal ein sauberes Bergwasser. Da hätten die Alchemisten in Hohenweis gewiss ihre Freude dran. So wie das aussieht, kann man sich hier glatt das Destillieren sparen.«

Primus klopfte sich das Eis von den Flügeln und streckte sich. »Aber bis nach Hohenweis möchten die Alchemisten das Wasser bestimmt nicht schleppen«, sagte er. »Was für ein Anflug.«

Mit diesen Worten sprang er vom Lenker. Er nahm seine menschliche Gestalt an und stellte sich auf die Beine. Daraufhin stieg auch Plim vom Besen. Nach all der Zeit im Wind hatte sie knallrote Wangen.

Die beiden gingen zum Rand des Plateaus und spähten in die Landschaft. Sie blickten nach Norden, schauten zurück über die Hügel und sahen weit in der Ferne den Finsterwald liegen. Schwach und kaum merklich zeichnete sich die vertraute Heimat am Horizont ab. Bei diesem Anblick musste Miss Plim sofort an ihren Gemüsegarten und ihr Hexenhäuschen denken.

»Wehe, die machen mir in der Zwischenzeit zu Hause Blödsinn«, knurrte sie, »dann kann sich diese Truppe aber gehörig auf was gefasst machen.«

»Chuck wird schon aufpassen«, meinte Primus. »Ich bin überzeugt, auf den ist Verlass.«

Doch Plim gab hierzu nur ein misstrauisches Grummeln von sich. Dann wandten die beiden sich um. Sie schritten auf den Berghang zu und betrachteten die glasklare Quelle. Plätschernd ergoss sich das Wasser in ein kreisrundes Becken, das die Natur im Laufe der Jahrtausende geformt hatte. Dort sammelte es sich, floss bis zum Rand des Plateaus und strömte in einem Schwall die Spalte hinunter. Irgendwann, so dachte Primus, wird dieses Wasser auch an meinem alten Turm vorbeifließen.

Er richtete sich auf und schaute die steile Felswand empor. Der Riss, der sich am Fuß der Berge befand und durch den er und Miss Plim gerade hierhergeflogen waren, ging offensichtlich noch weiter. Senkrecht teilte er neben dem Plateau die Felsen entzwei und stieß bis tief ins Berginnere vor. Wenn der besagte Pfad hier irgendwo war, folgerte Primus, dann führte er mit Sicherheit geradewegs durch diese Spalte.

»Ich glaube, wir müssen da rein«, sagte er zu Plim.

Die Hexe hob das Kinn und linste prüfend über seine Schulter. »Das habe ich fast schon befürchtet«, seufzte sie. »Und dabei ist das wahrscheinlich nur der Anfang vom Übel. Ich will gar nicht erst wissen, was uns danach noch alles erwartet.«

Das konnte Primus verstehen. Dennoch gab er sich zuversichtlich.

»Na, komm schon«, sagte er und deutete in Richtung der Spalte. »Lass uns nachsehen, ob wir richtig liegen. Der Pfad fängt bestimmt da drüben an.«

Er verwandelte sich und flog über das Becken zur anderen Seite des Plateaus. Plim kam ihm auf dem Besen hinterher. Nachdem sie gelandet waren, stapften beide durch den Schnee. Sie traten auf die Bergwand zu und näherten sich Schritt für Schritt der mächtigen Felsspalte.

Plötzlich blickte Primus zu Boden.

»Du«, staunte er, »was ist denn das?«

»Hä? Was meinst du?«

»Na, das natürlich.« Er deutete nach unten. »Was sind denn das für merkwürdige Spuren? Jetzt sag bloß, das sind Fußabdrücke?«

Plim riss die Augen auf. »Ach, du liebes bisschen«, rief sie, »die stammen von Trollen! Sind die am Ende noch irgendwo hier?« Hektisch fuhr sie herum und schaute sich nach allen Seiten um.

»Wie bitte? Trolle?«

»Aber natürlich«, schnaubte sie und fuchtelte mit den Armen, »die gibt es in den Bergen zuhauf. Die sind widerlich, groß und ganz furchtbar dämlich. Und außerdem stinken sie, was das Zeug hält. Pah, diese Tapser erkenne ich doch auf den ersten Blick.«

Erstaunt schüttelte Primus den Kopf. »Also, ich bin noch nie einem Troll begegnet.«

»Aber ich«, schnappte Plim. »Und zwar öfter, als nur einmal.«

»Wirklich?«

»Ja, wenn ich es dir doch sage. Die kenne ich gut. Diese Ungetüme werden richtig sauer, wenn man sie beim Kartenspiel übers Ohr haut, das kannst du mir glauben. Ich bin heilfroh, dass ich noch lebe.«

»Aha«, brummte Primus, »interessant.« Er ging in die Knie und schaute sich die mächtigen Abdrücke an. »Wie groß sind denn diese Burschen?«

»Na, riesig eben«, kam es als Antwort. »Dick, fett, und hässlich. Besser kann man sie gar nicht beschreiben. Die verstehen überhaupt keinen Spaß, sage ich dir. Die bohren die ganze Zeit in der Nase und haben Mundgeruch, dass man davonlaufen möchte.«

Primus schmunzelte. »Aber bevor du davonläufst, spielst du erst noch Karten mit ihnen, oder?«

»Naja«, gab Plim zu, »vielleicht so ein bisschen.« Sie setzte eine Unschuldsmiene auf und klimperte mit den Wimpern. »Aber seltsamerweise verlieren sie immer«, säuselte sie. »Jedes Mal aufs Neue. Ich hab ehrlich keine Ahnung, warum.«

»Na, dann weiß ich ja bestens Bescheid«, murmelte Primus. »Wieder mal typisch. Aber wie dem auch sei, auf jeden Fall scheinen mir die Kerle nicht mehr hier zu sein. Die Fußspuren sind bestimmt schon mehrere Tage alt.«

Er erhob sich und zog Ulmes Buch aus der Tasche. Schnell schlug er es auf und blätterte durch die Seiten. Im Mittelteil befand sich die Skizze einer Karte.

»Tja«, sagte er, »genau wie ich angenommen hatte. Wir müssen hier durch.« Er zuckte mit den Schultern. »Dabei ist es eigentlich völlig egal, ob wir den Pfad bei all dem Schnee nun sehen, oder nicht. Durch diese enge Spalte gibt es ohnehin nur *einen* Weg.«

»Und wie weit verläuft diese Schlucht?« Plim schien das Ganze nur wenig zu gefallen.

»Auf jeden Fall einige Meilen«, antwortete Primus. »Genau weiß ich es allerdings auch nicht. Aber wenn das stimmt, was Magnus Ulme hier schreibt, dann befindet sich im hinteren Teil der Spalte so etwas wie ein *steinerner Bogen*. Den müssen wir finden.«

»Ein Bogen?«

»Na ja, oder eine Brücke oder so ähnlich. Auf jeden Fall gibt es darin irgendetwas, das sich wie eine Verbindung quer über die Spalte zieht. An dieser Stelle zweigt der Pfad seitlich ab. Er führt dann weiter an den Felsen entlang und zieht sich nach und nach die Bergwand empor. Wir müssen also die Augen offen halten.«

»So, so«, sagte Plim, »und was ist, wenn wir die Abzweigung übersehen?«

»Gar kein Problem«, entgegnete Primus, »dann fragen wir einfach den nächstbesten Troll, wo wir lang müssen. Los, packen wir es an.«

Flugs verwandelte er sich und nahm wieder vorne auf ihrer Handtasche Platz. Auch Miss Plim machte sich startklar. Sie zog die Rennfahrerbrille über, stieg auf den Besen und warf den Motor an.

»Also«, sagte sie, »rein ins Vergnügen.«

Finster wurde es bald, beklemmend und schmal. Hatte die Spalte zwischen den Felsen anfangs noch gut zwei Schrittlängen Platz geboten, so war sie bereits nach einer Viertelmeile auf weniger als die Hälfte geschrumpft. Man fühlte sich beinahe wie in einer Sardinenbüchse. Steine ragten hervor, versperrten Plim und Primus den Weg und machten ein Weiterkommen im Flug stellenweise unmöglich. Immer wieder mussten sie anhalten, vom Besen absteigen und sich zu Fuß durch die enge Felsspalte zwängen. Primus besaß hierbei einen klaren Vorteil, da er als Fledermaus klein und überaus wendig war. Aber Miss Plim hatte gehörig zu kämpfen. Schimpfend drückte sie sich durch die Felsen, bevor es anschließend für einige hundert Schrittlängen wieder im Flug weiterging. Bei diesen halsbrecherischen Kunststücken wagte die hübsche Hexe kaum mehr zu atmen. Angespannt saß sie da, während sie den Besen mit aller Vorsicht durch die Schlucht lenkte. Dieses Loch ist so eng, dass man nicht mal mehr umkehren kann, dachte sie. Ganz zu schweigen, dass man am Ende noch an irgendwelchen dicken Trollen vorbeikommen könnte. Aber so wie es aussah, passten die hier sowieso nicht hinein. Wenigstens *ein* glücklicher Umstand.

Primus schielte unterdessen nach oben. Die Felswände ragten so weit hinauf, dass er den Himmel nur noch ganz vage erahnen konnte. Und das Sonnenlicht blieb bei dieser Tiefe beinahe gänzlich auf der Strecke. Trübe kam es hier unten an, wobei es nur noch zaghaft die Steine erhellte. Aber das war nicht das Problem, das ihn beschäftigte. Sorgenvoll lugte Primus unter seinem Zylinder hervor. Sofern ihn seine Augen nicht täuschten, dann war das Blau des Himmels mittlerweile fast restlos verschwunden. Unbemerkt hatte es sich in einen zähen Grauschleier verfärbt, der nun immer dunkler und dunkler wurde. Es sah ganz danach aus, als würde das Wetter bald umschlagen, spätestens in einigen Stunden. Und eben diese Vorstellung gefiel Primus ganz und gar nicht.

Doch damit nicht genug.

»Das wird ja immer enger«, keifte Plim. »Wehe, ich reiße mir irgendwo etwas kaputt. Das ist meine beste Strumpfhose.« Sie lenkte den Besen an der Felswand vorbei und zog den Kopf ein. »Es gibt Leute«, keuchte sie, »die würden hier drinnen regelrecht Zustände bekommen … ganz besonders jemand aus meinem Garten.« Angestrengt biss sie die Zähne zusammen. »Ja, sag einmal, hört denn das hier überhaupt nie auf?!«

»Es kann eigentlich nicht mehr weit sein«, entgegnete Primus. »Vielleicht noch eine Meile oder auch zwei. Auf der Karte sah die Strecke jedenfalls um einiges kürzer aus.«

Ungläubig schüttelte Plim den Kopf. »Und da bist du dir auch vollkommen sicher? Denkst du wirklich, dass es diesen Bogen hier irgendwo gibt? Vielleicht sind wir ja auch schon lange daran vorbeigeflogen.«

»Kann ich mir nicht vorstellen«, erwiderte er. »Den hätten wir doch sehen müssen. So ein Ding kann sich schließlich nicht in Luft auflösen.«

»Das dachte ich mir auch, aber mir kommt das Ganze langsam seltsam vor. Wir kämpfen uns jetzt bestimmt schon seit zwei oder drei Stunden durch diese endlose Schlucht, ohne dass irgendetwas erscheint.«

»Mir kommt es beinahe länger vor«, sagte Primus. »Aber ich hoffe vor allem sehr, dass sich das Wetter weiterhin hält. Sonst werden wir beide später noch unser blaues Wunder erleben.«

Schweigend biss sich Plim auf die Lippen. Da hat er zweifellos recht, dachte sie. Einen Wetterumschwung konnten sie ganz und gar nicht gebrauchen.

Beherzt flogen sie weiter. Und es war, als wollte der Flug nimmermehr enden.

Zwar verbreiterte sich die Spalte nach einiger Zeit, sodass die Freunde wieder etwas schneller vorankamen, aber von einem Bogen, einer Brücke oder etwas Vergleichbarem war weiterhin nichts zu erkennen. Die Lage schien fatal. Rauf und runter führte die Schlucht, durch tropfendes Wasser und unter eingeklemmten Steinen hindurch, über Pfützen und Geröllberge hinweg und immer wieder an gefährlichen Felsvorsprüngen vorbei, die aussahen, als würden sie schon im nächsten Augenblick auf sie herunterfallen. Aber von der beschriebenen Abzweigung, an der der Pfad die Bergwand hinaufführen sollte, fanden Primus und Plim nicht die geringste Spur.

Stattdessen kam etwas anderes auf sie zu: Lautlos und tänzelnd fielen erste Flocken vom Himmel und legten sich auf ihre Köpfe. Nun war es also so weit – ganz wie befürchtet schlug das Wetter um. Hoch über den Bergen zogen bedrohlich die Wolken herauf, verdichteten sich und schluckten das restliche Licht.

Da wurde es Plim auf einmal zu bunt. »Was soll denn das jetzt werden?«, zeterte sie. »Ist es etwa schon Abend oder warum wird es auf einmal so dunkel? Ich kann ja fast nichts mehr sehen.«

»Wir bekommen Schnee«, rief Primus. »Eben das war meine Sorge. Verflixt aber auch, als hätten wir nicht schon genug Probleme am Hals.«

»Na, prima. Am Ende müssen wir uns noch einen Unterschlupf suchen.« Plim wackelte mit dem Kopf. »Da fällt mir ein«, spöttelte sie, »zufällig habe ich von jemandem gehört, dass es hier in der Nähe eine Brücke geben soll. Vielleicht kann man sich da ja unterstellen?!«

Aber genau in diesem Moment riss Primus begeistert die Augen auf.

»DA VORNE IST SIE!!!«, schrie er und deutete geradeaus. »Siehst du den Felsen? Das muss der Bogen sein, den Ulme gemeint hat.«

Sofort bremste Plim ihren Besen ab. Sie hob den Kopf und betrachtete den langgestreckten Gesteinsbrocken, der wie ein mächtiger Torbogen inmitten der Felsspalte steckte. Darunter, etwa dreißig Fuß tiefer, lag ein Haufen aus zersplittertem Geröll. Die Szene sah aus, als hätte sich vor langer Zeit einmal ein Teil der Felswand gelöst, der mit Donnern und Krachen in die Tiefe gestürzt war. In der Enge der Spalte musste er schließlich zerschellt sein, wobei sich ein langes Stück Stein zwischen den Felswänden eingeklemmt hatte. Das also war der gesuchte Bogen. Daran gab es keinen Zweifel. Demzufolge musste auch die Abzweigung hier irgendwo sein.

Im einsetzenden Schneetreiben und unter schwachen Lichtverhältnissen machten sich Primus und Plim auf die Suche. Sie näherten sich dem steinernen Bogen und spähten umher. Links oder rechts? – überlegten sie. Irgendwo musste der Pfad doch nun abzweigen, aber wo? Jetzt konnte er wahrhaftig nicht mehr schwer zu finden sein. Und siehe da, wenig später hatten sie ihn auch schon entdeckt … sofern man das, was sie da sahen, überhaupt einen *Pfad* nennen konnte. Denn genau genommen war es eigentlich nur ein gedrungener Vorsprung, ein schmaler Versatz in der Bergwand, der sich vom Boden aus schräg die Felsen hinaufzog. Plim fehlten bei diesem Anblick schier die Worte. So weit sie es von hier unten überblicken konnte, maß dieser Vorsprung an seiner breitesten Stelle bestenfalls zwei Fußlängen, mehr aber auch nicht. Danach ging es senkrecht nach unten in die Tiefe.

»Meinst du, auf deinem Rennbesen kommen wir da hinauf?«

»Das müssen wir«, pustete Plim, »etwas anderes bleibt uns ja gar nicht übrig. Zu Fuß gehe ich da nämlich bestimmt nicht hoch, das kannst du mir glauben. Was ist, wenn ich ausrutsche?« Sie blickte die schwindelerregende Wand empor und schauderte. »Auf meinem Besen fühle ich mich wenigstens halbwegs sicher.«

»Gut, dann lass uns losfliegen. Weiter oben haben wir vielleicht sogar ein bisschen mehr Licht.«

»Und vielleicht finden wir bei dieser Gelegenheit ja auch eine Stelle, wo wir zwischendurch mal Rast machen können«, fügte Plim hinzu. »Weißt du, das wäre jetzt bald mal nötig.« Sie hielt sich den Bauch. »Ich muss unbedingt etwas essen.«

»Essen?« Primus sah sie verwundert an.

»Ja, sehr wohl«, sagte sie spitz, »essen. Denn ob du es glaubst oder nicht, mein Lieber, ich für meinen Teil habe einen mörderischen Hunger. Es wird wirklich Zeit für ein leckeres Brötchen mit Speck.«

Primus schaute sie verständnislos an. Denn wie schon so oft war ihm überhaupt nicht nach essen zumute, und er hatte auch keinen knurrenden Magen. Plim hatte sich an dieses merkwürdige Verhalten mittlerweile gewöhnt und gab nichts mehr darauf. Dem feinen Herrn schmeckte es woanders eben besser als bei ihr, selbst Schuld. Dabei hatte sie doch sooooo gute Sachen eingepackt.

Dann konnte es weitergehen.

Primus verwandelte sich wieder und flatterte nach vorne zum Lenker. Währenddessen startete Miss Plim ihren Besen. Sie ließ ein paar Mal den Auspuff knallen und drückte die Hupe. Daraufhin schauten sie und Primus noch einmal den gespenstischen Bergpfad hinauf. Es war ein Anblick, den sie gewiss so schnell nicht vergessen würden. In dicken Haufen wölbte sich der Schnee über die Kante des Vorsprungs und brach hinab in die Tiefe. Langsam, so mussten sich die beiden eingestehen, wurde ihnen doch ein wenig mulmig zumute. Dennoch nickten sich Primus und Plim entschlossen zu. Jetzt gab es wirklich kein Zurück mehr. Sie gingen in Position, der Motor spuckte Rauch und wie der Wind brausten die beiden die Felswand hinauf. Dann wurde es still in der Schlucht.

Faustdick fielen jetzt die Flocken vom Himmel. Hatte es zu Beginn nur ganz leicht geschneit und war die Luft zuvor noch schwach durch die Spalte gezogen, so sollte sich das bald schon gravierend und rasend schnell ändern. Denn je weiter der schmale Pfad die Bergwand hinaufführte, desto schlimmer zeigte sich gleichsam das Wetter. Es wurde kälter, der Wind legte zu, und das Tageslicht, auf das Primus am Boden der Schlucht noch so sehr gehofft hatte, wurde schwächer und schwächer. Bald kam der Zeitpunkt, da war es fast völlig verschwunden, und das Unwetter setzte ein. Von den südlichen Gipfeln zogen Wolken herauf, so schwarz wie die Nacht, und mit ihnen folgten Schnee, Eis und schneidende Winde. Ja, bereits in den mittleren Höhen der Schlucht fegten die Stürme, wie man es im Unkrautland nur aus Erzählungen der Dorfältesten kannte. Wenn es hier schon so schlimm war, wie sollte es dann erst oben in der Spindelwand werden? Es schneite und stürmte, donnerte und heulte, als würde die Welt untergehen. Die Geister der Berge spielten zum Tanz auf.

Miss Plim hatte bei diesem Tumult die allergrößte Mühe, ihren Rennbesen weiterhin in der Spur zu halten. In alle Richtungen wurde sie geschüttelt, gegen die Felsen gedrückt und mehrmals beinahe über den Rand des Abgrunds geblasen. Zum Kuckuck aber auch, dachte sie, wie konnten wir nur in ein so teuflisches Wetter geraten. Das ging doch wohl nicht mit rechten Dingen zu. Verbissen kämpfte sie sich weiter durch die Schneefälle, gebückt und mit tropfender Nase.

Aber auch Primus erging es nicht besser. Denn in Gestalt der Fledermaus brauchte er mittlerweile all seine Kraft, um von den stürmischen Böen nicht davongeweht zu werden. Von Eis überzogen klammerte er am Griff von Plims Tasche, während ihm das Geheul des Windes unablässig in den Ohren dröhnte. So ein Unwetter hatte er wirklich noch nie erlebt. Es pfiff und rauschte, schallte und zischte, dass ihm ganz anders wurde.

Trotzdem merkte Primus in all dem Getöse immer wieder verwundert auf und spitzte die Lauscher: Offenbar war es nicht nur der Wind, den er da vernahm. Nein, hier lag noch etwas anderes in der Luft.

Ja, dachte er, tatsächlich! Es kam ihm gerade so vor, als würde er Stimmen vernehmen, hämisches Gelächter und lautstarkes Rufen. Von allen Seiten drangen diese Laute auf ihn ein, dass Primus bald nicht mehr wusste, wo ihm der Kopf stand.

Ratlos wandte er sich an Plim.

»Hörst du das auch?«, schrie er.

»WAS IST?«

»Ich fragte … ob du das auch hörst?« Er sah zu ihr auf und beutelte sich den Schnee vom Zylinder. »Diese seltsamen Stimmen … da ruft doch jemand, oder?«

»DAS SIND BERGGEISTER«, schrie Plim gegen den Wind. »Gesindel und Spukgestalten der übelsten Art. Dachte mir schon, dass wir die hier oben irgendwann mal treffen würden.«

»Ach, wie schön«, rief Primus, »das ist ja wieder einmal hochinteressant. Kennst du diese Gesellen am Ende etwa auch? Sag bloß, du hast mit denen ebenfalls Karten gespielt?« Verzweifelt ließ er die Mundwinkel hängen. »Na, gib es schon zu«, schimpfte er, »haben die vielleicht auch ganz zufällig gegen dich verloren?«

»Unfug«, keifte Plim, »das ist überhaupt nicht wahr. Sei jetzt bloß nicht wieder so kleinlich. Sag mir lieber, wo wir lang müssen.«

»Ja, geradeaus natürlich«, schrie er, »bis wir oben bei der Spindelwand sind!« Prustend spuckte er den Schnee aus und zog den Kopf ein.

Gerade noch rechtzeitig. Denn schon im nächsten Moment erfolgte ein Angriff, dass ihnen Hören und Sehen verging. Schallend dröhnte das Gelächter der Berggeister durch die Schlucht, ließ die Felswände erzittern, während von allen Seiten der Schnee auf Primus und Plim heruntergeworfen wurde. Der Flug glich einer Höllenfahrt. Wie Spielzeug blies der Wind den Besen umher, warf ihn jäh aus der Bahn und schüttelte ihn so fest, dass Plim sich kaum noch halten konnte.

»GIFT UND ASCHE«, schrie sie in den Sturm, »HÖRT GEFÄLLIGST AUF, IHR TAUGENICHTSE UND LASST UNS IN RUHE!«

Doch das Lachen wurde daraufhin nur noch lauter. Eine gehörige Ladung Schnee traf Plim im Gesicht, der Wind heulte auf, und im Chaos des tobenden Flockenwirbels zeichneten sich nach und nach gespenstische Umrisse ab. Wie zerfetzte Nebelschwaden traten die Berggeister aus der Dunkelheit hervor, scharten sich im Flug um Primus und Plim und schnitten dabei spöttisch Grimassen. Es war zum Fürchten. Große Geister waren dabei, kleine Geister, dicke und dünne. Und einer von ihnen sah schlimmer aus, als der andere.

Primus wusste bei diesem Gewimmel bald gar nicht mehr, wo er zuerst hinsehen sollte.

»Da sind sie«, schrie er.

Plim verdrehte die Augen. »Ja, glaubst du etwa, ich habe die nicht gesehen?! Bin doch nicht blind!« Grimmig hing sie über dem Lenker und fletschte die Zähne. »Aber wartet nur«, knurrte sie, »ihr werdet mich schon noch kennenlernen. ICH KANN NÄMLICH RICHTIG UNGEMÜTLICH WERDEN, JAWOHL!!!«

Doch davon ließen sich die Geister nur wenig beeindrucken. Denn kaum hatte Plim diesen letzten Satz ausgesprochen, folgten auch schon die nächsten Attacken und die Geister tobten vor Freude.

Primus sah unter all dem Schnee, der sich über ihm türmte, bald aus wie ein großer Zuckerhut.

»Verflixt nochmal«, rief er und schüttelte sich frei, »gibt es denn gegen diese Kerle keinen Zauber? Komm schon, Plim, denk nach. Du hast doch sonst immer alles in deiner Tasche. Ist da nichts dabei, womit man die Bande verjagen kann?«

»Nein«, hörte er Plim durch den Sturm schreien, »gegen die ist kein Kraut gewachsen. Die verschwinden erst, wenn ihnen langweilig ist.«

»Langweilig?«, rief Primus. »Ja, höre ich recht? Denen wird aber nicht langweilig, ganz im Gegenteil! Die haben sogar einen Riesenspaß, wie es aussieht.«

Und damit lag er goldrichtig. Mit weit herausgestreckten Zungen und grinsenden Gesichtern schwirrten die Berggeister um sie herum, zeigten auf die beiden und griffen mit langen Fingern nach Plims geliebtem Besen.

Die Hexe schäumte vor Wut.

»GEHT DA WEG«, kreischte sie, wobei sie mit der Hand durch die Luft schlug. »Verzieht euch gefälligst dahin zurück, wo ihr hergekommen seid.«

Wie wild ruderte sie mit dem Arm, schmetterte Beschimpfungen in den Wind und verfluchte den Moment, in dem sie den höllischen Felspfad auch nur ansatzweise gesehen hatte.

Da riss Primus plötzlich die Augen auf. »Die versperren uns den Weg«, rief er Plim zu.

»Wo? Ich kann fast nichts mehr sehen.«

»Na, da vorne natürlich!!!«

Plim wischte sich den Schnee von der Brille.

»WEICH AUS«, schrie Primus. »Schnell!!!«

Doch es war zu spät. Jetzt packten die Berggeister zu. Zahllose Hände griffen nach Plims knatterndem Besen, hielten ihn fest und holten unter ohrenbetäubendem Gelächter zum Schwung aus. Wie von einem Katapult wurde das Gefährt nach oben geschleudert und sauste im hohen Bogen durch die Luft. Plim wusste überhaupt nicht mehr, wo oben und wo unten war. Jäh überschlug sich der Rennbesen über dem Pfad, donnerte gegen die Felswand und ging unter lautem Krachen zu Bruch.

Schon im ersten Moment hatte Plim dabei den Halt verloren. Sie kreischte, riss die Beine in die Höhe und fiel rücklings mit ausgestreckten Armen auf den Boden des Felspfads. In einem dicken Schneehaufen blieb sie liegen. Aus dem Augenwinkel heraus konnte sie noch erkennen, wie der zerbrochene Besen neben ihr aufschlug, eine letzte beißende Rauchwolke von sich gab, bevor er kaputt und zerschlagen in den Abgrund stürzte.

Dann wurde ihr schwarz vor Augen.

Irgendwann, so war es Miss Plim, vernahm sie Primus' Stimme. Weit entfernt und merkwürdig blechern drangen seine Worte an ihre Ohren.

»Plim«, hörte sie ihn rufen. »Hallo, Plim, kannst du mich hören?«

Sie spürte, wie ihr jemand den Kopf hielt und vorsichtig über die Stirn strich.

»Plim«, sagte Primus zu ihr. »Plim, wach auf. Geht es dir gut? Jetzt sag doch endlich etwas.«

Langsam schlug Plim die Augen auf. Sie blinzelte zaghaft und hielt sich den Kopf.

»Wo ist meine Handtasche?«, murmelte sie.

»Die habe ich hier«, beruhigte Primus sie voller Erleichterung. »Der ist nichts passiert. Aber sag schon«, drängte er, »wie geht es dir?«

Sie zog eine Schnute. »Mir ist kalt.«

»Das kann ich mir vorstellen«, sagte er, »und genau deswegen müssen wir auch hier weg. Wie ist es? Kannst du aufstehen?«

»Natürlich«, brummte Plim, »mir geht es hervorragend. Überhaupt kein Problem.«

Ächzend rappelte sie sich auf und stellte sich auf die Beine. Dann erst schaute sie sich nach allen Seiten um. Das Erste, was Plim klar und deutlich erblickte, war der tiefe Abgrund, der genau vor ihren Füßen ins Bodenlose zu führen schien.

Mit einem lauten Quieken sprang sie zurück.

»ACH, HIER SIND WIR«, rief sie und schnappte entsetzt nach Luft, »jetzt weiß ich es wieder. Da waren die Geister, die uns …«

»Ja«, beruhigte sie Primus, »aber die sind längst fort. Von denen ist nichts mehr zu sehen.«

Das aber schien Plim keineswegs zu beruhigen, ganz im Gegenteil.

»DIE HABEN MEINEN BESEN RAMPONIERT!«

»Ich weiß«, sagte Primus.

»Ja, und wie zum Kuckuck stellst du dir das jetzt bitte vor? Was sollen wir ohne den Besen machen?«

»Hm«, zuckte Primus, »wir müssen wohl oder übel zu Fuß weiter.«

»DA HOCH?« Sie zeigte zum Gipfel. »Ich bin doch nicht übergeschnappt. Und außerdem: Wo sind denn die Berggeister überhaupt hin? Hast du die etwa verjagt?«

»Eigentlich nicht«, antwortete Primus. »Die haben von ganz alleine das Weite gesucht. Wie du schon richtig gesagt hast, irgendwann ist ihnen tatsächlich langweilig geworden. Ich hoffe bloß, dass sie nicht mehr zurückkommen.«

»Ja, das hoffe ich auch«, fauchte Plim, »aber für sie. Mit denen habe ich nämlich noch eine Rechnung offen. Wehe, ich bekomme die zwischen die Finger, dann werden die was erleben. Aus denen mache ich Bodennebel, aber vom Feinsten.« Sie tippte Primus auf die Brust. »Die bauen mir den Besen wieder zusammen«, schnaubte sie, »Stück für Stück. Und zwar unter *meiner* Aufsicht!«

»Jetzt komm schon«, sagte Primus und nahm sie bei der Hand, »vergiss einfach den alten Besen. Vielleicht hätte er ohnehin bald seinen Geist aufgegeben. Wir müssen vielmehr zusehen, dass wir irgendwo einen Unterschlupf finden. Die Spindelwand kann nicht mehr weit sein und vielleicht gibt es an ihrem Fuß ja eine sichere Stelle, wo wir die Nacht verbringen können.«

»Wie bitte?«, entrüstet stemmte Plim die Hände in die Hüften. »Du willst weiter hinauf? Aber ohne mich. Nein, nein, nein.«

»Doch«, widersprach er ihr, »du kommst schön mit. Wir beide schaffen das. Wir sind nämlich schon fast oben an der Schlucht angelangt. Zum Umkehren wäre es jetzt viel zu spät. Uns würde die Dunkelheit einholen, noch bevor wir unten angekommen wären. Und bei völliger Finsternis möchte ich nicht unbedingt auf diesem schmalen Abhang spazieren, du etwa?«

»Nein«, lenkte sie ein, »ich auch nicht.«

Zuversichtlich blickte Primus zum Himmel. »Wenigstens hat sich mit den Geistern auch gleichzeitig das Unwetter verzogen. So haben wir bestimmt noch eine Stunde Licht, möglicherweise sogar zwei.«

Er deutete auf ihre Handtasche. »Ich würde trotzdem vorschlagen, wir binden uns zur Sicherheit an. Hol doch bitte das Seil heraus. Ein zweites Mal haben wir vielleicht nicht mehr so viel Glück.«

Da konnte Plim nur zustimmen, denn der Abhang gefiel ihr schließlich am allerwenigsten. Schnell öffnete sie ihre Tasche und zog das lange Seil hervor. Anschließend knoteten sie und Primus es sich um die Hüften. Jeder an einem der beiden Enden.

Nachdem sie damit fertig waren, machten sie sich abmarschbereit. Plim stellte den Kragen auf, zog ihre Fellmütze ins Gesicht und schnappte sich ihre Handtasche. Es konnte losgehen.

Primus schritt voran. Vorsichtig tastete er sich auf dem Pfad vorwärts, während ihm Plim im kurzen Abstand folgte. So machten sich die beiden nun zu Fuß auf den Weg, den

Rest der Schlucht zu bezwingen. Sie sollten es schon sehr bald geschafft haben.

Dennoch, es war ein beschwerlicher Aufstieg. Glitschig und halsbrecherisch führte der Vorsprung die Felswand hinauf, und in ebenso mörderischem Maße ging es seitlich nach unten. Plim hatte ihren Blick fest auf Primus‘ Rücken geheftet und wagte kaum mehr, in die Tiefe zu sehen. Immer wieder fielen Schneebretter auf sie herab, ließen die beiden taumeln und machten das Fortkommen zu einer Strapaze. Trotzdem ging es weiter, Schritt für Schritt und stets mit einem wachen Auge auf das schwindende Tageslicht.

Schließlich und nach zahllosen Schritten, erreichten Primus und Plim eine Stelle, an der der Pfad vor hohen Felswänden abbog. Die Schlucht wäre fast schon bestiegen gewesen, doch anstatt weiter nach oben zu führen, verlief der Pfad nun waagerecht in eine weitere Spalte hinein. Von einer Treppe oder gar der gefährlichen Spindelwand war nichts zu sehen.

An dieser Stelle blieb Plim schließlich stehen. »Mir tun die Füße weh. Können wir nicht einfach hier bleiben? Wir lehnen uns an die Felswand und kauern uns zusammen. Mit meinem Pelz ist das bestimmt sehr gemütlich.«

»Ich weiß nicht«, entgegnete Primus. »So nah am Abgrund? Was ist, wenn mitten in der Nacht die Berggeister zurückkommen? Lass uns lieber noch ein kleines Stück weitergehen. In dieser Felsspalte finden wir bestimmt eine Stelle, wo wir Rast machen können.«

»Also gut«, grummelte Plim, »meinetwegen.« Sie ließ die Mundwinkel hängen und stapfte weiter.

Gemeinsam wanderten die beiden Freunde zwischen den Felsen hindurch. Sie überquerten einen kleinen Abhang, stiegen über dicke Schneehaufen und erreichten kurz darauf eine Stelle, an welcher der Pfad plötzlich aus dem Felsmassiv wieder herausführte. Befreiend wichen die Steine zur Seite und öffneten sich vor ihren Augen zu einem verschneiten Gebirgstal, das beschaulich im Licht der Abenddämmerung lag.

Erstaunt blickten Primus und Plim sich um. Mit so einer verträumten Zauberlandschaft hatten sie hier oben wahrlich nicht gerechnet. Überall gab es schneebedeckte Büsche und Sträucher, Tannen erhoben sich bis hoch in den Himmel, und in einiger Entfernung erkannten sie die Silhouette eines Waldes.

Das war die Gelegenheit.

»Lass uns da vorne anhalten«, schlug Primus vor. »Unter den Bäumen können wir unser Lager aufschlagen. Wir machen ein gemütliches Feuerchen, und du kannst endlich etwas essen.« Er strahlte. »Hier oben wird uns bestimmt nichts passieren.«

»Ja bitte«, stimmte ihm Plim freudig zu, »ich bin am Verhungern.«

Eilig stapften sie durch den Schnee. Sie liefen durch das Tal und näherten sich den Bäumen des Waldes. Da hielt Primus plötzlich inne. Er blieb stehen und biss sich auf die Lippen.

»Was ist denn?«, fragte Plim.

Doch er wedelte nur hektisch mit der Hand.

»Pst«, zischte er, »sei doch mal still.« Er wartete einige Sekunden und hielt den Atem an. »Hörst du das denn nicht?«

Plim zuckte mit den Schultern. »Nein, was denn? Sind da etwa wieder die Geister im Anmarsch?«

»Nein«, tuschelte Primus, »aber ich höre so etwas wie eine Kirchturmglocke. Da«, er hob blitzschnell den Finger. »Da war es schon wieder.«

»Stimmt«, sagte Plim, »du hast recht. Da bimmelt wirklich etwas. Sag bloß, hier ist irgendwo ein Dorf in der Nähe?«

»Hört sich fast so an«, meinte Primus. »Und sofern mich meine Sinne nicht täuschen, kann es nicht allzu weit weg sein. Ich vermute, das kommt von da hinten, von der anderen Seite des Waldes.«

Neugierig stellte er sich auf die Zehenspitzen und blickte durch das Tal.

»Komm«, rief er, »lass uns nachsehen. Vielleicht haben wir ja Glück und können dort irgendwo unterkommen. In einem Dorf gibt es bestimmt auch etwas zu essen, und du kannst dir deine Brote aufheben.«

Plim sah ihn misstrauisch an. »Und wenn das eine Falle ist? Wer weiß, was sich das Geistergesindel jetzt hat einfallen lassen.«

»Das glaube ich nicht«, entgegnete Primus. Er hob die Nase wobei er neugierig zu schnuppern anfing. »Ich habe nämlich noch nie von Geistern gehört, die ein *Kaminfeuer* entzünden. Los, ich bin gespannt, was uns da drüben erwartet.«

Und im Schein der untergehenden Sonne rannten sie auf die Bäume des Wäldchens zu.

Von Nägeln, Salz und rotem Zwirn

Bereits seit Stunden hallte das Klopfen der Spitzhacken durch den fremdartigen Tunnel. Es war ein seltsames Bauwerk, das die Truppe der Bergwerksgilde tief unter den Baumwurzeln des Finsterwalds vorgefunden hatte. Eines aber stand zweifelsfrei fest: Von den Angehörigen ihrer Zunft stammte dieser Gang mit Sicherheit nicht, darüber war man sich einig. Denn wie es die uralten Traditionen der Hügelkobolde verlangten, so bauten sie seit jeher nur rechtwinklige Stollen mit Pfosten und Stützpfeilern, aber keine kreisrunden Gänge, wie dies einer war. Kerzengerade und ohne jegliche Unterbrechung hatte die rätselhafte Röhre vom Finsterwald aus immer weiter gen Süden geführt, bis sie schließlich nach schier endlosen Meilen an einem Berg aus Geröll ihr Ende gefunden hatte. Merkwürdig. Das alles erschien den Kobolden, die sich hier unten rastlos durch das eingestürzte Ende des Tunnels gruben, doch auf das Äußerste verwunderlich. Woher um alles in der Welt stammte dieser Gang, der in keiner ihrer Karten verzeichnet war? Welchem Zweck diente er und wer war wohl der Erbauer? Niemand unter den anwesenden Kobolden konnte diese Fragen beantworten oder fand eine Lösung dafür. Und dennoch, eine Tatsache war den findigen Gesellen der Bergwerksgilde schon auf den allerersten Blick ins Auge gefallen: Wer immer der geheimnisvolle Baumeister auch gewesen sein mochte, er hatte den Tunnel mit Gewissheit nicht vom Finsterwald aus gegraben. Dafür kannten sich die Kobolde mit der Grubenarbeit viel zu gut aus und hätten sich nie und nimmer täuschen lassen. Denn betrachtete man die Schlagspuren, die sich an der Wand dieser kreisrunden Röhre abzeichneten, dann stellte man fest, dass der Tunnel aus genau der *anderen* Richtung gehauen worden war – und zwar von Süden her, von dort, wo die Bleiberge lagen. Wahrhaftig, das war interessant. Wenn der Eingang dieses mysteriösen Tunnels im Süden lag, so vermuteten die Kobolde, dann würde sich dort mit allergrößter Wahrscheinlichkeit noch etwas anderes befinden, das in den Karten ihrer Gilde ebenfalls nicht verzeichnet war. Längst wurde überlegt und getuschelt, was das wohl sein könnte. Vielleicht war es ja eine Kammer mit Gold, Diamanten oder ähnlichen Schätzen?! Man war gespannt. Hurtig und mit eifrigen Schlägen arbeiteten sich die Kobolde weiter voran.

Staub rieselte von der Decke und immer wieder drohten lose Steine herunterzufallen. Doch trotz des quirligen Bergbaus, der hier unten betrieben wurde, lief die Grubenarbeit wie am Schnürchen. Alles folgte einem präzisen Ablauf, wie es der Brauch der Bergwerksgilde verlangte. In vollen Kübeln wurde das Geröll fortgetragen, Stützpfeiler wurden aufgestellt und für die größeren Brocken, die aus dem Erdreich ausgegraben wurden, hatte man eigens hölzerne Loren herbeigeschafft. Die Kobolde ließen sich keineswegs lumpen, und gerade was den Bergbau betraf, so waren sie einfach unschlagbar.

Dennoch gab es jemanden, dem das alles nicht schnell genug ging.

»Wie lange werdet Ihr noch brauchen?«, fragte Rabenstein, der abseits im Schein der Öllampen stand. »Wann glaubt Ihr, stoßen wir durch?« Seine Augen glitzerten im schwachen Licht.

»Nun, das kann ich Euch nur schwerlich beantworten«, erwiderte ein rundlicher Kobold, der offensichtlich der Grubenmeister war. Er trug eine prächtige Schärpe und einen großen, imposanten Hut. »Wir können schließlich nicht deuten, wie weit sich das eingestürzte Stück Tunnel noch erstreckt. Vielleicht ist ja auch der gesamte hintere Abschnitt verschüttet und es gibt keinen Ausgang. Fürwahr, damit ist zumindest zu rechnen.«

Rabenstein knirschte mit den Zähnen. »Das wäre fatal«, brummte er und strich sich über das Kinn. »Fatal und äußerst unerfreulich.«

Der Kobold stellte sich auf die Zehenspitzen. »Dieser Tunnel ist alt«, bekundete er mit würdevollem Tonfall, »ein Werk aus längst vergangenen Tagen, wie mir scheint. Es kommt einem Wunder gleich, dass er die Jahre überhaupt so gut überstanden hat. Möglicherweise hat es ja einst ein Erdbeben gegeben, und der Tunnel ist dabei eingestürzt?! Für solche Schäden gibt es viele Erklärungen.«

Wohl gesprochen und treffend zugleich. Das fand auch Rabenstein.

»Da habt Ihr durchaus recht«, bestätigte er, wobei er nur schwerlich ein Lächeln verbergen konnte. »In der Tat, Meister Butterbaum. Ihr glaubt ja gar nicht, *wie* recht Ihr damit habt.«

Mehr aber gab Rabenstein dem rundlichen Baldus Butterbaum nicht preis. Stattdessen verschränkte er die Arme und hüllte sich in Schweigen – und das, wohlgemerkt, aus sehr gutem Grund.

Denn keiner wusste besser als Rabenstein, wie alt dieser Tunnel tatsächlich war und wer ihn einst vor 12 000 Jahren gegraben hatte. Es war das Werk des Eiskönigs … jener geheimnisvollen Gestalt, die auch die magische Mondsichel geschaffen hatte. Daran gab es für Rabenstein überhaupt keinen Zweifel. Durch diesen Tunnel musste der Eiskönig damals von den Bergen gekommen sein, um seinen Plan mit der Mondsichel in die Tat umzusetzen. Das war sein Geheimgang gewesen. Endlich schloss sich der Kreis. Auf diese Weise hatte sich der Eiskönig ungesehen ins Land schleichen können, bevor er der Nebelfee habhaft werden konnte. Und auf eben diesem Weg war er anschließend auch wieder entwischt. Ausnehmend raffiniert. Erst als wenig später die Mondsichel vom Himmel gestürzt war und das Land in Schutt und Asche gelegt hatte, da musste auch dieser Tunnel eingestürzt sein.

Baldus Butterbaum hatte also vollkommen recht, als er von einem Erdbeben sprach. Wenngleich es auch ein Erdbeben gewesen sein musste, das unter allen anderen Katastrophen seinesgleichen suchte.

Nachdenklich blickte Rabenstein auf das Geröll. Der gute Primus hatte diesen Gang gewiss durch einen lausigen Zufall entdeckt. Ein glücklicher Umstand sozusagen, anders konnte er es sich nicht erklären. Oder aber, sein früherer Freund hatte in Ulmes altem Turm Aufzeichnungen darüber gefunden, das wäre natürlich auch möglich … Aufzeichnungen, die Rabenstein beim Durchsuchen des Gemäuers wohl seinerzeit übersehen hatte.

Doch wie dem auch sei. Diese Einzelheiten waren jetzt völlig unerheblich für das weitere Vorgehen. Der Tunnel war Rabensteins große Chance, und die würde er nutzen. Denn wenn sich der Behälter mit der gefangenen Nebelfee heute noch in den Bleibergen befand, dann würde ihn dieser Gang geradewegs dorthin geleiten. Auf diese Weise könnte Rabenstein in die Festung des Eiskönigs gelangen, *ohne* den Fluch beladenen Bergpässen entgegentreten zu müssen. Er würde einfach unter dem Gebirge hindurchgehen, wie es der Eiskönig vor über 12 000 Jahren auch getan hatte. Versteckt, heimlich und sicher vor allen Gefahren. Nur gab es trotz allem noch ein kleines Hindernis: Die Kobolde mussten diesen vermaledeiten Tunnel freilegen, fieberte Rabenstein, koste es, was es wolle.

»Mir dauert das alles zu lange«, zischte er. »Sprecht, warum geht das nicht schneller?«

»Gemach, gemach«, erwiderte Butterbaum, wobei er sein rundes Bäuchlein blähte. »Die Gesellen haben alle Hände voll zu tun, wie Ihr seht. Außerdem will ich keinen Einsturz riskieren, nein, nein. In dieser Tiefe kann es nämlich gut sein, dass ...«

Doch Butterbaums Worte wurden plötzlich von einem lauten Ruf übertönt:

»SCHICHTWEEEECHSEL!!!«, schallte es von der anderen Seite durch den Tunnel. »ALLES AUFSTELLEN ZUM ABMARSCH!«

Na, das wurde aber auch Zeit. Auf der Stelle ließen die Bergwerkskobolde die Schaufeln und Hacken fallen und packten eilig ihre Sachen. Sie klopften sich den Staub von den Kleidern, griffen nach ihren Lampen und trotteten unter lautem Geplapper durch den Tunnel nach Hause.

»Zum Gruß, zum Gruß, zum Gruß«, nickten sie Rabenstein noch fröhlich zu, während sie mit gelupften Mützen an ihm vorbeispazierten.

Rabenstein klappte der Kiefer runter. Vor Wut drohten ihm beinahe die Augen aus dem Gesicht zu fallen. Welch eine Vermessenheit!

»Holla, was soll denn das werden?«, schrie er und stampfte mit dem Fuß auf. »Haltet ein, sage ich, aber schnell.« Er ruderte wild mit den Armen. »Los, zurück an die Arbeit, habt ihr gehört?«

Doch Baldus Butterbaum hob schützend die Hände. »Oh, nein«, widersprach er und ließ die Arbeiter ziehen. »Jetzt ist durchaus die rechte Zeit für einen Schichtwechsel. Wir haben strikte Verordnungen, die wir stets befolgen. Wohlan, da gibt es keine Ausnahme.«

Wie? Das wollte Rabenstein doch mal sehen. Wütend trat er auf Baldus Butterbaum zu und drückte ihm einen Finger auf die Nase.

»Eure Traditionen interessieren mich nicht im Geringsten«, fuhr er ihn an. »Vielmehr sollt Ihr zusehen, dass dieser Gang hier freigelegt wird. ABER HURTIG!«

»Sehr wohl«, sagte Butterbaum unbeeindruckt und strich sich durch den Rauschebart. »Wir arbeiten daran. Seht nur, da hinten kommt auch schon die Spätschicht.«

Rabenstein war außer sich.

»Frühschicht, Spätschicht, Nachtschicht ...«, schimpfte er. »Ich will, dass hier alle Schichten arbeiten, und zwar rund um die Uhr, verstanden?«

Doch es war zwecklos. Butterbaum ließ sich nicht erweichen. Die alten Pflichten galt es schließlich einzuhalten, das verlangte die ehrwürdige Gildeordnung. Und die war im Zweifelsfall immer wichtiger, als Rabensteins namhafte Staatsämter.

Da stand Rabenstein nun mit hochrotem Kopf im Grubenlicht und ballte die Fäuste. Mit derartigen Verzögerungen hatte er wirklich nicht gerechnet, zum Teufel aber auch. Ungeduldig und mit pochenden Schläfen sah er zu, wie der neue Trupp heranzog und unter allerlei Singsang die Arbeit aufnahm. Der ganze Zinnober dauerte Rabenstein viel zu lange. Die Kobolde spuckten in die Hände, schwangen ihre Spitzhacken und machten sich mit fröhlichem ‚Glück auf‘ ans Werk. Alles unter Rabensteins argwöhnischem Blick, der sie nicht mehr aus den Augen ließ.

So verging die Zeit unter Tage, während über der Erde die Nacht hereinbrach.

Doch die Arbeit der Spätschicht sollte nicht mehr allzu lang dauern. Minenmeister Butterbaum war gerade dabei, mit einigen seiner Gesellen Stützpfeiler in die rechte Position zu bringen, als es plötzlich mächtig zu poltern begann. Eine Staubwolke erfüllte die Luft und schon wenig später ertönte überschwänglicher Jubel.

»ES IST GESCHAFFT«, schrien die Kobolde vom Ende des Tunnels. »WIR SIND DURCH!«

Welch eine Nachricht. Darauf hatten alle gewartet. Von überall eilten die Kobolde herbei, reckten ihre Hälse und versuchten, in all dem Gedränge, einen ersten Blick zu erhaschen. Gab es da nun eine Goldkammer oder gab es keine? Stimmengewirr machte sich breit und alle scharten sich um die Baustelle.

Dann aber ging alles ganz schnell. Mit flinken Schlägen und auf allen Vieren arbeitete sich die Bergwerkstruppe durch das Geröll. Es klapperten die Werkzeuge, Lampen wurden angereicht und wenig später hatten die Kobolde inmitten des Steinhaufens einen schmalen Durchgang geschaffen. Jetzt endlich war es so weit. Der Gang war wieder offen – nach mehr als 12 000 Jahren!

Sofort war auch Rabenstein zur Stelle.

»Hinfort«, rief er und schob sich durch das plappernde Koboldgewühl. »Man lasse mich durch.«

Aufgeregt kämpfte er sich bis an die Öffnung vor. Er ging in die Knie, hielt eine Grubenlampe durch das Loch und schärfte seinen Blick. Die Flamme fing an zu flackern. Das war schon einmal ein sehr gutes Zeichen. Im Halbdunkel versuchte Rabenstein, sich zu orientieren. Ein schwacher Luftzug strömte ihm ins Gesicht und im Schein der Lampe tauchte der hintere Teil des Tunnels auf. Was für ein Glück. Es war genau, wie er gehofft hatte: Der Gang war noch immer intakt.

Gebannt richtete Rabenstein seinen Blick geradeaus und hielt ergriffen inne. Er betrachtete die endlos lange Röhre, wobei ihm ein Schauder über den Rücken lief. Seit einer Ewigkeit schon hatte niemand diesen Gang hier betreten, ja, nicht einmal von ihm gewusst. Und nun lag der Tunnel des Eiskönigs unmittelbar vor seinen Füßen. Welch ein erhebender Moment. Es kam ihm vor, wie das Tor zu einer anderen Welt – eine Zeitreise, Jahrtausende zurück in die dunkelste Vergangenheit.

Mit forschem Blick drehte Rabenstein sich um. Er erhob sich und sah zu den Kobolden hinab.

»Eure Arbeit ist beendet«, sagte er kühl. »Meister Butterbaum, weist Eure Leute an, dass sie abziehen sollen, sofort. Ihre Hilfe ist nicht weiter erforderlich.«

Er bahnte sich seinen Weg durch die staunenden Kobolde und schritt zu einem Bündel, das er zuvor im Tunnel abgelegt hatte. Dies nahm er auf und warf es schnell über die Schulter, bevor er wieder auf die Öffnung zutrat.

»Aber wir sind noch nicht fertig«, wandte Baldus Butterbaum ein.

»Was meint Ihr damit?« Rabenstein sah den Minenmeister fragend an.

»Nun«, antwortete Butterbaum, »wir müssen den Gang noch vermessen.« Er schürzte die Lippen und zuckte mit den Schultern. »Und in unsere Karten aufnehmen. Das verlangt die Pflicht.«

Da war Rabenstein aber anderer Ansicht.

»Das könnt Ihr machen, wenn ich zurückkomme«, befahl er. »Bis dahin aber haltet Ihr Euch von diesem Gang fern, verstanden?« Bedrohlich richtete er sich zu seiner ganzen Größe auf und hob den Finger. »Keiner außer mir betritt diesen Tunnel, ist das klar? KEINER!!! Und sollte ich einen Eurer Leute erwischen, dass er auch nur einen Fuß auf diesen Boden setzt, dann haben Eure Händler den Marktplatz von Hohenweis zum letzten Mal gesehen, das verspreche ich Euch.«

Grimmig blickte er die Kobolde an. Er nickte ihnen noch einmal zu, wobei er langsam durch die Öffnung stieg – die Augen finster zu zwei Schlitzen zusammengezogen.

Dann machte er sich auf. Er hielt das Licht vor sich in die Höhe und verschwand mit wehender Robe im Dunkel des Tunnels. Ganz egal, welchen Weg Primus auch nehmen würde, dieses Mal war *er* mit Sicherheit der Schnellere. Er würde längst in der Bergfestung auf Primus warten und seinen alten Freund gebührend empfangen, darauf konnte sich dieses Bürschchen verlassen.

Und jetzt: Auf zu den Schwefelzinnen!

Die Sonne war bereits untergegangen, als Primus und Plim aus dem Wäldchen traten. Kühl empfing sie der Luftzug, der von den Berggipfeln wehte, und mit leuchtenden Strahlen hüllte das Mondlicht sie ein. Die beiden blieben stehen und sahen sich um. Alles in der näheren Umgebung erschien auf einmal so ruhig, stellten sie fest. So schweigend und wundersam friedlich. Kein Ästchen regte sich mehr im Wind und von nirgendwoher war auch nur das leiseste Geräusch zu hören. Es war, als würde die Natur den Atem anhalten. Merkwürdig. Bis vor wenigen Stunden hatte doch wahrlich noch ein anderer Wind geweht, erinnerten sie sich. Ein Wunder, dass sie den Sturm so heil überstanden hatten. Doch nun kam es Primus und Plim beinahe so vor, als hätten sich die Geister der Berge sprichwörtlich zurückgezogen. Und zwar, so wie es aussah, ganz besonders aus dieser Gegend hier.

Miss Plim stellte ihre Handtasche ab. Erschöpft stützte sie sich auf die Knie, während ihr Atem in kleinen Wölkchen zum Himmel aufstieg. Was für eine beschwerliche Reise, einfach ungeheuerlich. Nach einer kurzen Verschnaufpause legte die Hexe den Kopf in den Nacken und sah zum Nachthimmel auf.

»Oh«, staunte sie, »so einen großen Mond habe ich ja noch nie gesehen. Jetzt sieh dir das mal an. Der ist ja fast doppelt so groß wie sonst.«

»Stimmt«, meinte Primus, »der ist wirklich riesig heute Nacht.« Und mit einem Lächeln fügte er hinzu: »Aber ich bin mir sicher, dass es der Echte ist, meinst du nicht? Ansonsten müssten wir gut aufpassen, dass er uns nicht auf den Kopf fällt.«

Die beiden dachten an die alte Legende, die sich um die magische Mondsichel rankte, und lachten.

Dann nahm Plim die Mütze vom Kopf und strich sich durch das Haar.

»Was schätzt du?«, fragte sie. »In welcher Höhe sind wir wohl schon?«

»Schwer zu sagen«, antwortete er. »Ich glaube, wir befinden uns etwa auf halber Strecke, vielleicht sogar schon ein bisschen weiter. Aber 3000 Fuß Höhe haben wir bestimmt noch vor uns.«

»Na, viel Spaß«, pustete Plim. »Und das alles ohne meinen Besen.«

Unterdessen spähte Primus aus. Prüfend hob er das Kinn und überblickte die tief verschneite Landschaft. Das Gebiet, das sich ihnen hinter dem Wäldchen eröffnete, glich auch weiterhin einem Gebirgstal – wenngleich dieses wesentlich kleiner war, als das vorherige, das sie soeben durchquert hatten. Spärlich war es hier und da mit Büschen und Bäumen bewachsen, während es ringsherum fast vollständig von steilen Bergwänden eingeschlossen wurde. Man kam sich vor, wie in einem Kessel. Einzig im Norden, in der Richtung von der Primus und Plim gekommen waren, schloss das Wäldchen den Kreis.

Langsam ließ Primus seinen Blick durch den winzigen Talkessel wandern. Magisch und wie mit einem Zauber behaftet, glitzerte ihm der Schnee im Mondschein entgegen. Er schaute von links nach rechts, reckte den Kopf und entdeckte plötzlich in der Ferne einen funkelnden See, in dessen Wasser sich der Mond spiegelte. Mitten in diesem See, so kam es Primus vor, lag eine Insel – eine kleine Insel mit einem Baum.

Seltsam, ging es Primus beim Anblick des Sees durch den Kopf, irgendetwas an diesem Gewässer kam ihm ungewöhnlich vor, aber was? Natürlich, das Wasser! Eigentlich müsste das Wasser eines Bergsees längst gefroren sein. Vor allem in dieser Höhe und zu dieser Jahreszeit. Aber das Wasser des Sees kräuselte sich sanft in kleinen Wellen. Wie konnte so etwas bloß möglich sein?

Dann aber geriet Primus plötzlich noch etwas anderes ins Blickfeld und wie der Blitz ging ein Zucken durch seinen Körper.

»Siehst du?«, jubelte er und sprang vor Freude in die Höhe. »Die Lichter dort drüben! Wir haben uns also nicht getäuscht. Da hinten liegt tatsächlich ein Dorf. Genau, wie wir es vermutet haben.«

Plim klatschte in die Hände. »Oh, wie schön«, rief sie, »dann ist ja doch noch nicht aller Tage Abend. Ich kann es kaum erwarten, endlich ins Warme zu kommen und etwas zu essen.« Sie stupste ihn an. »Du, vielleicht haben die im Dorf ja sogar ein Fußbad oder einen heißen Zuber mit Tannenduft und ganz viel Seife. Hui, ja, das wäre jetzt genau das Richtige.«

Als Primus das hörte, biss er sich verärgert auf die Lippen. Verflixt noch mal, fiel es ihm ein, sie hatten ja überhaupt kein Geld dabei. Diese Kleinigkeit hatte er trotz aller Vorbereitung doch völlig vergessen.

Ratlos starrte er geradeaus. »Und wie, meinst du, sollen wir den Gastgeber bezahlen?«

»Ach, überhaupt kein Problem«, entgegnete Plim. »Ich habe die tollsten Sachen in meiner Handtasche. Lippenstifte, Duftwässerchen und allerlei neckische Elixiere. Davon kann ich bestimmt das Eine oder Andere eintauschen.« Sie grinste bis über beide Ohren. »Vielleicht mache ich ja sogar eine von meinen Sonderaktionen: *Nimm vier und zahl fünf.* Das kommt immer gut an.«

»Verlockendes Angebot«, grunzte Primus.

»Jetzt komm schon«, rief sie. »Ganz egal, was wir denen andrehen. Auf jeden Fall müssen wir da hin.«

Und sie rannten los.

So schnell ihre Beine sie trugen, hasteten die zwei durch den Schnee. Sie durchquerten das Tal, passierten den See zu ihrer Linken und liefen geradewegs auf das verschlafene Bergdorf zu. Abgelegen und bis zu den Dächern eingeschneit lag es hier in der Einsamkeit. Ein kleiner Weg, der nur notdürftig freigeräumt war, führte zu den Häusern und direkt an einem alten und wettergepeitschten Holzschild vorbei. Dort blieben Primus und Plim schließlich stehen.

Zum Gruß in Erdeley

… stand in schwer lesbaren Lettern in die Holztafel geschnitzt.

Plim war überrascht. »Erdeley? Davon habe ich ja noch nie gehört.«

»Geht mir nicht anders«, murmelte Primus. »Und wenn ich mir die Gegend hier so ansehe, dann sind wir bestimmt nicht die Einzigen, denen diese Einöde fremd ist.«

»Ganz schön abgelegen, nicht wahr?«

Er nickte. »Das meine ich aber auch.«

So beschritten sie langsam die Dorfgassen.

Hier oben in den Bleibergen herrschten wahrlich strengere Winter, als zu Hause, das ließ sich nicht leugnen. Die Bäume bogen sich unter den eisigen Lasten, der Schnee türmte sich mannshoch auf und von den Dächern der Häuser hingen ellenlang die Eiszapfen herab.

Doch was *waren* das nur für seltsame Häuser?! Solche Gebäude hatten Primus und Plim bisher noch nie gesehen. Gab es in Klettenheim und Umgebung vor allem wuchtige Steinbauten mit abgestuften Giebeln und dicken Mauern, so pflegte man hier in den Bergen offenbar andere Baukünste. Denn bis auf einen steinernen Sockel waren alle Häuser vollkommen aus schlanken Holzbalken gezimmert. Ein Jedes besaß ein spitzes, sehr hohes Dach und Fenster, die eher aussahen wie dünne Schlitze. Auch die Türen waren schmal und sehr hoch. Eine äußerst befremdliche, aber anmutige Architektur, gar keine Frage. Krumme Schornsteine ragten weit in den Himmel empor, aus denen lustig die Rauchwolken quollen.

Plim war die Erste, die wieder zu Worten fand.

»Trolle wohnen hier jedenfalls nicht«, sagte sie. »Mit ihren dicken Bäuchen würden die nicht einmal durch die Haustüren passen.«

»Ja«, meinte Primus, »das sind wirklich merkwürdige Bauten. Ich wusste gar nicht, dass es so etwas gibt.«

Sie zuckte mit den Schultern. »Du, aber eigentlich ist mir das auch völlig egal, was die hier für Hütten haben. Mir knurrt der Magen. Ich will jetzt schleunigst hinein und etwas essen. Los, auf geht's.«

Und noch bevor Primus sich versah, war Miss Plim auch schon zur nächstbesten Haustür gehuscht und hatte angeklopft. Ungeduldig stand sie da, schwang ihre Handtasche und wartete ab.

Aber niemand öffnete.

Plim klopfte erneut.

»Hallo«, rief sie, »ihr da drinnen! Zwei Wanderer bitten um Einlass.«

Nichts regte sich.

Wütend stemmte die Hexe die Hände in die Hüften. »Was ist denn da los? Sitzen die etwa alle auf ihren Ohren?«

Sie stellte sich auf die Zehenspitzen und versuchte, durch eines der vereisten Fenster zu linsen.

»Kann fast nichts erkennen«, zischte sie. »Aber es brennt auf jeden Fall Licht, soviel ist sicher.«

»Vielleicht lässt man hier ja zu so später Stunde niemanden mehr ein?«, vermutete Primus.

»Ach, was«, winkte sie ab, »wo gibt's denn so was?«

Sie ging kurzerhand ein Haus weiter und hämmerte gegen die Tür.

»HALLO, AUFMACHEN! UNS IST MÄCHTIG KALT HIER DRAUSSEN!«

Doch es war zwecklos. Keiner der Bewohner schien sie zu hören oder wollte sich um sie kümmern.

Langsam machte sich Ratlosigkeit breit. Primus und Plim wanderten von einem Häuschen zum nächsten, klopften an jede Tür, doch nirgendwo fanden sie Gehör. Es war zum Haare raufen.

Nach einer halben Stunde hatten die zwei fast das ganze Dorf abgeklappert. Fieberhaft überlegten sie, wo sie die Nacht verbringen konnten und wollten sich in ihrer Verzweiflung schon den Viehställen zuwenden, als sie plötzlich an einer kleinen Gasse vorbeikamen. Verwinkelt und eng führte sie zu einem Hinterhof, aus dem das unverkennbare Klirren und Klappern von Gläsern, Flaschen und Krügen ertönte. Primus und Plim blieben stehen. Sie schauten um die Ecke und entdeckten ein runzliges, altes Gebäude, dessen Fenster hell erleuchtet waren. Ein Eisenschild, auf dem ein mächtiger Bierkrug prangte, hing an der Hauswand neben der Tür.

Plim konnte es nicht fassen. Sie sah Primus an und schüttelte den Kopf. »Sag bloß, in diesem Kaff gibt es einen Gasthof?!«

»Sieht ganz danach aus«, meinte er. »Und einen ziemlich belebten obendrein.«

»Na, aber das ist ja großartig«, triumphierte sie. »Was wollen wir mehr? Dann brauchen wir uns auch gar nicht zu wundern, dass hier nirgendwo einer aufmacht. Die sitzen bestimmt alle da drin und haben zu Hause das Licht brennen lassen.« Sie zog ihn am Ärmel. »Komm«, rief sie, »da gehen wir rein.«

Sie eilten durch die Gasse.

Je näher Primus und Plim dem Gebäude nun kamen, desto wunderlicher wirkte es. Dunkel zeigten sich die Balken und bröcklig der gemauerte Sockel. Primus war erstaunt. Im Vergleich zu allen umliegenden Gebäuden, musste dieses Haus wohl eines der ältesten sein. Das Dach war in der Mitte eingesunken, Efeu überspannte die Wände und an den Holzteilen der Türen und Fenster waren zahllose altertümliche Schnitzereien von Blumen, Bäumen und Fabelwesen zu sehen. Alles in Allem sehr rustikal. Ein kleiner Brunnen stand neben der Eingangstür, zu der eine steinerne Treppe führte.

Plim war zufrieden. »Sieht von außen auf jeden Fall ziemlich gemütlich aus. Bin gespannt, was es hier so alles Feines gibt.«

Sie trippelte die Treppe hinauf und drückte die Klinke.

Verschlossen.

»Das darf doch nicht wahr sein«, rief sie, »in was für einem Nest sind wir hier bloß gelandet?!« Mit geballter Faust prügelte sie gegen die Tür. »HALLO«, schrie sie, »IHR DA DRINNEN, WIR WOLLEN REIN!«

Schlagartig verstummten die Stimmen im Haus und das Klirren der Gläser riss ab.

»Na, also«, freute sich Plim, »wer sagt's denn. Man muss sich nur laut genug bemerkbar machen.« Siegessicher stand sie da und wartete.

Aber die Tür blieb dennoch weiterhin zu.

Jetzt packte Plim wirklich die Wut. Puterrot lief sie an und hämmerte gegen die Tür.

»AUFMACHEN, ABER HURTIG!!! HIER KOMMEN RECHT EDLE GÄSTE!!!«

Sie keifte und klopfte, schimpfte und hämmerte, doch es half alles nichts. Niemand in der Schänke kam ihr entgegen oder öffnete die Tür.

Plim überlegte bereits, auf welchem Weg sie wohl noch in das Haus eindringen könnte und wollte sich gerade am Türschloss zu schaffen machen, da ertönte über ihnen plötzlich ein Klappern.

»Da tut sich ein Specht durchaus leicht«, schallte es von oben.

Erschrocken fuhren die beiden zusammen. Sie traten ein paar Schritte zurück, hoben die Köpfe und sahen verwundert zum Hausdach hinauf. Rabenschwarz zeichnete sich der First im hellen Mondschein ab, als sie suchend durch die Nacht blickten.

Es dauerte nicht lange und Primus und Plim wurden fündig. Denn hoch droben, am Ende des wackeligen Schornsteins, entdeckten die beiden ein struppiges Nest mit einer rätselhaften Gestalt darin. Sie war groß, überaus dünn und stand, so wie es aussah, auf nur einem Bein. Den Kopf hatte

der befremdliche Geselle unter einer Kapuzenmütze versteckt, aus der ein langer Schnabel hervorguckte. Es war ein Storch. Und wie sich herausstellen sollte, ein überaus redegewandter obendrein.

»Verzeihung«, rief Primus zu ihm hinauf, »was hast du gerade gesagt? Sprachst du mit uns?«

»Sehr wohl«, antwortete der Storch. »Wen sonst könnte ich in diesen verlassenen Straßen gemeint haben?« Er schlug mit den Flügeln. »Doch sagt, werte Besucher, was ist Euer Begehr in der frostigen Wintersnacht?«

»Na, dreimal darfst du raten«, blaffte Plim. »Was können zwei Wanderer schon wollen, die nachts an eine Herberge klopfen?«

»Oh, da gibt es mannigfaltige Gründe, mein Fräulein«, entgegnete der Storch, »so viel sei Euch gewiss. Ganz besonders in eisigen Winternächten, in denen der Mond gespenstisch vom Himmel scheint.« Er neigte das Haupt und sah sie prüfend an.

»Wir suchen eine Unterkunft«, rief Primus. »Wir kommen von weit, weit her. Durch das hügelige Land und die finstere Schlucht.«

»Ach, tatsächlich?«, klapperte der Storch. »Zwei Wanderer aus fernen Gefilden, nehme ich an?«

»Ganz recht«, bestätigte Primus.

»Nun, das trifft man selten, fürwahr.« Er stellte sich auf beide Beine und hob seinen Schnabel. »Dann erzählt mir doch«, fragte er prüfend, »was habt ihr gesehen, bevor ihr die Schlucht bestiegen habt? Könnt ihr mir das möglicherweise beantworten? Ihr müsst wissen, ich reise gerne und bin nur allzu neugierig. Gibt es da vielleicht eine Sehenswürdigkeit?«

Primus spitzte die Lippen. »Nun, da war so ein Felsen«, antwortete er, »ein großer, steinerner Bogen. Mehr gab es nicht zu sehen, tut mir leid.« Primus wusste nicht genau, was die Fragerei sollte.

Doch mit der Antwort war der Storch auch schon zufrieden. Er breitete seine weißen Flügel aus, ließ sich vorne überkippen und segelte elegant vom Schornstein herunter. Rauschend landete er vor Primus und Plim auf der Straße und richtete sich auf.

»Gestatten«, klapperte er, »mein Name ist Fappner. Meines Zeichens Antiquar und Sammler.« Seine Augen glänzten geheimnisvoll. »Und mit wem habe *ich* die Ehre, wenn ich so kühn fragen darf?«

Jetzt, wo Primus dem Vogel gegenüberstand, kam dieser ihm wesentlich älter vor, als er es anfangs angenommen hatte. Große Furchen zeichneten sich unter den Augen des Storches ab, und auch die fremdartige Kapuzenmütze, die der Vogel über seinem Kopf trug, entstammte längst vergangenen Tagen.

Umso höflicher trat Primus ihm nun entgegen. »Die Ehre ist ganz auf unserer Seite«, sagte er, wobei er manierlich den Hut zog. »Ich heiße Primus und das hier ist meine Freundin Miss Plim.«

Die Hexe grummelte. Sie blickte unbeteiligt zum Himmel und machte einen Knicks. Diese ganzen Formalitäten konnte sie überhaupt nicht gebrauchen.

»Sind wir bald fertig?«, stöhnte sie. »Ich würde nämlich wirklich gerne wissen, wie es weitergeht.« Sie sah Primus an und deutete mit dem Daumen auf Fappner. »Sollen wir etwa bei *dem da* oben in seinem Nest schlafen, oder wie stellst du dir das vor?«

Primus wandte sich an den Storch. »Sag, Fappner, kannst du uns vielleicht verraten, wo wir die Nacht verbringen können? Wir stehen hier schon seit einer Ewigkeit vor verschlossenen Türen.«

»Wohl, wohl«, klapperte Fappner. »In mondhellen Winternächten hält man Tür und Tor gut verriegelt. So ist‘s, so war‘s schon immer, und so wird‘s auch immer sein.« Er blickte sich vorsichtig nach allen Seiten hin um und streckte den Kopf vor. »Aber nur keine Sorge«, flüsterte er den beiden zu. »Ich will euch verraten, wie es geht. Es ist ganz einfach, so merket nur auf.«

Primus und Plim sahen sich verwundert an. Jetzt waren sie wirklich gespannt, was der Storch ihnen sagen würde. Sie traten vor und spitzten die Ohren.

»Es gilt, kurz zu schlagen«, verriet ihnen Fappner, »gar zügig und schnell.«

Wie bitte? Was sollte das denn bedeuten?

»Ratatata«, flüsterte Fappner eindringlich und klopfte mit dem Fuß. »Wie der Hase im Feld.«

Die drei standen da und starrten sich an.

Plötzlich verstand Primus den Hinweis.

»Ach, so«, lächelte er. »Oder wie der Specht auf dem Baum.« Er klopfte sich flink in die Handfläche. »Das hast du vorhin doch gemeint, nicht wahr?«

»Ganz recht«, nickte Fappner, »du hast es erfasst. Und nun geh und probiere es aus.«

Plim konnte es kaum glauben.

»Und dann lässt man uns ein, sagst du? Durch ein einfaches Klopfzeichen? Also, ich muss schon sagen, Herr Storch, gar merkwürdige Bräuche habt ihr hier in den Bergen, wirklich.«

Primus aber war bereits die Treppe hinaufgeeilt und streckte die Hand aus. Kurz und schnell, genau wie Fappner es ihm gesagt hatte, pochte er gegen die Tür. Dann sah er zu Plim hinunter, hob die Augenbrauen und wartete.

Und tatsächlich. Wenig später näherten sich auch schon Schritte.

Primus stand still und lauschte. Er konnte hören, wie jemand das Schloss aufsperrte, eine Kette entfernte und daraufhin einen Riegel zur Seite schob. Auf Fappner war offensichtlich Verlass. Der Trick mit dem Klopfzeichen hatte funktioniert.

Sofort kam Miss Plim die Treppe empor.

Mit einem lauten Quietschen öffnete sich die Tür und der würzige Geruch von Bier, Wein und Kaminfeuer strömte Primus entgegen. Eine ältere Frau mit einer Stoffhaube streckte den Kopf aus der Tür und sah die beiden von oben bis unten an.

»Ja?«, sagte sie zögerlich.

Die Dame war recht klein, hatte ein rundliches Gesicht und knallrote Backen. Gekleidet war sie mit einer weißen Schürze und einem großen, altmodischen Pluderrock, der aussah, wie aus Großmutters Zeiten.

Förmlich nahm Primus den Hut ab. »Guten Abend, werte Frau«, sagte er. »Wir hätten gerne ein Zimmer für die Nacht.«

»*Zwei* Zimmer«, verbesserte Plim vorlaut. »Und einen Badezuber hätten wir … äh … hätte *ich* auch gerne, wenn es möglich ist.«

Die Frau überlegte. Unschlüssig betrachtete sie die zwei fremden Gestalten, die im Mondschein zu so später Stunde vor ihr standen. Dann sah sie zu Fappner.

»Wir haben Gäste im Dorf«, klapperte der Storch. »Sie kommen von weit, weit her, wie mir berichtet wurde. Besuch aus den Tälern.«

»Aha«, sagte die Wirtin. »Na, wenn es so ist. Zwei Kämmerchen habe ich in der Tat zu vergeben.« Sie öffnete die Tür. »Aber bitte«, sagte sie und trat einen Schritt zur Seite, »kommt doch he...«

Das reichte schon aus.

Die Wirtin hatte den Satz noch gar nicht zu Ende gesprochen, da war Plim auch schon nach drinnen gehuscht. Glücklich stand sie jetzt in der Schänke und wärmte sich an den Flammen.

Primus folgte ihr.

Dann zog die Wirtin schnell die Tür hinter ihnen zu. Sie sperrte ab, verschloss den Eingang zusätzlich mit der Kette und schob zu guter Letzt auch noch den Riegel vor. Es war genau, wie Fappner gesagt hatte. Hier in den Bergen hielt man Tür und Tor gut verschlossen.

Doch wie dem auch sei, Primus und Plim befanden sich endlich im Warmen und waren in Sicherheit. Nun konnten sie aufatmen.

Primus klopfte sich den Schmutz vom Frack. Er nahm den Zylinder unter den Arm und schaute sich um. Die Schankstube war geräumig, aber ausgesprochen niedrig. Selbst Miss Plim, die ein wenig kleiner war als Primus hatte allergrößte Mühe, sich an den verzierten Deckenbalken nicht den Kopf zu stoßen. Es gab einen wuchtigen, wurmstichigen Tresen, einen offenen Kamin und zahlreiche grob behauene Tische, an denen bärtige Dorfbewohner saßen. Wortlos starrten die Männer auf Primus und Plim, als wären es die ersten Fremden, die sie jemals zu Gesicht bekommen hätten. Gar kein Zweifel, Besuch schien es im entlegenen Erdeley nur selten zu geben.

Primus ging auf die Männer zu.

»Seid gegrüßt, meine Herren«, sagte er und verbeugte sich. »Wir sind Reisende und bringen euch Grüße aus dem fernen Hügelland.«

Alle schwiegen.

»Das stimmt«, sagte die Wirtin, wobei sie zum Tresen ging. »Fappner kann es bestätigen.« Sie nahm ein kariertes Tuch und trocknete die Krüge ab. »Möchtet ihr auch etwas essen?«, fragte sie Primus und Plim. »Wir haben noch Bohnensuppe mit reichlich Würze und Speck. Eine Spezialität des Hauses.«

»Oh, ja«, rief Plim schmachtend, »wahnsinnig gerne. Ich bin am Verhungern.«

Freudig setzte sie sich neben den Kamin auf ein Bänkchen und legte die Hände in den Schoß. Etwas Heißes kam jetzt wie gerufen.

Primus schaute unterdessen in die Runde. Die Dorfbewohner, die in der vernebelten Schänke saßen, schienen allesamt Bergbauern zu sein. Stumm hielten sie sich mit ihren groben Händen an den Trinkhörnern fest oder starrten auf die prall gefüllten Krüge, aus denen der Bierschaum quoll. Eine urige Gesellschaft, dachte Primus, wie sie wohl nur im Gebirge anzutreffen ist.

Plötzlich merkte Primus auf. Aus dem Augenwinkel hatte er einen Mann entdeckt, der ihm zu Beginn überhaupt nicht aufgefallen war. Umso mehr erregte er nun seine Aufmerksamkeit. Primus hob die Augenbrauen und schaute über die Köpfe der Bergbauern hinweg. In der Ecke der Schänke, dort wo sich auch eine Holztreppe befand, musterte er einen alten Mann mit schneeweißem Haar. Gebückt saß dieser an einem Tisch, auf dem eine Handvoll glänzender Würfel lag. Die schwarzen Steine sahen aus wie ein Spiel oder die Teile eines fremdartigen Puzzles. Genau konnte Primus es nicht erkennen.

Da erhob plötzlich einer der Dorfbewohner das Wort:

»So, so«, sagte der Mann, der einen buschigen Backenbart trug, »aus dem Hügelland kommt ihr also. Nun, in der Tat, das sind ferne Landstriche. Erzähl doch, mein Sohn«, fragte er, wobei er einen Schluck aus seinem Krug nahm, »was führt euch hierher?«

Primus ging auf ihn zu.

»Die Spindelwand«, antwortete er. »Wir sind dabei, sie zu besteigen.«

Lautes Gelächter ertönte.

»Das ist wahr«, bekräftigte Primus und breitete die Arme aus. »So wahr ich hier stehe.«

Doch die Männer glaubten ihm nicht.

»Und wie wollt ihr dort hingelangen?«, fragte ein anderer.

»Über den Pfad natürlich«, erklärte Primus. »Soweit wir wissen, führt uns der Weg, der hinter dem Wald entlangläuft, gleich dorthin. Weshalb fragt Ihr?«

»Weil es keinen Pfad mehr gibt«, sagte der Mann mit dem Backenbart. »Zumindest keinen, der zur höllischen Spindelwand führt.«

Zustimmendes Raunen setzte von allen Seiten ein.

»Moment«, sagte Primus, »was soll das heißen? Wo führt der Pfad denn dann hin?«

»Ins Nichts«, lautete die Antwort. »Der Weg, den ihr meint, ist schon lange verschüttet. Die Steinlawine, die von den Berghängen kam, hat ihn schon zu den Zeiten unserer Großväter begraben. So leid es mir tut, aber aus eurer Reise wird leider nichts werden.«

Mit diesem Schlusswort begannen die Krüge zu klappern. Die Bergbauern nickten sich bestätigend zu und nach und nach verfielen sie in angeregte Gespräche.

Primus dagegen stand wie begossen im Raum.

»Eine schöne Bescherung«, sagte er zu Plim, wobei er sich neben sie setzte. »Kannst du mir sagen, was wir jetzt machen sollen?«

»Nein«, antwortete sie. »Denkst du, es gibt noch einen anderen Weg zur Spindelwand?«

»Ich wüsste nicht, welchen. Und so wie es aussieht, wissen die Kerle hier auch keinen.« Verärgert knabberte er auf seiner Unterlippe und überlegte.

»Vielleicht fällt uns ja morgen etwas ein«, schlug Plim vor. »Für heute habe ich ohnehin erst mal genug. Ich will jetzt nur etwas essen und dann flink in die Federn.«

Sie blickte zur Wirtin, die mit einem großen Löffel hinter dem Tresen stand und in der Suppe rührte.

Dann war es endlich so weit. Die Wirtin nahm eine Kelle, goss die Suppe in einen Teller und kam anschließend durch den Raum auf Plim zu gewackelt.

Hungrig wie ein Löwe machte sich die hübsche Hexe über ihr Essen her.

»SSRRRT …«, schlürfte sie, »heiß … SSSRRRRT … ah, verflucht noch mal, teuflisch heiß.«

Primus war froh, dass Bucklewhee diese Geräusche nicht mit anhören musste. Penibel wie das kleine Vogelgerippe war, hätte es gewiss einen Schock bekommen.

Die Wirtin hingegen schien es nicht weiter zu stören.

»So ist es recht«, sagte sie, »immer schön vorsichtig. Man verbrennt sich sonst leicht die Zunge.« Sie wandte sich an Primus. »Und Ihr, junger Herr?«, fragte sie. »Möchtet Ihr auch etwas essen?«

»Später vielleicht«, antwortete er höflich. »Vielen Dank auch.«

Der verschüttete Weg brachte all ihre Reisepläne durcheinander. So blickte Primus enttäuscht und mit verschränkten Armen ins Leere und dachte nach. Irgendetwas, so war er sich sicher, würde ihm schon einfallen, um zur Spindelwand zu gelangen. Das wäre ja gelacht. Er lehnte sich zurück und streckte die Beine aus.

Aber während er noch dasaß und überlegte, fiel ihm plötzlich etwas auf. Es war nichts von Bedeutung, vielmehr eine Kleinigkeit. Erstaunt blickte Primus durch den Raum. Täuschte er sich, oder lagen da wirklich überall auf den Fensterbrettern Nägel verteilt?

Er beugte sich vor.

»Was ist denn?«, schmatzte Plim, ohne von ihrem Teller aufzusehen.

Primus deutete mit dem Kopf zum Fenster. »Da hat wohl der Zimmermann sein Werkzeug verloren.«

»Wo?«

»Da drüben«, presste er zwischen seinen Zähnen hindurch, »an den Fensterbrettern. Und die Vorhänge sind auch merkwürdig fransig.«

Damit meinte Primus zweifellos die langen roten Fäden, die von den Vorhangstangen hingen.

»Oh, nein«, sagte Plim und klapperte mit dem Löffel in ihrem Teller. »Das sind bloß ein paar Vorsichtsmaßnahmen. Gar nichts Besonderes.«

»Wie bitte? Vorsichtsmaßnahmen?«

»Na klar.« Sie zuckte mit den Schultern. »Gegen böse Geister. Die können Nägel und rote Fäden nämlich überhaupt nicht ausstehen. Da machen die einen weiten Bogen drum herum.« Plim klimperte mit den Wimpern. »Hast du nicht gewusst, oder?«

»Nein«, sagte er und gab ein Keuchen von sich. »Wo lernt man denn so was?«

»In der Hexenschule natürlich. Ha, und ich weiß noch mehr.« Sie schob sich den Löffel in den Mund. »Salz und aufgeklappte Scheren können sie auch nicht leiden. Und noch besser sind Pantoffeln, die man umgekehrt vors Bett stellt. Hui, das wirkt erst. Vielleicht sollte ich den Leuten das mal sagen.«

Was für ein Humbug, dachte Primus und schwieg.

Plim schlürfte weiter.

Kurz darauf kam die Wirtin wieder auf sie zu.

»Seid Ihr sicher, dass Ihr nichts essen möchtet?«, fragte sie Primus.

»Vielen Dank«, antwortete er, »aber ich bin wirklich nicht hungrig.«

»Ganz wie Ihr meint.«

Sie goss Plim eine weitere Kelle nach und trat dann wieder hinter den Tresen. Dort machte sie sich daran, das Geschirr zu spülen.

Sie wusch die Krüge, trocknete ab und stellte anschließend alles fein säuberlich in ein großes Regal. Gedankenverloren sah Primus ihr dabei zu. Er betrachtete die zahllosen Teller, sah sich das Regal mit den Krügen an und bemerkte auf einmal ein kleines, rötliches Töpfchen, in dem ein hölzerner Löffel steckte.

Verwundert beugte sich Primus vor. Das kann doch nicht möglich sein, dachte er. Was war denn das? Dieses bauchige Töpfchen sah genauso aus wie jenes, das er vor einigen Nächten inmitten der magischen Flamme gesehen hatte. Genau! Jetzt erinnerte Primus sich wieder. Das war eindeutig der gleiche Topf, nach dem ihn der garstige Fiedler gefragt hatte. Primus starrte auf das Gefäß. War das etwa ein Honigtopf?

In seinem Kopf schossen die Gedanken umher. Er erinnerte sich an die seltsame bläuliche Substanz, die er in dem Bild in der Flamme erkannt hatte, und griff in seine Fracktasche. Geschützt vor den Blicken der anderen Gäste zog Primus das Pergament hervor. Es war der Zettel, den er vor seiner Abreise unter den Bodenbrettern im Turmzimmer gefunden hatte.

»*Zu Mittag blauer Honig*«, las er leise die Schrift.

Jetzt war er neugierig. Primus hatte noch nie davon gehört, dass irgendwo im Land *blauer* Honig existierte. Gab es ihn etwa in den Bergen?

»Frau Wirtin«, rief er, »könnte ich bitte eine Tasse Tee bekommen?«

Sie blickte von ihrem Abwasch auf. »Aber gerne«, rief sie sichtlich erfreut. »Ich bringe nur schnell das Wasser zum Kochen.«

Zappelig sah Primus der Wirtin zu, wie sie einen kleinen Teekessel nahm und ihn über dem Kaminfeuer anheizte. Es dauerte nicht lange, da begann der Kessel zu pfeifen.

»Wenn du bei mir zu Hause bist, trinkst du fast nie Tee«, beschwerte sich Plim.

Doch Primus schüttelte den Kopf. »Das ist bloß ein Test«, flüsterte er und zwinkerte ihr zu.

Dann war es so weit.

»Hier, bitte schön«, sagte die Wirtin und reichte Primus eine Tasse. »Ich hoffe, er schmeckt.«

»Gewiss tut er das«, lächelte Primus. »Da bin ich mir sicher. Aber hättet Ihr dennoch die Güte, mir ein klein wenig Honig zu bringen? Ich mag es gerne süß.«

»Natürlich, kommt sofort.«

Sie ging durch den Raum und schritt geradewegs auf das Holzregal zu. Ganz wie Primus vermutet hatte, nahm sie das kleine Töpfchen zur Hand.

»Da ist er schon«, sagte sie.

Primus‘ Augen funkelten. Mit spitzen Fingern nahm er das Töpfchen, griff nach dem Löffel und zog ihn heraus. Primus war zum Zerreißen gespannt. Zäh tropfte der Honig herab und schimmerte im flackernden Licht.

Aber die Spannung währte nur kurz.

Der Honig war gelb.

Da ertönte plötzlich ein Geräusch, dass Primus vor lauter Schreck fast der Löffel aus der Hand gefallen wäre. Er riss den Kopf hoch und blickte nach oben. Nur wenige Ellen über ihm hing eine Kuckucksuhr, die lautstark sieben schlug. Was für ein Schock. Heute blieb ihm aber auch gar nichts erspart.

Seltsamerweise aber kam mit dem Schlagen der Uhr Bewegung in die Schänke. Die Männer prosteten sich zu, ließen die Gläser erklingen und lachten.

»Was ist denn jetzt los?«, fragte Plim irritiert.

»Weiß ich auch nicht«, entgegnete Primus. »Um sieben herrscht hier offenbar gute Laune.«

Plim schüttelte den Kopf. »Und was machen die dann wenn es acht ist?«

»Keine Ahnung. Das ist schon ein ungewöhnliches Dorf. Wo sind wir hier bloß gelandet?«

Doch es sollte noch verwirrender kommen. Denn schon kurz darauf erhoben sich die Dorfbewohner, bezahlten ihre Zeche und machten sich auf den Heimweg. Einer nach dem anderen verabschiedete sich von der Wirtin, rief Primus und Plim einen netten Gruß zu und schlenderte gemächlich nach draußen. Bald kehrte Ruhe ein in der Schänke. Das Kaminfeuer flackerte und zurück blieb einzig der alte Mann mit den Würfeln.

»Darf es noch etwas sein?«, erkundigte sich die Wirtin bei Primus und Plim. »Vielleicht ein Glas warme Milch?«

»Nein«, antwortete Primus, »ich glaube, wir gehen besser auf unsere Zimmer.«

»Wohlan«, sagte die Wirtin, »dann folgt mir. Die Kammern sind oben.«

Mit diesen Worten ging sie voran.

Es waren kleine Zimmer, mit knarrenden Böden und bauschigen Betten. Gänzlich zugefroren zeigten sich die Scheiben, und nur zaghaft fiel das Mondlicht durch die Eisblumen am Fenster. Die Wirtin zündete Kerzen an. Sie schlug die karierten Decken zurück, schüttelte den beiden Gästen die Kopfkissen auf und wünschte jedem eine gute Nacht. Dann verabschiedete sie sich und schloss die Türen.

Primus stand im Kerzenlicht vor dem Fenster und kratzte nachdenklich an der Scheibe. Ein bemerkenswerter Ort war das hier, und eine seltsame Nacht obendrein. Ob Snigg und Bucklewhee ihm das jemals glauben würden, wenn er ihnen davon erzählte? Er vermisste die beiden. Schweren Herzens seufzte er tief. Dann spähte er durch das kleine Loch, das er freigeschabt hatte, in die Nacht hinaus. Der Mond schien noch immer, und hell funkelten die Sterne vom Himmel. Primus konnte den Talkessel sehen, den sie durchquert hatten, und auch den Wald in der Ferne. Jetzt waren sie wirklich weit von zu Hause fort.

Dann aber zog er plötzlich die Stirn in Falten. Er rieb sich die Augen und wischte mit dem Ärmel über die freigekratzte Stelle in der Scheibe. Das konnte doch nicht möglich sein. Täuschte er sich, oder war der See auf einmal verschwunden, an dem sie zuvor noch vorbeigelaufen waren? Er hatte doch dort drüben gelegen?! Primus hob die Augenbrauen. Vielleicht irrte er sich ja auch, und sie waren aus einer anderen Richtung gekommen …

Er ging zum Bett, zog die Schuhe aus und vergrub den Kopf im Kissen. Wie war das? – erinnerte er sich. Was hatte Plim über die Abwehr von Geistern gesagt? Rostige Nägel, Salz und umgedrehte Pantoffeln? Er griff über die Bettkante und wandte seine Schuhe mit den Spitzen zum Bett. Nur für den Fall. In diesem Dörfchen konnte man schließlich nie wissen.

Das Puzzle aus Glas

Die Sonne war längst aufgegangen, als Primus noch immer seelenruhig schlief. Sanft fiel das Morgenlicht zum Fenster herein, während von der Dachrinne der Bergschänke die Eiszapfen tropften. Primus atmete durch. Der ganze Raum war erfüllt mit dem angenehmen Duft von Harz, Kaminfeuer und Tannennadeln. Die Holzbalken knackten, Staubflocken tanzten durch die Luft, und von irgendwoher aus der Ferne erschallte der Schrei eines Hahns. Als er das hörte, rümpfte Primus die Nase. Er grummelte und zog die Decke über den Kopf. Bucklewhee soll mich gefälligst noch etwas schlafen lassen, dachte er, es ist doch bestimmt erst acht oder halb neun. Nicht gerade die Zeit, in der sich Primus üblicherweise aus den Federn erhob. Allerdings hatte er in der Zwischenzeit völlig vergessen, dass er sich zu dieser Stunde nicht zu Hause im Turm, sondern hoch oben inmitten der Bleiberge befand. Schmatzend drehte er sich in dem dicken Federbett um und kuschelte sich ein.

Ein Seufzen kam unter der Decke hervor. Denn schon im nächsten Augenblick war Primus aufs Neue eingenickt und versank in einen wunderlichen Traum. So, wie es aussah, musste es wohl einer jener Träume sein, die Primus am allerliebsten hatte und aus denen er nicht so schnell wieder aufwachen wollte. Glücklich begann er im Schlaf zu zucken, und ein Lächeln huschte über sein Gesicht. Denn wie aus einem Nebel heraus tauchte plötzlich das Innere eines Häuschens vor ihm auf. Ein Häuschen, von dem Primus schon oft geträumt hatte, und das ihm nach hunderten von Jahren beinahe so vertraut war wie sein alter Turm: die Konditorei von Klettenheim!

Primus erkannte die Backstube, die wunderbaren Süßwaren und all die Regale voll glänzender Torten. Ein herrlicher Anblick, wie er schöner nicht hätte sein können. Bunte Plätzchen lagen aufgereiht auf der Theke, Zuckerbrezeln hingen von der Decke und in großen Körben, die gleich vor ihm auf dem Boden standen, häuften sich zahllose Pfefferkuchen in Form kleiner Störche. Lustig sahen sie aus, genau wie Fappner, mit roten Mützen und Federn aus schneeweißem Zuckerguss.

Sofort lief Primus das Wasser im Mund zusammen. So einen Pfefferkuchen musste er probieren, und zwar auf der Stelle. Er bückte sich und griff nach dem nächstbesten Storch, der ihm in die Finger kam.

Hei, freute sich Primus, als er das gute Stück beschnupperte, wie das Störchlein duftete … so würzig nach Zimt und frischen Mandeln. Lecker! Genüsslich schloss er die Augen und wollte zubeißen.

Da piekte ihn der Storch auf einmal mit dem Schnabel in die Hand.

»Erst das Klopfzeichen«, klapperte er, »dann darfst du mich essen.«

Wie bitte? Primus knurrte im Schlaf. Er hatte noch nie von einem Pfefferkuchen gehört, der Ansprachen hielt und der sich nur auf ein Klopfzeichen hin wollte essen lassen. Wo gab es denn so was? Dennoch blieb Primus gelassen und spielte mit. Er konnte sich schließlich noch bestens an das geheime Zeichen erinnern, das ihnen Fappner verraten hatte. Das war doch ganz einfach.

So streckte er seine Hand aus und pochte auf die Ladentheke. Doch anstelle des schnellen Trommelns, wie er es eigentlich vorgehabt hatte, brachte Primus nur zwei dumpfe Hiebe zustande.

Sofort meldete sich der Storch zu Wort: »Falsch«, verkündete er und zwickte Primus in den Finger. »Darfst mich nicht essen.«

Autsch! Primus zuckte zusammen. Was für eine Frechheit. Da hörte doch alles auf. Das Backwerk war offenbar störrisch.

Aber ganz so leicht ließ er sich nicht entmutigen. Dieser widerspenstigen Köstlichkeit wollte er es zeigen, na warte. Er konzentrierte sich und klopfte das Zeichen von Neuem. Aber auch bei diesem Versuch wollte es ihm einfach nicht gelingen.

Stattdessen hagelte es Schelte:

»Wieder falsch«, klapperte der Pfefferkuchen. »Nichts gibt's.« Er schwang den Schnabel und schnappte zu. Dieses Mal aber um einiges fester.

»Verflixt«, schrie Primus und hielt sich die schmerzende Hand, »jetzt reicht's mir aber. Du blödes Ding, ich beiß dir den Kopf ab!«

Doch da war der Pfefferkuchen anderer Meinung. Genau wie Bucklewhee, bestand auch dieser Vogel auf klare Regelungen, die man um jeden Preis einhalten musste. Und ohne ein gültiges Klopfzeichen war *er* derjenige, der zubeißen durfte, sonst niemand.

So fing der Storch an zu hacken, dass Primus Hören und Sehen verging.

Auf der Stelle wich Primus zurück. Er öffnete die Hand, ließ den Lebkuchen fallen und trat Hals über Kopf die Flucht durch die Backstube an – den wildgewordenen Pfefferkuchen dicht auf den Fersen.

Jetzt zog Leben ein in die Konditorei, aber gehörig. In Panik sprang Primus über die Mehlsäcke, rannte an den Regalen vorbei und stolperte über Schüsseln, Kuchenformen und Backbleche, dass es nur so schepperte. Von seinem Lieblingstraum war nicht viel übrig geblieben. Jetzt hieß es bloß noch ‚laufen'.

Dichter Mehlstaub erfüllte die Luft, während Primus fieberhaft nach einem Ausgang suchte. Er wedelte mit den Händen, musste husten und versuchte verzweifelt, sich in der Konditorei zu orientieren. Doch der Ausgang war nirgendwo zu finden. Ein Teufelswerk. So ging es weiter durch die Backstube, hin und her, und stets ein Auge auf den garstigen Lebkuchen gerichtet, der nicht von ihm abließ.

Da tappte Primus plötzlich auf eine Teigwalze. Ruckartig sausten seine Beine in die Höhe und flogen durch die Luft. Primus wusste überhaupt nicht mehr, wo ihm der Kopf stand. Genau wie Miss Plim, als sie von den Berggeistern attackiert worden war, überschlug er sich und stürzte mit lautem Gepolter zu Boden. Just das war der Moment, in dem er aus dem Bett fiel.

Schlaftrunken saß Primus auf den Dielen und blickte sich in der Kammer um. Der Pfefferkuchenstorch war verschwunden, was für ein Glück … aber mit ihm leider auch all die leckeren Torten und Plätzchen. Er hatte nicht einmal probieren können.

Dafür ertönte auf einmal Plims Stimme:

»Was ist denn da los?«, schallte es von draußen. »Da wackelt ja das ganze Haus.«

Primus japste. Das hatte ihm gerade noch gefehlt. Er war noch nicht einmal richtig wach und schon gab es Beschwerden.

Verschlafen und mit zerzausten Haaren erhob er sich und schlurfte zur Tür.

»Na, endlich«, sagte Plim, als er öffnete. »Was hast du denn da drinnen gemacht? Es hat gerumpelt, dass mir nebenan fast der Lippenstift abgerutscht wäre. Hast du etwa das Zimmer umgestellt?«

Mit einem Handtuch um den Kopf gewickelt stand Plim in der Tür und starrte ihn an. Sie war bereits fix und fertig geschminkt. Der betörende Duft von Badeschaum trat Primus in die Nase, während er sich müde die Augen rieb.

»Kleines Missgeschick«, gähnte er, »nichts weiter.«

»So, so«, sagte Plim, »das hat sich aber eher nach einem großen Missgeschick angehört.«

Neugierig streckte sie ihren Kopf vor und begutachtete sein Zimmer.

»Hübsch hast du es hier, aber ich glaube, mein Kämmerchen ist größer, hihi.« Sie wippte freudig auf und ab. »Ich habe heute Morgen sogar einen Badezuber bekommen, kannst du dir das vorstellen? Den hat man mir eigens hochgetragen und ins Zimmer gestellt. So richtig mit Schaum und warmem Wasser.«

»Riecht man«, brummte Primus.

»Nicht wahr?« Sie fächerte mit der Hand Luft in seine Richtung. »Das sind Fichtennadeln. Ganz besonders gut für die Haut. Ach ja, und bezahlt habe ich auch schon.«

»Du hast bezahlt???«

»Tja«, grinste sie, »da kannst du mal sehen. Die Wirtin hat sich eines von meinen Duftwässerchen und zwei von meinen Schönheitslotionen ausgesucht. War richtig nett. Für diese Sachen kriegen wir heute Morgen obendrein auch noch ein Frühstück. Toll, oder?«

Mit erhobenem Haupt trippelte Plim an ihm vorbei und ging in sein Zimmer.

»Und bestes Wetter haben wir auch, jetzt schau dir das an.« Sie zeigte aus dem Fenster. »Da ist nicht die kleinste

Wolke am Himmel. Also, wenn es den Weg zur Spindelwand wirklich nicht mehr gibt, wie die Bergbauern sagen, dann können wir wenigstens bei strahlendem Sonnenschein nach Hause gehen.«

»Ja«, staunte Primus, »das ist wirklich wie in einem Wintermärchen da draußen.«

Aber Moment!

Primus kniff ein Auge zusammen. Richtig, dachte er und erinnerte sich wieder. Vor dem Schlafengehen hatte er doch noch nach dem rätselhaften Bergsee gesucht, der vor dem Dorf gelegen hatte. Wo, um alles in der Welt, war der geblieben? Selbst bei bestem Wetter und bei Tageslicht konnte er ihn nirgendwo entdecken.

Verwundet wandte er sich an Plim. »Kannst du mir vielleicht sagen, wo der See auf einmal abgeblieben ist?«

»Was denn für ein See?«

»Na, da drüben war doch ein See, oder etwa nicht?« Er deutete mit dem Kinn nach draußen.

»Ich habe nichts gesehen«, meinte sie. »Du musst dich getäuscht haben.«

»Nein«, beharrte Primus, »ich weiß es ganz sicher. Da war ein Bergsee. Genau da drüben.«

»Ach, Unsinn.«

»Aber wenn ich es dir doch sage.« Er fuchtelte mit den Händen. »Da war auch eine Insel drin.«

»Eine Insel?«

»Ja! Eine kleine Insel mit einem Baum. Das musst du doch gesehen haben.«

»Ist mir entgangen. Aber ich habe gestern auch andere Sachen im Sinn gehabt, als mir die Gegend anzuschauen. Ich wollte so schnell wie möglich ins Warme.«

Verwirrt kratzte sich Primus an der Stirn. Er war felsenfest davon überzeugt, dass er sich nicht geirrt hatte. Der See *war* da gewesen, mitsamt der Insel und dem Baum darauf. Das ging doch nicht mit rechten Dingen zu.

Doch Plim ließ ihm keine Zeit, um weiter darüber nachzudenken.

»Jetzt lass doch diesen See«, drängte sie. »Ich höre bereits den Teekessel pfeifen. Wenn du magst, kannst du dich ja schon mal nach unten setzen. Ich komme gleich nach. Ich muss mir nur schnell die Haare trocknen.«

Und mit wehendem Rock verschwand sie durch die Tür.

Primus aber blieb ratlos zurück. Versonnen blickte er aus dem Fenster. Der rätselhafte See ging ihm nicht mehr aus dem Kopf.

Wieder und wieder führte er sich im Geiste die Bilder der letzten Nacht vor Augen und versuchte, sich an die Einzelheiten zu erinnern.

»Da war doch *noch* etwas«, grübelte er, »… irgendetwas an dem See war sonderbar, aber was?« Er biss die Zähne zusammen. »Richtig, das Wasser. Der See war trotz der Eiseskälte nicht zugefroren. Das Wasser hat gefunkelt und geglitzert wie in einer lauen Sommernacht. Äußerst befremdlich.«

Er zog seine Schuhe an und nahm den Zylinder vom Bettpfosten. Dann ging er in Gedanken versunken nach unten in die Wirtsstube.

Im Gastraum der Bergschänke flackerte bereits das Feuer. Die Morgensonne strahlte durch die staubigen Fenster und tauchte den ganzen Raum in ein wunderbar sanftes, goldenes Licht. Eines ließ sich, in all der Beschaulichkeit, wahrhaftig nicht leugnen: Hier in Erdeley konnte man sich fast wie zu Hause fühlen.

Mit knarrenden Tritten kam Primus die Treppe herunter. Er zog seinen Frack zurecht, strich sich die Haare aus dem

Gesicht und fing an zu schnuppern. Schon von Weitem konnte er das Duftwässerchen riechen, das sich die kleine Wirtin aus Plims selbstgezaubertem Pflegesortiment ausgesucht hatte.

Nicht schlecht, dachte er, Lavendel.

Er näherte sich der letzten Stufe, hob erneut seine Nase und blieb plötzlich wie angewurzelt stehen.

Da lag noch etwas anderes in der Luft, kam es ihm in den Sinn – ein seltsam vertrauter, aromatischer Duft, den Primus zuletzt in seinem Traum gerochen hatte. Wo kam der nur her?

Nein, das glaube ich nicht! – schoss es ihm durch den Kopf. Das konnte doch nicht möglich sein. Hier in dieser schrulligen Bergschänke stand tatsächlich ein Kuchen für ihn auf dem Tisch.

»Guten Morgen«, begrüßte ihn die Wirtin. »Habt Ihr wohl geruht?« Mit ihrer rüschenbesetzten Stoffhaube stand sie hinter dem Tresen und goss das Teewasser ein. »Ich habe Euch zum Frühstück etwas Süßes bereitet. Es ist ein Nusskuchen. Ich hoffe, er schmeckt Euch.«

»Aber ja doch, ganz bestimmt«, rief Primus und stürzte zum Tisch. »Das ist ja großartig, vielen Dank. Oooooh«, schmachtete er, »ich liebe Nusskuchen. Hach, und wie er duftet, einfach köstlich.«

Sofort griff er zu und biss genüsslich in das erste Stück. Nie und nimmer hätte Primus erwartet, dass er hier so etwas Feines bekommen würde.

Unterdessen kam die Wirtin zu ihm herüber. Ihr Pluderrock bauschte sich unter der Schürze, während sie gut gelaunt die Teetassen verteilte.

»Freut mich, wenn es Euch mundet«, sagte sie. »Langt nur kräftig zu. Es ist Winter und wenn es draußen kalt ist, dann muss man tüchtig was im Magen haben.«

Doch da brauchte sich die Wirtin bei Primus wirklich keine Gedanken zu machen. Was Kuchen jeglicher Sorten betraf, so war er beinahe unersättlich. Unter wonnigem Grunzen und mit vollen Backen saß er da und kam aus dem Schlemmen gar nicht mehr heraus. Erdeley gefiel ihm von Minute zu Minute besser.

Genau betrachtet war das allerdings auch nicht weiter verwunderlich, denn schließlich wurde Primus von der Wirtin bemuttert und verhätschelt, dass es geradezu eine Wonne war. Es dauerte keine fünf Minuten, schon meldete sie sich wieder zu Wort.

»Ach, das hätte ich doch beinahe vergessen«, rief sie. »Ihr möchtet gewiss auch Honig zum Tee, nicht wahr?«

Primus wandte sich um. »Nein danke, nicht nötig«, antwortete er, »macht Euch bitte keine Umstände. Es ist alles vorzüglich, ganz gewiss.«

Sprach's und stopfte sich auch schon das nächste Stück in den Mund. Der Tee war ihm angesichts des frischen Nusskuchens natürlich völlig egal.

Gerade wollte sich Primus wieder seinem Teller zuwenden, als sein Blick beiläufig über die anderen Tische glitt. Hoppla, bemerkte er, das hatte er zu Beginn ja völlig übersehen. Wie sich herausstellte, saß Primus nicht alleine in der Bergschänke – noch jemand war in der warmen Stube zugegen.

Denn nur ein paar Tische weiter hockte der seltsame alte Mann, der sich auch am Abend zuvor schon unter den Gästen befunden hatte und der Primus vor dem Schlafengehen aufgefallen war.

Erstaunt spähte Primus zu ihm hinüber.

Genau wie am Vorabend saß der alte Herr ganz alleine an seinem Platz und starrte auf die glänzenden Würfel, die vor ihm auf der Tischplatte lagen. Wunderlich sahen diese aus, mit glatten Kanten und einer meisterhaft polierten Oberfläche.

Vor lauter Neugierde vergaß Primus beinahe das Kauen. Er schluckte hastig herunter, runzelte die Stirn und betrachtete die bemerkenswerten Würfel, die hell im Sonnenlicht funkelten.

Hatten jene denn gestern Abend nicht *schwarz* ausgesehen? Soweit Primus sich entsinnen konnte, war ihm das zumindest so vorgekommen. Vielleicht aber hatte es ja auch nur am schwachen Licht gelegen.

Heute jedenfalls waren die Würfel eindeutig weiß, da gab es überhaupt keinen Zweifel – und zwar *schneeweiß*, um genau zu sein.

Interessiert beobachtete Primus den alten Mann, der mit zittrigen Fingern anfing, die Würfel zu ordnen. Einen nach dem anderen schob er in Position, tauschte sie aus und drehte sie in die entsprechenden Richtungen.

Was soll denn das werden? – rätselte Primus. Ist das vielleicht eine Art Spiel? Das alles erschien ihm doch mehr als sonderbar.

Er nahm einen letzten Bissen vom Nusskuchen und stand auf. Lautlos schlich er zum Tresen, wo auch die rundliche Wirtin stand.

Die Hand an den Mund gehalten beugte er sich zu ihr.

»Verzeihung«, flüsterte er, »... aber dieser Mann dort drüben ... was macht er da? Er hat auch gestern schon hier unten gesessen.«

Die Wirtin stellte sich auf die Zehenspitzen.

»Oh«, tuschelte sie, »Ihr meint den alten Nieve. Nun, der ist fast jeden Tag hier. Nach ihm könnte man die Uhr stellen. Er kommt tagein, tagaus zur exakt gleichen Zeit und das nun schon seit vielen, vielen Jahren. Ein richtiger Stammgast sozusagen.«

»Und was sind das für Würfel, mit denen er spielt?«

»Die Würfel? Tja, das weiß wohl niemand so recht«, antwortete sie leise. »Der alte Nieve spricht nicht mehr viel, müsst Ihr wissen. Manche im Dorf erzählen, er habe die Würfel irgendwo in den Bergen gefunden. Weit oben, in den eisigen Höhen.«

»Er hat sie gefunden?«

Die Wirtin nickte. »So sagen zumindest die einen. Allerdings behaupten andere wiederum, dass sie ihm jemand gegeben hat.«

Jetzt wurde es spannend.

»Gegeben?« Primus hob die Augenbrauen. »Wer?«

»Ich weiß es nicht«, tuschelte sie. »Und um ehrlich zu sein, ich will es auch gar nicht wissen. In den Bleibergen gibt es viele Gestalten, die einem über den Weg laufen können, und mit keiner von ihnen ist gut Kirschen essen.« Sie bewaffnete sich mit einem Kochlöffel und zeigte drohend zum Fenster. »Trolle lauern dort oben, Gnome, Gespenster und hinterhältige Berggeister. Und das ganze Gesindel trachtet nur danach, Schindluder zu treiben.«

In der Tat, dachte Primus, da scheint etwas dran zu sein. Mit einigen dieser Burschen hatten er und Miss Plim schließlich schon Bekanntschaft gemacht.

Dennoch, von den nebelhaften Berggeistern stammten diese Würfel ganz gewiss nicht, das konnte er sich einfach nicht vorstellen. Und nach allem, was ihm Plim über die Trolle erzählt hatte, schätzte er diese grobschlächtigen Gesellen auch nicht gerade so ein, als würden sie feines Spielzeug herstellen. Von wem also könnte der alte Mann die Würfel bekommen haben?

Nachdenklich sah er die Wirtin an.

Doch noch bevor Primus weitere Fragen stellen konnte, hob diese bereits abwehrend die Hände.

»Ich muss mich jetzt wieder um die Küche kümmern«, sagte sie. »Verzeiht, aber ich habe wirklich schon genug geplaudert.«

Sie blickte noch einmal prüfend zum Fenster und wandte sich dann wieder ihrer Arbeit zu. Von diesem Zeitpunkt an war nichts mehr aus ihr herauszubekommen.

Wortlos lehnte Primus am Tresen.

Die Ungereimtheiten in diesem abgeschiedenen Bergdorf nahmen immer mehr zu. Verschlossene Türen, ein verschwundener See und dann auch noch diese glänzenden Spielsteine, von denen niemand so recht wusste, woher sie eigentlich stammten. Primus wollte nur zu gerne wissen, was als nächstes kommen würde.

Er blickte zur Treppe und hielt Ausschau nach Plim. Was trieb das werte Fräulein nur da oben? Nicht mehr lange und ihr Tee würde kalt werden.

So verstrichen die Minuten, während im Kamin das Feuer flackerte.

Doch als sich Plim nach einer Weile noch immer nicht hatte blicken lassen, richtete Primus seine Aufmerksamkeit erneut auf Nieve. Stumm saß dieser an seinem Tisch und schob mit versteinerter Miene die Würfel hin und her.

Was konnte nur so schwer daran sein, ein paar Spielsteine zu ordnen? Primus wunderte sich. So etwas musste sich doch ruck, zuck lösen lassen.

Er fasste sich ein Herz, ging durch die Schänke und stellte sich neben Nieve an den Tisch.

»Guten Morgen«, sprach er ihn an. »Sagt, werter Nieve, dürfte ich mich vielleicht ein wenig zu Euch gesellen?«

Aber Primus erhielt keine Antwort. Der Alte sah nicht einmal zu ihm auf.

Ach, was soll's, dachte Primus, er wird schon nichts dagegen haben.

Keck zog er einen Stuhl heran und setzte sich mit an den Tisch.

Nieve zeigte noch immer keine Regung. Unbeirrt hielt er den Kopf gesenkt und schwieg.

Im Schankraum war es indessen gespenstisch still geworden. Die rundliche Wirtin war nach draußen gegangen und einzig das leise Kratzen, das ertönte, wenn Nieve die Würfel über die Tischplatte schob, durchtrennte die Stille.

Wissbegierig beugte Primus sich vor.

Jetzt, da er so nahe war, konnte er die Würfel ganz genau betrachten. Es waren sechzehn an der Zahl, die alle die gleiche Größe besaßen. Sie maßen etwa einen Zoll in der Breite und schienen aus einem seltsamen, glasartigen Material gefertigt worden zu sein, das an jeder der Würfelseiten geringfügig anders aussah. Etwas Vergleichbares hatte Primus noch nie zuvor gesehen. Manche der Seiten zeigten sich in strahlendem Weiß, andere waren ein klein wenig dunkler, und dann gab es wiederum Würfel, von denen die eine oder andere Seite fast durchsichtig wie glitzerndes Wasser erschien. All diese Feinheiten erkannte Primus innerhalb meisterhaft geschliffener Oberflächen, die auf Hochglanz poliert waren.

Der alte Mann atmete schwer.

Er drehte einige der weißen Seiten nach oben und schob die Würfel, ähnlich wie bei einem Kinderpuzzle, zu einem Quadrat zusammen. Doch so sehr er sich auch bemühte, bei genauem Hinsehen wollten die Flächen einfach kein durchgängiges Bild ergeben.

Nach einer Weile erhob Primus das Wort.

»Ist das ein Spiel?«, fragte er vorsichtig.

Der alte Nieve strich sich über den Bart. Kaum merklich schüttelte er den Kopf, konzentrierte sich aber weiterhin auf die Steine.

Das Schweigen hielt an.

Nachdem er eine ganze Weile nachgedacht hatte, nahm Nieve schließlich einen der Würfel heraus. Mit spitzen Fingern drehte er eine andere Seite nach oben und steckte den Würfel wieder zurück an seinen Platz.

Aber leider war es ihm auch dieses Mal nicht gelungen. Das Gesamtbild enthielt einen Fehler.

Primus saß wie auf Kohlen.

»Kann ich Euch vielleicht helfen?«, fragte er. »Wenn das ein Spiel ist, wie funktioniert es? Müssen die Steine zusammengelegt ein Bild ergeben?«

Nieve rieb sich die Schläfen.

»Es ist die *Zeit*«, nuschelte er. »Die Zeit ist schuld. Sie bringt alles durcheinander.«

»Die Zeit?« Primus wandte sich um. Er blickte durch den Raum und sah zur Kuckucksuhr. »Was meint Ihr damit? Es ist doch erst kurz nach neun. Der Tag hat eben erst begonnen.«

Doch Nieve spielte offenbar auf etwas Anderes an.

»Es ändert sich ständig. Alles verschiebt sich … immer und immer wieder.«

Er nahm zwei der Würfel heraus und setzte sie vertauscht wieder ein. Vergebens.

»Da«, flüsterte Nieve, »es hat sich schon wieder verschoben. Genau, wie eh und je. Es ist immer das Gleiche. Aber eines Tages werde ich ihn finden. Oh ja, ich werde ihn finden …«

»Wen?« Primus konnte sich einfach keinen Reim darauf machen. »Wen wollt Ihr finden? Und was meint Ihr mit ‚alles hat sich verschoben'?«

Keine Antwort. Der alte Nieve hüllte sich erneut in Schweigen. Die Unterhaltung mit ihm gestaltete sich mehr als schwierig.

Schließlich gab Primus es auf. Hier würde er offenbar keinen Schritt weiterkommen.

Er schob den Stuhl zurück und wollte sich gerade erheben, als sein Blick flüchtig über einen der Steine glitt, den Nieve zuletzt eingesetzt hatte.

Primus stockte.

Da war eine Linie! Eine kleine, fast unscheinbar dünne Linie. Gekrümmt und gewunden durchzog sie die weiße Seite des Würfels, wobei sie sich kurz vor der Kante in zwei Richtungen gabelte.

Primus blieb die Spucke weg. Was war das nun wieder? Die Linie sah beinahe aus, wie ein schmaler Weg, der durch eine Schneedecke führte.

»Moment mal«, rief er und deutete auf das Spiel, »ist das vielleicht so etwas wie eine *Karte*?«

Er schob den Kopf vor.

Und so, wie es aussah, lag Primus mit seiner Vermutung goldrichtig. Denn als er die Würfelseiten jetzt genauer untersuchte, stellte er fest, dass sie offenbar alle die Bilder einer tief verschneiten Landschaft enthielten. Nur geringfügig unterschieden sich die Flächen anhand leichter Unregelmäßigkeiten, weshalb man die Würfel wirklich nur sehr schwer zuordnen konnte.

Aber da war noch etwas anderes.

Die Farben der einzelnen Seiten! Primus stellte fest, dass sich die Farben langsam und kaum merklich veränderten. Einige der Würfelseiten wurden heller, andere wiederum dunkler, manche verloren an Kontrast und einige erweckten beinahe den Eindruck, als würde ein dünner Nebel über sie hinweggleiten. Ein erstaunliches Zauberwerk, wie man es nicht alle Tage zu Gesicht bekam. Selbst das Wasser, das an manchen Flächen der Würfel zu erkennen war, kräuselte sich bei genauem Hinsehen ganz leicht.

Primus war verblüfft. Was hatte es mit diesem Spiel nur auf sich? Und wo hatte der Alte dieses Wunderwerk her? Von solch einem magischen Artefakt hatte Primus noch nicht einmal im Zauberzirkel gelesen.

Just in diesem Moment kam Plim die Treppe herunter.

»Ah, da bist du«, rief sie. »Entschuldige bitte, aber das Haare trocknen hat ein bisschen länger gedauert. Nach dem Baden waren sie patschnass. Oh, da gibt es ja Kuchen. Wie schön.«

Sie schnappte sich ein Stück und kam fröhlich zu Primus und Nieve an den Tisch.

»Was macht ihr denn da?«, staunte sie, als sie die Würfel bemerkte. »Sind das Kristalle? Ach, du meine Güte, die sehen ja toll aus.«

Nieve knurrte leise. Schützend verbarg er die Würfel unter den Händen und murmelte etwas in seinen Bart. Der Auflauf um ihn herum schien ihm dann doch etwas zu viel zu werden.

»Komm«, sagte Primus zu Plim, »ich glaube, es ist besser, wir gehen. Wir wollen den Herrn nicht weiter stören.« Und er stand auf.

Leise und auf Zehenspitzen verließen sie Nieve und gingen zurück zu ihrem Tisch.

»Was sind denn das für Steine?«, flüsterte Plim, während sie neben Primus herging. »Die sehen ja richtig magisch aus. Haben sie eine bestimmte Bedeutung?«

»Darauf kannst du wetten«, sagte er, »aber ich weiß leider nicht genau, welche. Irgendetwas zeigen sie an, wenn man sie richtig ordnet.«

»Und was?«

»Keine Ahnung, vielleicht einen Weg oder ein Versteck. Der alte Nieve sucht nach etwas und das offenbar schon seit vielen Jahren.«

»Nieve?«

»Ja«, sagte Primus, »Nieve. So heißt der Mann.«

Daraufhin setzen sie sich an ihren Tisch. Fasziniert blickten sie noch einmal durch die Schänke und hinüber zu dem greisen Mann, der im Sonnenschein die Spielsteine ordnete. Wenig später wandten sich Primus und Plim wieder ihren eigenen Plänen zu.

Schnell waren sie sich darüber einig, dass sie zumindest versuchen wollten, dem Bergpfad auf seiner letzten Etappe zu folgen. Sie würden noch einmal durch das Wäldchen ziehen und sich dann auf der beschriebenen Route in Richtung Spindelwand begeben. Genau, wie es Magnus Ulme in seinem Buch notiert hatte. Ganz egal, was die Leute in Erdeley auch immer erzählten, Primus und Plim wollten sich selbst davon überzeugen, ob der Weg nun begehbar war oder nicht. So packten die zwei alsbald ihre Sachen und machten sich auf.

Die Wirtin verlor ihre Gäste nur ungern. Herzlich überreichte sie Primus und Plim zum Abschied noch ein wenig Proviant und schenkte ihnen zahllose gute Worte für die gefährliche Reise. Wer konnte schon sagen, wann sie wieder einmal Besuch aus dem fernen Tal haben würde? Dann verabschiedeten sich Primus und Plim von ihr und traten nach draußen ins Freie.

Polternd fiel die Eingangstür hinter ihnen ins Schloss. Die Sonne lachte vom Himmel und strahlend leuchtete ihnen der Schnee entgegen.

Primus kniff die Augen zusammen.

So eine gleißende Helligkeit hatte er noch nie leiden können. Wie der Blitz fuhr er auf dem Treppenabsatz herum und vergrub das Gesicht in den Armen. Das Licht in dieser Höhenlage war ja noch schlimmer, als zu Hause mittags im

Sommer. Ein kleines bisschen mehr, und er wäre davongeflogen.

Es dauerte einige Augenblicke, bis er langsam die Arme hob und zaghaft unter seinen Ellbogen hervorlinste. An so eine lichtdurchflutete Schneelandschaft musste er sich erst einmal gewöhnen.

Ganz anders Miss Plim. »Ach, ist das schön«, jauchzte sie, »richtig warm und sonnig. Da hätte ich mich ja gar nicht so dick einpacken müssen.«

Fröhlich zog sie die Fellmütze vom Kopf und ließ ihre silbrigen Haare glänzen.

Primus brummte.

»Was ist?« Sie stupste ihn an.

»Mir ist das viel zu hell«, kam es unter dem Ärmel hervor. »Da wird man ja blind.«

»Ach, was«, winkte sie ab, »jetzt stell dich bloß nicht wieder so an. Ein bisschen Sonnenschein hat noch niemandem geschadet.«

»Na, du hast gut reden.«

Mürrisch rieb sich Primus die Augen. Er richtete seinen Blick auf die dunkle Holztür, während die Formen um ihn herum nach und nach deutlicher wurden. Primus sah die Schwelle, erkannte den eisernen Türgriff und bemerkte schließlich auch die zahllosen Schnitzereien, mit denen der Eingang verziert war.

Erstaunt trat er einen Schritt zurück. Natürlich waren ihm diese Kunstwerke gestern Abend bereits ins Auge gefallen, als er und Miss Plim klopfend vor der Haustür gestanden hatten. Aber dass es so viele waren, das hatte er in der Dunkelheit nicht bemerkt. Wo Primus auch hinblickte, entdeckte er sonderbare Schriftzeichen und Symbole, Bildnisse von Fabelwesen und Trollen, sowie die Umrisse mächtiger Bäume. Primus wusste überhaupt nicht, wo er zuerst hinschauen sollte. Am Türrahmen waren die Schnitzereien zu sehen, an den Tragbalken, bis hin zu den feingliedrigen Sprossen der Fenster. Das runzlige alte Gebäude war ein einziges Kunstwerk.

»Jetzt sieh dir das mal an«, staunte Primus. »Hast du so etwas schon gesehen? Da hat wohl jemand eine ganze Weile geschnitzt, würde ich sagen.«

Plim wandte sich um. »Ach, du dampfende Brühe«, rief sie, »dem haben am Abend bestimmt seine Finger wehgetan.«

Sie setzte einen kunstkritischen Blick auf und wackelte mit dem Kopf. »Gefällt mir aber gut, was er da gemacht hat, findest du nicht? Fast wie die Bilder aus Großmutters Märchenbuch.«

Da war etwas dran.

Beeindruckt standen Primus und Plim vor dem Eingang und bestaunten das Meer aus wunderlichen Schnitzereien. Unzählige Dinge gab es zu sehen und ständig entdeckten die zwei etwas Neues. Die Trolle, die sie unter den hölzernen Gestalten erkannten, sahen zweifellos am lustigsten aus. Und wenn Primus an Plims Erzählungen zurückdachte, dann hatte er sich die Burschen genau so vorgestellt: mit dicken Bäuchen und mächtigen Keulen.

Auf einmal aber richtete Primus sich auf. Er hob die Hand und zeigte auf ein paar überaus schmale und zierliche Gestalten, die sich unter einem großen Baum an den Händen hielten. Zauberhaft und fantastisch sahen sie aus, mit dünnen Beinchen und sehr langen Haaren.

»Kannst du mir sagen, was *das hier* bedeuten soll? Wer sind diese Wesen und was machen sie da? Sind dir solche Geschöpfe schon einmal begegnet?«

»Nein«, antwortete Plim, »nicht, dass ich wüsste. Waldgeister sind das auf jeden Fall keine, die sehen anders aus.

Zumindest die, die ich regelmäßig aus meinem Garten vertreibe.«

Neugierig trat Primus noch näher an das Bildnis heran. Er strich mit dem Finger sanft über das Holz und versuchte, die Szene zu entschlüsseln.

»Diese Mädchen umkreisen einen alten Baum«, murmelte er. »Sieht aus, wie eine Linde. Und eines der Mädchen hält etwas in der Hand, siehst du? Das kann man zwar nur sehr schwer erkennen, aber da ist etwas.«

»Stimmt«, meinte Plim, »jetzt, wo du es sagst. Was soll denn das sein?« Sie musterte das Bild. »Ist das etwa ein Schlüssel?«

»Wäre möglich, aber sicher bin ich mir nicht. Das Holz ist ganz schön verwittert. Hm, würde mich brennend interessieren, was das zu bedeuten hat.«

Für eine Weile noch standen die zwei auf dem Treppenabsatz und sprachen über das Bildnis. Aber bei allem, was ihnen dazu einfiel, fanden sie dennoch keine passende Lösung.

Schließlich gab Plim es auf. Sie betrachtete noch einmal die kunstvolle Tür, legte den Kopf in den Nacken und sah nach oben.

Plötzlich zuckte sie zusammen.

»Du«, sagte sie, »aber dafür kommt mir das hier bekannt vor. Sieh doch mal her.«

Sie zeigte auf eine Ansammlung verschnörkelter Kerben, die sich wie ein Ornament über den wurmstichigen Türsturz erstreckten.

»Sind das nicht diese krakeligen Zeichen, die auch auf deinem Einkaufszettel stehen? Du weißt schon … der mit dem Honig.«

Primus riss die Augen auf. »Tatsächlich«, rief er, »du hast recht.«

Er kramte in seiner Tasche und zog das Pergament hervor, das er im Turmzimmer gefunden hatte. Und siehe da … die Zeichen ähnelten sich.

»Tja«, summte Plim, während sie die Texte miteinander verglich, »das Krickelkrakel über der Tür ist zwar wesentlich länger und wird sehr wahrscheinlich etwas anderes bedeuten, aber es sind zumindest hier und da die gleichen Zeichen dabei.«

Sie deutete auf einige der wellenförmigen Symbole, die sich auch in der geschnitzten Inschrift befanden. »Dieser Krähenfuß ist da oben links, und diese Kritzelei befindet sich zwei Zeichen weiter rechts. Die Schriftart ist eindeutig die Gleiche, da beißt die Maus keinen Faden ab.«

Da konnte Primus nur zustimmen. Was immer die merkwürdige Inschrift über der Tür auch bedeuten mochte, sie war unverkennbar in derselben Sprache geschrieben.

Nachdenklich drehte Primus den Zettel um. Er hielt ihn ins Licht und las die Übersetzung, die Magnus Ulme vor langer Zeit vorgenommen hatte.

»Zu Mittag blauer Honig«, flüsterte er. »Verflixt nochmal, ich komme einfach nicht dahinter, was das zu bedeuten hat.« Er sah Plim an. »Ich kenne keinen blauen Honig. Selbst der, den es hier in der Bergschänke gibt, ist nicht blau. Also, was soll das Ganze?«

»Ach, vielleicht ist das ja auch nur ein Irrtum, und Magnus Ulme ist ein Fehler unterlaufen. Er hat den Text einfach falsch übersetzt, das ist alles.« Sie deutete auf den Türsturz des Gasthauses. »Am Ende heißt das da oben wahrscheinlich nur ‚Bitte Schuhe abtreten' oder ‚Montags Ruhetag'. Würde mich zumindest nicht wundern.«

»Das glaube ich nicht«, entgegnete Primus. »Der alte Spiegel hat schließlich fest darauf bestanden, dass ich dieses Pergament mit auf die Reise nehme.«

»Und warum?«

Primus warf die Arme zurück. »Na, woher soll ich denn das wissen? Aus dem alten Holzkopf ist doch nie etwas herauszubekommen.«

»Pah«, blaffte Plim, »das meinst *du*. Ich hätte da bestimmt ein paar Mittel, da kannst du dir sicher sein. Das nächste Mal lässt du mich das machen, ja?«

Aber Primus war mit seinen Gedanken schon wieder ganz woanders. »Der blaue Honig hat irgendetwas mit dem Verbleib der Nebelfee zu tun«, knirschte er, »das steht zweifelsfrei fest. Denn der Spiegel hat genau gewusst, wo wir hingehen und was wir vorhaben. Dem kann man nichts vormachen. Der ist mit allen Wassern gewaschen.«

Das bin ich auch, dachte Plim und blickte trotzig zum Himmel.

»Aber wir finden das mit dem Honig schon noch heraus«, fuhr Primus fort. »Es kann nicht mehr lange dauern und wir wissen, was es zu bedeuten hat.«

Noch einmal hielt er das Pergament in die Höhe und verglich die rätselhaften Zeichen. Aber weder konnte er sie lesen, noch annähernd ihren Sinn erahnen.

Da ertönte hinter seinem Rücken auf einmal eine Stimme.

»Gar altertümliche Schriften hält der junge Herr in seinen Händen. Ich bin erstaunt.«

Wie vom Blitz getroffen zuckten die Freunde zusammen, wobei Plim ein schrilles Quieken von sich gab. Ihr Aufschrei war so laut, dass man ihn bestimmt auch in der Schlucht gehört haben musste.

Die beiden fuhren herum und blickten in zwei große, grüne Augen, die sie durchdringend anstarrten. Es war der Storch Fappner, der unbemerkt vom Schornstein gesegelt war und sich zu ihnen gesellt hatte.

Plim kochte vor Wut.

»ZUM KUCKUCK«, schrie sie. »WAS FÄLLT DIR EIN, UNS SO ZU ERSCHRECKEN?« Sie schwang ihre Handtasche. »DU DÜRRES HUHN, ICH RUPF DIR DIE FEDERN EINZELN AUS!«

Ängstlich sprang Fappner zurück.

»Verzeiht, verzeiht«, klapperte er. »Ich kam doch nicht etwa ungelegen?«

»Nein«, beschwichtigte Primus, »eigentlich nicht ...«

»Na, und ob«, unterbrach ihn Miss Plim, »was dachtest denn du?« Sie schnaufte und strich sich die Haare zurück. »Wir waren gerade dabei zu gehen und wollten uns nur noch einmal umsehen.«

»Ihr wollt uns schon wieder verlassen?« Der Storch war sichtlich bestürzt. »Oh, das ist sehr schade. Wir haben selten Besuch an diesem entlegenen Ort. Darf man denn erfahren, wo die Reise hingehen soll?« Mit einem prüfenden Auge blickte er auf das Pergament, das Primus in seinen Händen hielt. »Aber noch viel lieber möchte ich fragen, was euch eigentlich hierhergeführt hat.«

Primus spitzte die Lippen. Er sah unschlüssig zu Plim und überlegte, was er tun sollte. Der alte Vogel war um einiges schlauer, als er zugeben wollte, gar keine Frage. Aber konnten sie ihm vertrauen?

Nun, dachte Primus, Fappner hatte ihnen schon einmal geholfen – warum also nicht?

So hielt er dem Storch kurzerhand den Zettel entgegen.

»Sag, mein Freund, kannst du das vielleicht lesen?«

Der Storch lächelte, doch schüttelte er den Kopf.

»Bedaure«, sagte er, »ich wünschte, ich könnte. Diese Zeichen sind alt und mir nicht geläufig.«

»Aber du kennst sie, oder?«

»Sehr wohl«, bestätigte Fappner, »wer in den Bleibergen kennt sie nicht? Man entdeckt sie vielerorts und an mannigfaltigen Stellen, oh, ja … auf Steinen, Felsen und entlegenen Pfaden.«

»Oder an uralten Häusern«, warf Plim ein.

»Ei, ganz recht«, klapperte der Storch, »und an uralten Häusern. Es sind die Zeichen vergangener Tage und längst entschwundener Zeiten. Die Berge tragen ihre Spuren, das Gebirge ist alt. Haltet nur wachsam die Augen offen. Ihr werdet sie sehen.«

»Das werden wir machen«, sagte Primus, »doch nun müssen wir los. Gehab dich wohl.« Er lupfte den Hut. »Die Spindelwand erwartet uns, und das Wetter ist günstig.«

»Die Spindelwand?« Fappner richtete sich auf. »Ihr wollt die Spindelwand besteigen? Deshalb seid ihr hier hergekommen?«

»Erraten«, trällerte Plim, »wir haben heute noch mächtig was vor. Genau deshalb dürfen wir auch keine Zeit mehr verlieren.«

»Aber der Weg ist versperrt«, sagte der Storch, »seit Jahren verschüttet.«

»Das haben uns die Leute im Gasthof auch schon gesagt«, erwiderte Plim. »Aber wir schlagen uns schon irgendwie durch.«

Sie nahm ihre Tasche und marschierte los.

»Nein, oh, nein. So wartet doch.« Fappner fing an, mit den Flügeln zu zappeln. »Seid auf der Hut, die Felsen sind tückisch … Zauber, Spuk und finstere Flüche.«

»Was meinst du damit?« Primus wusste nicht, wovon der Storch sprach.

»Ihr dürft dort nicht langgehen«, beschwor Fappner die beiden. »Nicht über die Felsen. Auf gar keinen Fall. Böse Mächte sind dort am Werk.«

Primus zeigte sich ratlos. »Aber was bleibt uns denn anderes übrig?«, klagte er. »Unsere ganze Reise hängt davon ab.

Wir müssen die Felsentreppe erreichen, koste es, was es wolle.«

Der Storch blickte sich um. »Wenn es denn sein muss«, flüsterte er. »Es gibt einen Weg … einen vergessenen Stollen, der die Felsen umgeht und zur Spindelwand führt. Das ist die einzige Möglichkeit, aber selbst dieser Weg ist mehr als gefährlich.«

»Wo ist dieser Stollen?«, fragte Primus. »Und wo führt er lang? Kannst du ihn uns beschreiben?«

»Ihr findet ihn auf der anderen Seite des Waldes«, sagte Fappner. »Abseits des Pfades, dort wo sich die Bäume an die Berghänge schmiegen. Betrachtet die Wurzeln, dann werdet ihr ihn finden. Der Eingang ist niedrig, aber ihr könnt es schaffen.«

Primus und Plim sahen sich an. Das schien zumindest eine Lösung zu sein.

Doch Fappner war noch nicht fertig.

»Wenn ihr ihn betretet«, flüsterte er, »geht immer geradeaus. Der Stollen ist lang, doch er führt euch ans Ziel. Weicht niemals ab, egal, was ihr hört.« Er weitete die Augen. »Sie werden euch locken.«

»Wer?«, fragten die beiden wie aus einem Mund.

»Ihr werdet sie hören«, hauchte der Storch, »das ist gewiss. Aber glaubt ihnen nicht, glaubt ihnen kein Wort. Sie sind durchtrieben.«

Mehr gab Fappner nicht preis. Er schlug mit den Flügeln und nickte beschwörend.

»Wir werden aufpassen«, sagte Primus, »und hab vielen Dank. Ich weiß gar nicht, wie wir dir …«

»Nicht der Rede wert«, winkte Fappner ab. »Und jetzt schickt euch an, so lange noch Zeit ist.«

Primus machte eine Verbeugung. »Dann gehab dich wohl, mein Freund«, verabschiedete er sich. »Und solltest du einmal das weite Land bereisen, dann achte auf den krummen Turm inmitten der Hügel. Dort wohne ich, und sei dir gewiss: Die Tür steht dir immer offen.«

Mit diesen Worten gingen Primus und Plim über den Hof und schritten die verschneite Gasse entlang. Nach einer Weile sahen sie noch einmal zurück und blickten auf das kleine Erdeley, das verlassen inmitten der Schneelandschaft lag. Hoch droben, über den Dächern der Häuser, konnten sie Fappner erkennen, wie er ihnen im Sonnenschein hinterherwinkte. Er sah ihnen nach, während sie langsam in der Ferne verschwanden.

Gefährliche Stimmen

Viele Meilen von den Gebirgszügen entfernt stand der alte Turm inmitten der Hügel. Wie eine krumme Wurzel erhob sich das Gemäuer aus der tief verschneiten Landschaft und ragte kühn in den sonnigen Himmel empor. Hier unten im Tal hatte sich das Wetter schon vor Tagen beruhigt. Die Schneefälle waren vorüber und der Winter schien innezuhalten. Welch ein Glück. Denn seit dem Einbruch der Kältewelle hatte es wahrlich schon genug geschneit. Noch immer lasteten Unmengen von Schnee auf den Schindeln, bogen das Turmzimmer zur Seite und ließen das Gebälk unter dem Dach ächzen und knacken, dass einem angst und bange werden konnte. Den ganzen Morgen schon hielt das Rumoren an, wobei der Lärm bei prallem Sonnenschein besonders stark zunahm. Eine bedenkliche Situation, verbunden mit allerlei Gefahren. Das sah zumindest Bucklewhee so.

Mit fachmännischem Blick und erhobenem Schnabel sprang das kleine Hühnergerippe durch die Räume. In seinem neuen Amt als Hausmeister, das Bucklewhee mit ganzer Würde bekleidete, hatte er schließlich die Pflicht, überall nach dem Rechten zu sehen und jeden Baumangel sofort zu vermerken. So ein Einsatz war für ihn ganz selbstverständlich, schließlich ging es um nichts Geringeres, als die allgemeine Sicherheit. Nach präzise festgelegten Zeitplänen führte er seine Kontrollgänge durch, überprüfte die Zimmer und verlangte beim Betreten jedes Raums sogar von sich selbst geheime Passwörter ab. Nur für den Fall, man konnte ja nie wissen. Flüsternd hüpfte er von Zimmer zu Zimmer, teilte sich in unterschiedliche Dienstschichten ein und führte dabei angeregt Selbstgespräche. Die neue Tätigkeit war eine wirklich spannende Aufgabe und höchst verantwortungsvoll noch dazu. Wenn Primus wieder nach Hause kommen würde, wollte Bucklewhee diesen Posten unbedingt weiter beibehalten, jawohl.

Gegen neun Uhr vormittags trat Bucklewhee heute nunmehr seinen dritten Kontrollgang an. Er untersuchte den Keller, überprüfte die Eingangshalle und stand etwa zehn Minuten lang ohne gültiges Passwort vor der geöffneten Tür zum Kaminzimmer. Ein Problem, das ihm überhaupt nicht in den Zeitplan passte, doch die Sicherheit ging eindeutig vor. Nach eifrigen Diskussionen mit sich selbst und einer gespielten Ausweiskontrolle fiel ihm das Passwort des Kaminzimmers schließlich wieder ein. Endlich konnte es weitergehen. Hell schien das Licht durch die Butzenglasfenster, als Bucklewhee den Raum betrat. Auch hier war alles in Ordnung, stellte er fest, wunderbar. Und trotz der lästigen Verzögerung an der Tür lag er noch immer gut in der Zeit. Er war eben Spezialist.

So genehmigte sich Bucklewhee eine kleine Pause, hüpfte auf das Fensterbrett und blickte durch das Loch in der Scheibe nach draußen. Tief unter ihm, in der Nähe der alten Eiche, erkannte er seinen Freund Snigg, der schnüffelnd in der Schneedecke wühlte.

»Heda«, rief ihm Bucklewhee zu, »sag, hast du etwas verloren?«

Der Kürbis sah auf. Er spuckte den Schnee aus und blinzelte in die Sonne.

»Ich suche einen Apfel«, hustete er.

»Zu dieser Jahreszeit?« Bucklewhee war erstaunt. »Äußerst befremdlich. Macht man das nicht eher im Herbst? Ich hätte durchaus gedacht, dass die Apfelernte …«

»Aber nein«, unterbrach ihn Snigg, »das hier ist *Tiefkühlkost*. Die gibt's auch im Winter.« Stolz wackelte er durch den Schnee. »Ich habe alles hier liegen«, verkündete er. »Abgekaute Birnen, ein paar alte Tomaten, Pflaumen und jede Menge Äpfel. Das ganze Zeug habe ich im Herbst gehamstert und mir direkt vors Bett gelegt, hähä.« Mit ‚Bett' meinte Snigg natürlich seinen Komposthaufen, der ebenfalls unter der Schneedecke verschwunden war. »Wenn man die Sachen herausholt, sind sie so gut wie frisch.«

Das waren ja Neuigkeiten!

»Ach, wirklich?«, gackerte Bucklewhee. »Ein gekühltes Vorratslager sozusagen?« Er tänzelte auf dem Fensterbrett und wölbte seine Rippen. »Also, das finde ich geniös, fürwahr. Auf alles vorbereitet, Respekt.«

»Danke«, freute sich Snigg, »und das Beste ist: Man muss sich um nichts weiter kümmern. Die Kühlung hält automatisch bis zum Frühling an.«

Bucklewhee fiel fast aus dem Fenster. »Du beliebst zu scherzen!«, rief er. »Da steckt auch noch eine Zeitsteuerung dahinter?«

»Genau.«

»Toll.« Jetzt war der Weckvogel wirklich platt. »Hast du das Primus schon mal gezeigt?«

»Hm«, Snigg schaute durch die Luft und überlegte, »weiß nicht genau.«

»Aber das musst du«, drängte Bucklewhee. »Er könnte Torten einfrieren und bräuchte deswegen nicht immer nach Klettenheim zu fliegen.«

»Ja«, murmelte Snigg, »stimmt. Eigentlich keine schlechte Idee. Ich glaube, das mache ich.«

Plötzlich zog der Kürbis ein langes Gesicht.

»Da gibt es nur noch einen Haken«, sagte er. »Die Sache mit dem Auftauen könnte vielleicht ein wenig schwierig werden.«

»Warum?«

»Na, man muss sich auf die gefrorenen Sachen draufsetzen und so lange warten, bis sie weich werden.«

»Ach, echt?«

»Ja, ja.«

»Nun, mich dünkt, das ist in der Tat ein kleiner Schwachpunkt«, stimmte Bucklewhee zu. »Möchte nicht wissen, wie die Torten hinterher aussehen. Ziemlich zermatscht, wahrscheinlich.« Der Gockel legte einen Flügelknochen an die Stirn und nahm die Denkerposition ein.

»Aber das werden wir schon noch lösen«, fuhr er nach kurzer Überlegung fort. »Sobald Primus wieder nach Hause kommt, werden wir etwas Passendes konstruieren. Mit einer Menge an Schnüren und kleinen Zahnrädern.«

»Wirklich?«

»Natürlich«, versicherte Bucklewhee, »darin sind wir Profis. Wir entwickeln beinahe jeden Abend etwas. Überhaupt kein Problem.«

Der Kürbis war beeindruckt. Schnüffelnd und schmatzend machte er sich wieder auf die Futtersuche. Er schlurfte durch den Garten und arbeitete sich mit hinkenden Bewegungen weiter durch den Schnee.

Das Hühnergerippe sah ihm interessiert bei seinen Verrenkungen zu.

»Sag mal, tut dir irgendwas weh?«, fragte Bucklewhee.

Der Kürbis brummte. »Das Wetter schlägt um, aber gewaltig, wie mir scheint.«

»Glaubst du?« Der Gockel lehnte sich aus dem Fenster und sah prüfend nach oben. »Aber wir haben doch blauen

Himmel und strahlenden Sonnenschein. Nein«, gackerte er, »ich fürchte, da muss ein Irrtum vorliegen.«

Doch Snigg ließ sich nicht umstimmen.

»So, wie mir meine linke Pobacke wehtut, liegt da kein Irrtum vor«, jammerte er. »Warum, glaubst du wohl, suche ich schon den ganzen Morgen nach meinen Vorräten?«

Nun, da musste etwas dran sein. Der dicke Kürbis war normalerweise viel zu faul, um sich derart sportlich zu betätigen.

Besorgt schaute Bucklewhee zu den Bergen. Er hoffte sehr, dass sich Snigg täuschte und Primus auf seiner Reise nicht in ein Unwetter geriet. Was nur, wenn ihm etwas zustoßen würde? Aber auch über dem Bleigebirge schien der Himmel wolkenlos zu sein, und es gab keinerlei Anzeichen von Sturm oder Schnee … zumindest, soweit Bucklewhee es von hier aus beurteilen konnte. Denn ganz sicher war er sich letztendlich nicht.

Bucklewhee überlegte kurz. Gab es nicht noch eine andere Stelle, von der er einen viel besseren Überblick hatte? Der Vogel drehte den Kopf und sah nach oben. Genau, vom Balkon des Turmzimmers.

Nervös knabberte er auf dem Flügelknochen. Bei diesem Plan gab es nur ein klitzekleines Problem: Der blöde Spiegel war auch dort oben. Und den konnte das kleine Hühnergerippe überhaupt nicht leiden, oh nein. Schließlich tat dieses schrecklich eingebildete Möbelstück immer so, als wäre es weitaus klüger als Bucklewhee, was er natürlich völlig anders sah.

Nach einer Weile aber gab er sich einen Ruck. Bucklewhee beschloss, die Zähne zusammenzubeißen. Primus' Wohlbefinden lag ihm doch weitaus mehr am Herzen, als die Diskussionen, die er möglicherweise mit dem alten Spiegel führen musste.

Und er sprang ins Kaminzimmer zurück.

Schnell flitzte er über den Holzboden. Er passierte die Bücherstapel, lief an Primus' altem Sessel vorbei und hüpfte geradewegs durch die Küche zur Wendeltreppe. Bei dieser Mission brauchte Bucklewhee keine Passwörter mehr. Schließlich war er in einem Spezialeinsatz unterwegs und verfügte über Sonderrechte. Er sprang die steinernen Stufen empor und war bald in den Windungen der Wendeltreppe verschwunden.

Oben angekommen streckte Bucklewhee vorsichtig sein Köpfchen aus der Öffnung. Der Weg hierher war schneller verlaufen, als er erwartet hatte und Bucklewhee war nicht einmal außer Puste.

Gleich vor seinem Schnabel zeichnete sich das Turmzimmer ab, mit all den Glaskolben, Schriften und wissenschaftlichen Geräten. Zwar hielt sich das kleine Hühnergerippe nicht gerade häufig hier oben auf, aber nach den vielen Jahren, in denen er mit Primus den alten Turm bewohnte, kannte er sich bestens mit dem ganzen Trödel aus. Er blickte über den staubigen Boden und erkannte kurz darauf auch das große Fernrohr, das vor dem geöffneten Turmfenster stand. Primus musste es am Morgen seiner Abreise ganz schön eilig gehabt haben, dachte er. Üblicherweise trat Primus seine Ausflüge immer vom Kaminzimmer aus an und nicht von hier oben.

Aber genau genommen kam Bucklewhee das jetzt äußerst gelegen. Auf diese Weise konnte er gleich durch das Fernrohr blicken, ohne die blinden Scheiben vor der Linse zu haben. Und er musste auch nicht mit dem wackeligen Balkon Vorlieb nehmen, um Ausschau zu halten, wie er es eigentlich vorgehabt hatte.

Vorsichtig wandte er den Schnabel. Er hielt die Luft an und sah zur Wand neben der Treppenöffnung. Vielleicht hatte er ja Glück, und der alte Spiegel schlief gerade. Das wäre natürlich großartig.

Aber dem war leider nicht so. Der Spiegel hatte den Gockel längst bemerkt und zwinkerte ihm zu.

»Ja, wen haben wir denn da?«, tönte es von oben. »Das ist ja eine Überraschung. So hohen Besuch bekomme ich doch äußerst selten.«

»Jetzt bilde dir bloß nichts darauf ein«, antwortete Bucklewhee. »Ich bin nicht wegen dir hier.«

Er sprang die letzte Stufe hinauf und stolzierte mit erhobenem Kopf durch den Raum.

»Sieh mal an«, sagte der Spiegel. »Und was ist wohl dann der Zweck deines Besuchs?«

Bucklewhee blähte das Hühnerbrüstchen. »Ich bin mitnichten befugt, dir irgendwelche Auskünfte zu geben«, belehrte er den Spiegel. »Jede Nachfrage ist daher sinn- und zwecklos.« Er hüpfte auf das Fernrohr zu und wedelte mit den Flügelknochen. »Amtliche Schweigepflicht«, bekräftigte er, »... brauchst es gar nicht erst zu versuchen. Ich werde dir überhaupt nichts sagen.«

Doch der Spiegel ließ sich nicht beeindrucken.

»Du willst doch nicht etwa nachsehen, wie das Wetter bei Primus in den Bleibergen ist?«

Ruckartig fuhr Bucklewhee herum. Ach, du Schreck, ging es ihm durch die Knochen, da bleiben ja die besten Uhren stehen. Sein streng geheimer Einsatz war aufgeflogen. Alarm, Verrat!

Er schnappte nach Luft. »Woher ..., woher ...?«

»Woher ich das weiß?«, summte der Spiegel. »Nun, was sonst könntest du hier oben am Fernrohr wollen, hm? Die funkelnden Sterne möchtest du tagsüber wahrscheinlich kaum betrachten, oder etwa doch?« Der Spiegel fing herzhaft an zu lachen.

»Pah«, schnaubte Bucklewhee, »und wenn schon. Lass mich nur machen.«

Ohne den Spiegel eines Blickes zu würdigen trat er an das alte Fernrohr heran und kletterte hinauf. Als er oben war, balancierte er zum Okular. Er krallte sich fest, bückte sich und schaute kopfüber durch die Linse. Eines musste man dem kleinen Hühnergerippe lassen: Trotz der klapprigen Statur war Bucklewhee äußerst gelenkig.

Mit angespannter Miene machte er sich auf die Suche. Er blinzelte, kniff die Augen zusammen und konnte tatsächlich auch etwas in der Ferne erkennen. Aber die Gebirgskette war das offenbar nicht.

»Das ist die falsche Richtung, du musst viel weiter nach links schauen«, gähnte der Spiegel. »Dort, wo du gerade hinsiehst, liegen die Westlichen Sümpfe und nicht die Bleiberge.«

Bucklewhee verdrehte die Augen. Das hatte er sich fast schon gedacht. Er nahm Schwung und drückte das Fernrohr zur Seite.

»Jetzt noch ein kleines Stückchen hinauf«, fuhr der Spiegel fort, »aber nicht zu weit …«

»Ich kann das schon selbst«, beschwerte sich Bucklewhee gackernd. »Mit technischen Apparaturen kenne ich mich wunderbar aus, also Ruhe jetzt. Ich verbitte mir jede weitere Störung.«

Dennoch tat er genau das, was ihm der Spiegel geraten hatte. Er verlagerte sein Gewicht und drückte das Fernrohr nach oben. Nun musste es aber passen.

Und so war es auch.

Zwar sah Bucklewhee in seiner gebückten Haltung alles auf dem Kopf, aber dennoch konnte er die fernen Berggipfel bestens erkennen. Lächerlich, das hätte er gewiss auch ohne diesen Schlauberger geschafft.

Er überlegte. Irgendwo dort hinten mussten die Schwefelzinnen liegen, über die Primus in den letzten Tagen so häufig gesprochen hatte. Die gezackten Gipfel im Süden sahen zumindest ganz danach aus. Bucklewhee fröstelte. Keine einladende Gegend. Aber dennoch vermutete er, dass Primus genau auf dem Weg dorthin war.

Noch einmal wippte Bucklewhee zurück. Er ruderte mit den Flügeln und drückte das Fernrohr ein kleines Stückchen weiter nach oben. Jetzt konnte er auch den blauen Himmel erkennen.

Das Wetter war fantastisch, freute er sich. Nicht einmal die kleinste Wolke war weit und breit zu sehen. Von wegen Unwetter. Das Zipperlein von Snigg hatte gewiss andere Ursachen.

Erleichtert hob Bucklewhee den Kopf. »Alles unter Kontrolle«, rief er dem Spiegel zu. »Primus hat das denkbar beste Ausflugswetter. Da brauchen wir uns überhaupt keine Sorgen zu machen.«

Wissend sah der Spiegel ihn an. »Und da bist du dir auch ganz sicher?«

Na, das war wieder einmal typisch.

»Dass du aber auch ständig alles anzweifeln musst«, knurrte Bucklewhee. »Glaub mir doch mal was. Wir haben strahlenden Sonnenschein.«

Aber der Spiegel gab nicht nach. »Da bläst ein Lüftchen von Osten«, sagte er leise. »Hast du in dieser Richtung auch schon geschaut?«

»Nein«, entgegnete Bucklewhee, »aber da ist bestimmt genauso wenig.« Er nahm Schwung und drückte das Fernrohr zur Seite. »Hier«, sagte er, »überall schönes Wetter. Wie ich dir gesagt ha…«

Die letzte Silbe blieb dem Vogel im Halse stecken. Erschrocken fuhr er zurück. Denn weit entfernt, hinter den östlichen Ausläufern, erkannte er nun tiefschwarze Wolken, die sich wie eine Wand vor dem stahlblauen Himmel abzeichneten. Mit beängstigender Geschwindigkeit kamen sie näher.

Wortlos blickte Bucklewhee den Spiegel an. Ein kühler Windstoß strich zum Fenster herein und ließ die Pergamente im Turmzimmer gespenstisch rascheln und knistern.

Der Spiegel nickte. »Es wird Schnee geben«, sagte er mit eisiger Bestimmtheit, »und davon nicht zu wenig.«

Dann schloss er seine Augen und verstummte.

Im Sonnenschein des anbrechenden Vormittags ließen Primus und Plim die Felder hinter sich liegen. Eilig stapften sie durch den Schnee und näherten sich dem kleinen Wäldchen, das den Talkessel, in dem das verschlafene Erdeley lag, vom Rest des Gebirgstals trennte. Primus und Plim hatten keine Schwierigkeiten die Strecke, die sie gestern Abend gekommen waren, wieder zurückzugehen. Sie erkannten mühelos ihre Spuren in der glatten Schneedecke, und die wiesen ihnen den Weg. Jetzt mussten sie nur noch das kleine Wäldchen durchqueren und den Bergpfad wieder aufnehmen. Dann würden sie sich auf die Suche nach dem geheimnisvollen Stollen begeben.

Der Schnee knirschte unter ihren Schritten.

»Sag mal, haben wir eigentlich noch ein paar Zaubernüsse dabei?«, wandte sich Primus an Plim, die mit gelupftem Rock und festem Schritt neben ihm herging.

Eine berechtigte Frage. Denn Zaubernüsse waren ausgesprochen nützlich und überaus hilfreich. Mit ein klein wenig Magie konnte man sie zum Glühen bringen und so für das notwendige Licht sorgen. Plim hatte die faustgroßen Kugeln seinerzeit in Primus‘ verstecktem Kellerraum, der vormals Magnus Ulme als geheimes Studierzimmer gedient hatte, gefunden und kurzerhand eingesteckt. Als diebische Hexe sollte man so etwas schließlich immer dabei haben.

»Zaubernüsse? Ich glaube schon«, sagte sie. »Drei oder vier müssten eigentlich noch übrig sein.« Sie blinzelte in die Sonnenstrahlen. »Wieso? Ist es dir vormittags etwa schon zu dunkel hier draußen?«

»Ach, was«, sagte Primus, »natürlich nicht. Aber in dem Stollen, den uns Fappner beschrieben hat, werden wir wahrscheinlich die Hand vor Augen nicht sehen. Das haben Stollen üblicherweise so an sich.«

Er blickte über die Schulter und sah in den Talkessel zurück. »Vorausgesetzt, wir finden ihn überhaupt. Könnte ja auch durchaus sein, dass er zufälligerweise auf einmal weg ist. In dieser Gegend verschwindet schließlich ständig irgendwas.«

Zweifellos spielte Primus damit auf den glitzernden Bergsee an, der seiner Meinung nach hier in der Nähe gelegen hatte. Von exakt derselben Stelle aus, an der er und Miss Plim gerade standen, wollte Primus ihn gestern Abend gesehen haben. Zumindest dachte er das. Heute jedenfalls war der See wie vom Erdboden verschluckt. Hoffentlich würde das mit dem Stollen anders sein.

Doch im Gegensatz zu Primus war Plim zuversichtlich und bester Laune. Was doch ein Schaumbad mit Fichtennadeln alles bewirken konnte …

»Jetzt mach dir bloß keine Gedanken«, trällerte sie, »den finden wir schon. Was hat dieser Vogel vorhin gesagt? Unter den Wurzeln sollen wir suchen?«

»Ja«, bestätigte Primus, »abseits des Pfades, dort wo sich die Bäume an die Berghänge schmiegen.« Er strich sich über das Kinn. »Ich möchte bloß wissen, was uns an der Stelle erwartet. Mit dieser Gegend scheint etwas nicht zu stimmen.« Er warf Miss Plim einen prüfenden Blick zu. »Die

Leute in Erdeley fürchten sich vor etwas und das nicht zu knapp.«

Plim zuckte mit den Schultern. »Das ist mir auch schon aufgefallen, aber was könnte das sein? Mit Berggeistern und Trollen müssten die Leute, die hier wohnen, doch eigentlich genug Erfahrung haben.«

Sie erreichten den Waldrand und blieben stehen.

»Ja«, sagte Primus, »da hast du wahrscheinlich recht. Und Berggeister stellen meiner Meinung nach auch keine magischen Glaswürfel her, die sich auf rätselhafte Weise verändern. Ich sage dir, es muss da noch etwas anderes geben. Und es würde mich doch brennend interessieren, was das wohl ist.«

Noch einmal drehte Primus sich um. Er sah nach Erdeley zurück und dachte an die märchenhaften Schnitzereien, die sie an der Fassade der Bergschänke gesehen hatten. Vielleicht hätten er und Miss Plim dieses Sammelsurium an Figuren und Pflanzen aufmerksamer betrachten sollen? Im Nachhinein erschienen ihm die fremdartigen Schnitzereien überaus aufschlussreich. Was, wenn all die Antworten auf ihre Fragen dort zu sehen gewesen waren? Ärgerlich, dass sie den Ort so schnell verlassen hatten.

Dennoch, das ganze Wenn und Aber brachte sie jetzt nicht weiter. Bei allem, was sie über den Weg zur Spindelwand herausgefunden hatten, stand zumindest eines fest: Egal, welche Route sie einschlagen würden, sie mussten sich gehörig in Acht nehmen.

Dieser Meinung war auch Miss Plim. »Du, ich habe da einen ganz tollen Plan«, sagte sie. »Sobald wir den besagten Stollen gefunden haben, kundschaften wir ihn erst einmal gründlich aus. *Du* fliegst hinein und siehst nach, ob alles in Ordnung ist. *Ich* komme dann gleich hinterher. Na, was hältst du davon?«

»Genialer Vorschlag«, murmelte Primus. »Dann kann ja eigentlich nichts mehr schiefgehen.«

»Nicht wahr?« Plim strahlte über das ganze Gesicht. »Genau das Gleiche denke ich auch.«

Sie trat vor das Wäldchen und blickte auf die Äste, die sich ihr in den Weg stellten. Dann hielt sie Primus ihre Tasche entgegen.

»Könntest du vielleicht kurz mein Köfferchen tragen?«, schnurrte sie. »Für eine Dame mit Rock ist ein Waldspaziergang nämlich wirklich nicht so einfach, musst du wissen.«

Na, das waren ja Aussichten. Darauf hatte Primus schon die ganze Zeit über gewartet. Und außerdem: Was hieß *kurz*? Wahrscheinlich durfte er das schwere Ding jetzt bis zum Ende der Reise schleppen. Wäre zumindest nicht das erste Mal.

Aber Primus ließ sich nichts anmerken. Es hätte ohnehin keinen Zweck gehabt. Wortlos und ohne die Miene zu verziehen nahm er die dicke Tasche entgegen.

»Danke schön.« Plim schenkte ihm ein Lächeln. »Dann kann es ja losgehen.«

Sie verließen die Ebene und verschwanden zwischen den Bäumen.

So schnell sie konnten, schlugen sie sich durch das Unterholz. Primus und Plim liefen durch den Wald und behielten unterdessen immer ihre Fußspuren von gestern im Auge. Was für ein Glück, dass es in der Zwischenzeit nicht geschneit hatte.

Doch es war ohnehin nur ein kurzes Stück Weg, das den kleinen Talkessel vom übrigen Teil des Gebirgstals trennte. Ohne dass sich Miss Plim eine Laufmasche zog, erreichten sie die andere Seite des Wäldchens und fanden auch schnell den schmalen Bergpfad wieder, den sie am Vorabend nach dem Besteigen der Schlucht so erschöpft verlassen hatten. Auf diesem marschierten sie nun weiter.

Primus und Plim liefen in östlicher Richtung und eilten geradewegs auf die angrenzenden Berghänge zu. Nach allem, was sie in Erfahrung gebracht hatten, musste die Spindelwand dort irgendwo liegen. Aber wo? Die beiden wussten es nicht. Denn so sehr Primus und Plim auch spähten, sie konnten keine Steilwand erkennen, die der Skizze aus Magnus Ulmes geheimem Buch entsprach. Das war kein gutes Zeichen.

Stattdessen merkten sie sehr schnell, dass das Gelände des Gebirgstals in einiger Entfernung rapide anstieg. Gesteinsbrocken säumten den Weg, breiteten sich aus und erhoben sich zu einer unwegsamen und mit Eis überzogenen Formation, die sich gleich vor den gewaltigen Berghängen aufbäumte. Das war die Stelle, von der die Leute in der Bergschänke gesprochen hatten: der Überrest einer mächtigen Felslawine, die irgendwann einmal donnernd zu Tal gestürzt war.

»Jetzt schau dir das an«, sagte Primus und schob den Zylinder zurück. »Die Bauern hatten Recht. Wenn wir den Stollen nicht finden, dann gibt das auf jeden Fall eine tüchtige Kletterpartie.«

Von wegen! Da hatte er die Rechnung ohne Miss Plim gemacht.

»Schlag dir das sofort aus dem Kopf«, zeterte sie. »Wie, denkst du, sollen wir da hochkommen? Dabei reiße ich mir doch von vorne bis hinten alles kaputt. Nein, nein, mein Lieber. Das lassen wir schön bleiben. Außerdem hat dein Freund der Klapperstorch doch laut und deutlich gesagt, dass wir uns dort oben nicht blicken lassen sollen, oder?« Keck blies sie sich eine Haarsträhne aus dem Gesicht. »Den Stollen werden wir schon finden. Wenn er unter den Bäumen abseits des Pfades liegt, dann wissen wir ja, wo wir suchen müssen. Komm mit. Und keine Widerrede.«

Plims Schnute verriet ihm, dass jeder Einwand sinnlos gewesen wäre. Zielstrebig drehte sie auf dem Absatz um, verließ den Pfad und stapfte mit wehendem Rock in Richtung der Bäume. Was sollte er da noch sagen?

So nahm Primus ihre Tasche, und sie machten sich auf die Suche. Aber die sollte ein Weilchen dauern.

Denn obwohl der Pfad, auf dem sie sich befanden, an den berüchtigten Felsbrocken der Lawine vorbeiführte, wurde sein Verlauf sehr bald unwegsam und schwer zu verfolgen. Rauf und runter ging es. Über Steine, Eis und fließendes Wasser, dicht an alten Bäumen vorbei, deren Wurzeln wie gespenstische Finger über die Böschung hingen. Aber von einem Stollen, einem Tunnel oder gar etwas Ähnlichem fehlte jede Spur.

Schließlich erreichten Primus und Plim die Stelle, an der sich die Bäume wie beschrieben an die östlichen Berghänge schmiegten. Die beiden blieben stehen.

»So«, pustete Plim, »jetzt haben wir den Salat. Kannst du mir vielleicht verraten, was uns dieser Storch für Geschichten erzählt hat? Hier ist doch weit und breit nichts von einem Stollen zu sehen.«

Primus sah sich um. »Merkwürdig«, murmelte er, »ich hätte schwören können, dass wir hier richtig sind.«

»Ja, natürlich sind wir hier richtig«, sagte Plim. »Eine andere Stelle gibt es schließlich nicht. Nur dieser Stollen ist nicht da. Oder willst du mir etwa weis machen, dass die kleine Grube da hinter dir ein Stollen ist?«

Sie deutete zum Fuß der Böschung, wo sich ein unbedeutendes Erdloch befand. Es hatte bestenfalls einen Durchmesser von zweieinhalb Ellen und war fast vollständig von alten Gräsern verdeckt.

Als Primus das sah, fuhr er begeistert zusammen. Er nahm den Zylinder vom Kopf, ging in die Knie und bog hektisch das Gestrüpp zur Seite. Dann krabbelte er auf allen Vieren vorwärts. Ein muffiger Geruch aus Erde, Moder und feuchten Wurzeln strömte ihm entgegen.

»Heißa«, rief er, »Plim, du bist die Beste! Ich glaube, das ist der Stollen.«

»Das soll ein Stollen sein? Dieser Storch weiß wahrscheinlich gar nicht, was ein Stollen ist. Da ist ja eine Katzenklappe noch größer.«

»Und wenn schon«, sagte Primus, »dann müssen wir eben ein kleines Stück kriechen.«

Er verwandelte sich und schwang sich in die Luft. »Ich fliege jetzt ohnehin erst einmal hinein und sehe mich um. Danach können wir immer noch überlegen, wie wir vorgehen.« Er zwinkerte ihr zu. »Also«, sagte er, »nicht weglaufen. Bin gleich wieder da.«

Sofort stemmte Plim die Hände in die Hüften. »Warte mal«, rief sie, »was soll denn das? Du kannst mich doch nicht einfach so hier stehenlassen?!«

»Ich komme ja gleich wieder zurück«, beruhigte Primus sie. »Außerdem hast du doch vorhin selbst gesagt, dass ich den Stollen als Erster unter die Lupe nehmen soll. Ich glaube, das war keine schlechte Idee. Denn sollte sich wirklich etwas Gefährliches darin befinden, dann bin ich im Handumdrehen wieder draußen.«

»Na, schön«, murrte sie, »wenn du meinst. Aber du beeilst dich, versprochen?«

»Natürlich«, lächelte er. »Ehrenwort.«

Damit breitete Primus die Flügel aus. Er ließ sich zur Seite kippen, zog den Kopf ein und segelte mit Schwung in den engen Tunnel hinein. Schon im nächsten Augenblick war die Fledermaus in der Dunkelheit verschwunden.

Plim ging in die Hocke. Neugierig rutschte sie vor bis zur Öffnung und betrachtete das kleine Loch. Bäh, dachte sie, überall klebrige Spinnweben, wie eklig. Und das ausgerechnet an dem Tag, an dem sie sich die Haare gewaschen hatte. Das konnte ja heiter werden. Sie zupfte an den Wurzeln und wartete.

Da hörte sie auf einmal Primus‘ Stimme.

»Es ist gar nicht so eng hier drin«, kam es dumpf aus dem Tunnel. »Ich glaube, weiter hinten können wir sogar aufrecht gehen.«

Sie beugte sich vor. »Ist es schmutzig?«

»Na, und wie!!!«

»Großartig«, murmelte Plim, »wie gut, dass ich Weiß angezogen bin.« Verdrossen sah sie zum Himmel.

Nach kurzer Zeit kam Primus wieder zum Vorschein. Er flatterte aus dem Loch und nahm seine menschliche Gestalt an.

»Ich glaube, die Luft ist rein«, berichtete er, »zumindest in dem Bereich, in dem ich den Tunnel abgesucht habe. Bis zu seinem Ende bin ich natürlich nicht geflogen, aber ich denke, wir können es wagen.«

»Und wie sieht es da drin aus?«

»Stockdunkel«, antwortete er, »genau wie erwartet. Du brauchst auf jeden Fall eine Zaubernuss, sonst siehst du überhaupt nichts.« Er hob die Augenbrauen. »Im Übrigen ist der Weg eben und passierbar. Und ich habe auch niemanden gesehen. Weder Geister, Trolle, noch sonst eine Erscheinung.«

»Oder aber, es hat sich niemand gezeigt«, brummte Miss Plim. »Wäre auch möglich.«

Sie schwiegen. Der Gedanke war nicht gerade abwegig. Fappner hatte sie schließlich auch vor dem Stollen gewarnt. Die beiden sahen sich an und überlegten.

Da ging auf einmal ein Rauschen durch die Bäume. Ruckartig hoben Primus und Plim die Köpfe.

»Was war das?«, flüsterte sie.

»Weiß nicht«, antwortete Primus. »Wahrscheinlich der Wind.« Er sah nach oben. »Das Wetter wird doch nicht etwa umschlagen?«

»Kann ich mir nicht vorstellen«, hauchte Plim. »Da ist doch keine Wolke zu sehen.«

Regungslos standen die beiden da.

»Komm«, sagte Primus und trat vor das Loch, »lass uns keine Zeit mehr verlieren. Je schneller wir die Spindelwand erreichen, desto besser.«

Plim kramte eine Zaubernuss aus ihrer Tasche und ließ sie erglühen. Gleißend erstrahlte das Licht, als Plim die Kugel vor die Stollenöffnung hielt. Dann schlüpfte Primus als Erster hinein. Er schob ihre Handtasche vor sich her und krabbelte flink unter den Wurzeln hindurch.

»Jetzt du«, tönte es dumpf.

Plim folgte seiner Aufforderung und kroch ihm nach.

Das enge Loch war genauso schmuddelig, wie Plim es sich vorgestellt hatte. Spinnweben hingen von oben herab, Erdklumpen fielen herunter und über den gesamten Boden erstreckte sich ein dicker Teppich uralter Blätter. Der Wind musste sie vor langer Zeit einmal hereingeweht haben. Angewidert verzog Plim das Gesicht. Sie pustete sich die Spinnweben von der Nase, während sie mit der Zaubernuss in der Hand durch den kleinen Gang kroch. Derart viel Schmutz gibt es gewiss kein zweites Mal im Unkrautland, dachte sie, aber was soll's. Zum Umkehren war es längst zu spät. So, wie Plim inzwischen aussah, konnten sie und Primus ruhig noch weiter durch das Erdloch krabbeln. Es war ohnehin schon egal.

Nur das Vorwärtskommen strengte mächtig an.

»Ich dachte, wir können hier drin aufrecht gehen?«, rief sie Primus zu. »Das stelle ich mir aber irgendwie anders vor.« Sie wischte sich mit dem Ärmel den Schmutz aus dem Gesicht.

»Wir haben es gleich geschafft«, antwortete er. »Es ist nicht mehr weit. Nur noch ein kleines Stück.«

»Sehr beruhigend. Und das soll ich dir glauben?«

»Natürlich«, rief er, »wart's ab.«

Wie zwei Wühlmäuse arbeiteten sie sich voran.

Dann endlich, nach etwa fünfzehn Schrittlängen, war es so weit. Der Gang wurde breiter und gewann zunehmend an Höhe. Für Plim ein wahrer Lichtblick nach all der Schinderei. Und das war noch nicht alles. Denn anstelle des schmutzigen Erdreichs tauchten nun grob behauene Felswände auf, die kerzengerade in die Dunkelheit führten. Nun wurde das Loch wirklich zu einem Stollen.

Primus und Plim erhoben sich. Im Lichtschein der Zaubernuss klopften sie sich die Erde von den Kleidern und sahen sich an.

Er lächelte. »Du hast Schmutz im Gesicht«, sagte Primus und strich ihr mit dem Finger über die Nase.

»Pffft«, erwiderte Plim, »glaubst du vielleicht, dass du besser aussiehst.«

Beide schmunzelten.

Dann zog Primus den Kompass aus der Tasche. Er hielt ihn ins Licht und tippte gegen das Glas. Zuckelnd richtete sich die Nadel gen Norden aus.

»Der Gang führt nach Osten«, sagte er. »Das war zu erwarten. Er hat vom Eingang bis hierher eine Biegung gemacht.« Nachdenklich runzelte Primus die Stirn. »Wenn mich nicht alles täuscht, dann müssten wir uns jetzt eigentlich genau unter jenem Berghang befinden, vor dem wir eben noch gestanden haben.«

Plim schluckte. »Hoffentlich bricht der nicht ausgerechnet heute herunter.«

»Ja«, sagte Primus, »das hätte uns gerade noch gefehlt. Aber ich bin mir sicher, in dieser Hinsicht werden wir Glück haben.« Er klappte den Kompass zu und steckte ihn ein.

»Los«, meinte er, »lass uns weitergehen. Wir haben bestimmt noch einen langen Weg vor uns.«

Sie eilten von dannen.

Es war eine schier endlose Strecke, durchzogen von herabgefallenen Gesteinsbrocken und trüben, schlüpfrigen Pfützen. Primus und Plim konnten sich beim besten Willen nicht erklären, wer diesen Stollen einst in den Fels getrieben hatte oder wie weit sie inzwischen schon gelaufen waren. Einzig der Kompass gab ihnen Aufschluss darüber, dass der Weg noch immer in die gleiche Richtung führte. So ging es dahin, Schritt für Schritt und stets behände durch die Schichten uralten Gesteins.

Plötzlich aber änderte sich die Lage. Genau wie Fappner es beschrieben hatte, verzweigte sich auf einmal der steinerne Gang, und die beiden gerieten an eine Kreuzung. Schwer atmend blieben sie stehen.

»Ich habe keinen Schimmer, wo die zwei anderen Wege hinführen«, sagte Primus, »aber wir müssen auf jeden Fall geradeaus.«

»Das hat auch der Storch gesagt«, stimmte sie zu.

Primus holte den Kompass hervor und überprüfte die Richtungen.

»Dieser Gang hier führt nach Norden und der andere nach Süden. Demnach sind wir also immer noch nach Osten unterwegs.« Er lächelte. »Jetzt sieh mal einer an«, sagte er. »Die Spindelwand scheint also *hinter* dem Berg zu liegen, bei dem wir unsere Reise durch den Gang gestartet haben. Deshalb konnten wir sie nicht sehen. Umso besser, dass wir unter dem Berg hindurchgehen. Das wäre ansonsten ein beschwerlicher Aufstieg gewesen.«

Gerade wollten sie weitergehen, als plötzlich eine ungewöhnliche Kälte Primus einhüllte.

Mit einem seltsamen Glänzen in den Augen schaute er sich um. Ein Knistern lag in der Luft. Primus streckte seinen Kopf vor und blickte verdutzt in den geheimnisvollen Stollen, der nach Süden führte.

»Was ist?«, fragte Plim. »Hast du etwas gesehen?«

Primus spitzte die Lippen. »Nein«, flüsterte er, »ich habe nur irgendwie so ein seltsames Gefühl.«

»Aha.« Plim sah in ungläubig an.

»Ja«, sagte er, »der Gang nach Süden ... ich glaube, mit dem stimmt irgendetwas nicht.«

»Wie meinst du das?«

»Kann ich nicht genau sagen«, antwortete Primus, »aber er kommt mir auf jeden Fall verdächtig vor.«

»Na, umso besser, dass wir nach Osten müssen. Jetzt trödle hier nicht rum, sondern komm lieber mit.« Sie zog Primus am Ärmel und riss ihn vom Fleck.

Immer weiter liefen sie durch den Stollen, und immer tiefer führte sie der Gang in das Gebirge hinein. Das Gespür für die Zeit hatten die beiden längst verloren. Gespenstisch glitt der Lichtschein der Zaubernuss über die Wände, deren Gestein sich nach und nach immer dunkler färbte. Wie schwarzer Basalt schimmerten ihnen die Felswände entgegen und wie Sterne aus dunkelster Nacht blitzten kleine funkelnde Steinchen hervor. Es war magisch. Primus und Plim mussten sich jetzt tief im Herzen des Bergmassivs befinden – so fern von zu Hause fort, wie sie es noch nie zuvor gewesen waren.

Dann, nach mehr als einer halben Meile durch das schwarze Gestein, erreichten sie schließlich eine Stelle, an der sich der Stollen erneut verzweigte. Aber im Gegensatz zur Kreuzung von vorhin war es diesmal nur *ein* weiterer Gang, der hinzukam. Linkerhand bog er ab und führte nach Norden.

Plim kümmerte sich nicht darum. Mit der Zaubernuss in der Hand passierte sie den Stollen und rannte weiter geradeaus. Sie hatten es schließlich eilig.

Ganz anders Primus. Er verlangsamte seinen Schritt und blickte zur Seite. Wenige Sekunden später blieb er wie angewurzelt stehen.

Als Plim das bemerkte kehrte sie um. Sie stellte sich neben Primus und sah ihn verwundert an.

»Was machst du da?«, fragte sie.

Doch Plim erhielt keine Antwort. Regungslos stand Primus am Fleck und spitzte die Ohren. Sein Atem stieg in kleinen Wölkchen zur Decke, während es um ihn herum nach und nach kühler wurde. Wie ein eisiger Hauch kroch die Kälte aus dem Stollen und fing Primus ein.

Langsam trat er an den nördlichen Stollen heran. »Ich höre etwas«, hauchte er, »ganz leise.« Er hob die Hand und starrte mit leeren Augen in die Dunkelheit. »Ist das etwa Bucklewhee, der da ruft?«

»Was ist los?« Plim verzog das Gesicht. »Zum Hexenkraut, wie kommst du denn darauf? Was sollte ausgerechnet dieser Schlauberger hier zu suchen haben? Den brauche ich jetzt bestimmt nicht.«

»Aber ich höre ihn doch«, bekräftigte er. »Da! Da war es schon wieder.«

Fassungslos stand Primus der Mund offen. Er war sich vollkommen sicher. Von irgendwoher aus der Ferne konnte er das kleine Hühnergerippe hören.

Und es ging noch weiter. Denn wenige Augenblicke später drang nicht nur etwas an seine Ohren, nein, Primus konnte sogar etwas sehen! Wie in einem Traum veränderten sich plötzlich die Felsen, die Konturen verschwammen und nebelhaft tauchte eine Zimmertür vor ihm auf. Was sollte das denn bedeuten?! Überrascht schob Primus den Kopf vor. Diese Tür kannte er doch. Genau! Das war die Tür vom Kaminzimmer.

Vor lauter Verzückung seufzte er. Ein tiefes Gefühl der Vertrautheit überkam ihn und freudig streckte er eine Hand nach dem Türgriff aus. Er war wieder zu Hause. Primus hörte das Kaminfeuer knistern, er hörte das Ticken der Pendeluhr, und aus dem Garten konnte er sogar Sniggs Schnarchen vernehmen. Ohne zu zögern machte er einen Schritt auf den gespenstischen Stollen zu.

Doch Plim trat dazwischen. »Du bleibst schön hier«, schimpfte sie und packte ihn bei der Hand. »Was ist denn bloß in dich gefahren? Das ist der falsche Stollen, wir müssen da drüben lang.«

Für Plim war das Ganze ein Rätsel. Sie wusste überhaupt nicht, was mit Primus los war. Weder konnte sie etwas hören, noch bekam sie etwas zu sehen. Als abgebrühte Hexe schien sie gegen solchen Zauber immun zu sein.

Aber nicht Primus. »Bucklewhee«, schrie er in den Stollen. »Hallo, ich bin wieder zu Hause.«

Er legte die Hände als Trichter um den Mund und rief nach seinem Freund. Keine Antwort.

Stattdessen ertönte auf einmal ein Kichern. Spöttisch kam es aus der Dunkelheit und hallte durch den Stollen. Das hatte nun auch Plim gehört.

Das Gelächter stammte nicht von Bucklewhee, so gut kannte Miss Plim das Hühnergerippe inzwischen. Für sie hörte es sich vielmehr so an, als würde eine Gruppe kleiner Mädchen in der Finsternis auf sie lauern und sich über sie lustig machen.

»Primus«, säuselten kindliche Stimmen, »komm doch herüber. Wollten wir nicht einen Ofen einbauen?« Das Kichern nahm zu. »Primus, ach, komm doch. Mir ist sooooo kalt in der Uhr.«

Das zeigte Wirkung!

»Ich komme«, rief er, »ich bin gleich da.« Und er machte einen Schritt in den Gang hinein.

Aber der Lockruf war auch Plim nicht entgangen. »Hiergeblieben«, keuchte sie, »lass dir bloß nicht einfallen, dass du mich schon wieder stehenlässt.« Sie umklammerte seinen Arm und hielt ihn zurück.

Doch die Stimmen ließen nicht locker.

»Priiiiimus«, kam es zuckersüß aus der Dunkelheit, »komm her. Snigg ist auch hier. Und Magnus Ulme. Sie sind alle hier drüben und warten auf dich. Willst du nicht zu uns kommen?«

»Nicht hinhören«, beschwor ihn Plim. »Das ist genau das, wovor uns Fappner gewarnt hat. Nichts als Lug und Trug. Da spielt jemand ein Spielchen mit dir. Und ein ganz, ganz übles obendrein.«

Mit einem bösen Unterton ging das Kichern weiter.

»Hört endlich auf damit«, schrie Plim ins Dunkel. »Lasst ihn gefälligst in Ruhe!«

Aber es war zwecklos. Die Stimmen fuhren fort. Immer weiter flüsterten sie Primus vertraute Dinge ins Ohr, erzählten von seinem geliebten Zuhause, von Ereignissen, die einst geschehen waren, und lockten ihn mit Engelszungen in den finsteren Stollen.

Plim konnte ihn kaum noch halten. »Du bleibst hier! Hör da nicht hin. Das ist ein ganz billiger Zauber. Glaub ihnen kein Wort.«

Sie rüttelte Primus, zerrte an seinen Kleidern, aber er war wie betäubt. Schweigend starrte er in die Abzweigung, als hätte er alles um sich herum vergessen. Die Stimmen schienen siegreich zu sein.

Schließlich bewegte Primus die Beine. Er ging wie ein Schlafwandler auf den Stollen zu. Von Miss Plim, die ihn drohend und bittend davon abhalten wollte, merkte er nichts mehr.

Doch sie gab nicht auf. Ganz im Gegenteil: Sie ging zum Angriff über. Mit Flüchen, Beschimpfungen und Zaubersprüchen stemmte sie sich gegen die Stimmen und trat zum Kampf an. Aber es war zwecklos. Gegen die großen und alten Zaubersprüche längst vergangener Tage war Plim machtlos. Was sollte sie tun? Hilflos blickte sie umher.

Plötzlich kam ihr ein Gedanke. Ihr blieb ohnehin keine andere Wahl. Jetzt musste sie härtere Mittel einsetzen. Nur mit Gutzureden und ein klein wenig Hexenzauber kam sie bei diesen Mächten nicht weiter.

»Bleib stehen«, keifte sie, »ich warne dich, mein Lieber, sonst … sonst …«

Sie biss die Zähne zusammen und zögerte. Sollte sie, oder sollte sie nicht? Verflixt aber auch, eine andere Möglichkeit gab es nicht. Also los, jetzt oder nie.

Sie holte tief Luft und sah Primus direkt in die Augen. Ein Funkeln lag in ihrem Blick. Dann stellte sie sich ganz nah vor Primus in den Stollen. Sie nahm mit beiden Händen sein Gesicht, schloss die Augen und gab ihm einen innigen Kuss. So fest sie nur konnte, presste sie ihre Lippen auf seine. Es war, als würde jemand die Zeit anhalten.

Das Flüstern verhallte. Stille kehrte ein und die Kälte, die sie noch eben umgeben hatte, kroch langsam in den Stollen zurück. So standen die beiden nun Lippen an Lippen in der Dunkelheit, während die vertrauten Bilder, die Primus eben noch vor Augen hatte, nach und nach verblassten. Kurz darauf waren sie fort.

Allerdings sah er nun Miss Plim vor sich stehen, die ihn aus nächster Nähe anblickte. Er konnte ihre Lippen spüren, bemerkte ihre Hände und nahm ihren lieblichen Duft wahr. Mit großen Augen schaute er sie an.

Sofort ließ Plim ihn los. »Ist es jetzt wieder gut?« Sie lief puterrot an. »Können wir jetzt weiter?«

Primus wusste gar nicht, wie ihm geschah. Verlegen trat er von einem Bein auf das andere und überlegte, was er sagen sollte.

»Also, ich ...«, stammelte er, »äh ...«

»Ich will gar nichts hören«, rief Plim und wedelte mit den Händen. »Erzähl mir jetzt bitte keine Geschichten, ja?«

»Aber ...«

»Nichts da. Ist schon gut.«

Sie hob das Kinn und trat einen Schritt zur Seite. »Da geht's lang«, sagte sie und deutete auf den Stollen. »Und keine Widerrede, hörst du?«

Primus atmete durch und zog seinen Hemdkragen zurecht. Dann griff er nach ihrer Tasche.

»Die nehme ich«, schnappte sie, »gib her.«

Er sah Miss Plim an und lächelte. Langsam schritten sie ihres Wegs.

»Brauchst gar nicht so zu grinsen«, murmelte Plim, während sie neben ihm herging.

»Ich grinse gar nicht.«

»Tust du wohl ...«

»... gar nicht wahr.«

Und sie verschwanden in der Dunkelheit.

Treppen, Trolle, Hexenwürfel

Mehr als tausend Klafter tiefer, weit unterhalb des gespenstischen Stollens, wanderte indessen ein anderes Licht durch die Finsternis. Von Norden rückte es heran, in eiligem Tempo und mit stürmischer Hast. Rabenstein war im Anmarsch und es schien, als würde ihn nichts mehr aufhalten können. Mit wehender Robe und entschlossener Miene hastete er durch den geheimnisvollen Tunnel, dessen Durchgang die Kobolde eigens für ihn freigeschaufelt hatten. Der schwache Schein seiner Grubenlampe glimmte durch die schier endlose Röhre und wies ihm den Weg. Nun würde er es bald schon geschafft haben. Dann würden all die Rätsel aus längst vergangenen Tagen gelüftet werden. Welch ein Triumph. Dann wäre er endlich am Ziel seiner Suche angelangt. Das, was Rabenstein seit über zweihundert Jahren so sehnsüchtig begehrte, würde in Kürze ihm gehören. Der Gedanke an die Nebelfee schien ihn zu beflügeln. Lautstark hallten seine Schritte von den steinernen Wänden wider und drangen voraus ins unbekannte Dunkel.

Seit mehr als einem Tag war Rabenstein schon unterwegs, stets in Eile und nur unterbrochen von einigen sehr kurzen Ruhepausen. Zweimal hatte er sich in dieser Zeit schlafen gelegt, eine Kleinigkeit zu sich genommen und war anschließend sofort wieder weitergelaufen. Rabenstein zeigte sich zäh. Und das magische Stück der Mondsichel, das er um seinen Hals trug und das ihm Primus einst aus dem Erdspalt geholt hatte, hielt ihn darüber hinaus bei Kräften. Hunger und Durst waren für Rabenstein, ähnlich wie bei Primus, kaum der Rede wert. Wenngleich er auch nicht vollständig auf Nahrung verzichten konnte. Denn aus irgendeinem Grund unterschieden er und Primus sich hierbei ein wenig – was für Rabenstein nicht gerade von Vorteil war. Schließlich wurde er ganz langsam älter und Primus nicht.

Doch da gab es *noch* eine Besonderheit, worin Rabenstein seinem alten Freund Primus unterlegen war und die gleichzeitig einen entscheidenden Schwachpunkt für ihn darstellte: Im Gegensatz zu Primus musste Rabenstein das Element der Unsterblichkeit immerfort bei sich tragen. Legte er es nämlich ab, versiegte die Wirkung schon nach sehr kurzer Zeit und alles verhielt sich, wie bei einem ganz normalen Menschen. Bei Primus wiederum musste das anders sein, kombinierte Rabenstein. Denn so ahnungslos, wie der ihm das letzte Mal gegenübergestanden hatte, trug Primus offenbar nichts mit sich herum. Und Rabenstein hätte doch allzu gerne gewusst, warum das so war.

Aber im Moment hatte Rabenstein vollkommen andere Sorgen. Ohne sich eine Pause zu gönnen eilte er durch den Tunnel und hatte nur ein Ziel vor Augen: Primus und diese störrische Hexe durften ihm auf gar keinen Fall zuvorkommen, koste es, was es wolle. Das hieß natürlich, sofern die beiden den Aufstieg entlang der Steilwände überhaupt bewältigten. Denn richtig sicher war sich Rabenstein dessen nicht. Zu viele Wanderer waren im Laufe der Jahrhunderte schon an den Felsen gescheitert, also warum sollten gerade diese beiden schmächtigen Früchtchen die Steilwände bezwingen? Rabenstein war gespannt. Vielleicht erledigte sich das Problem mit den beiden ja sogar von selbst. So hetzte er weiter, Meile für Meile, ohne dass ein Ende des Tunnels in Sicht kam.

Die undurchdringliche Dunkelheit, die ihn umgab, war mehr als bedrückend. Immer wieder ertappte sich Rabenstein dabei, dass seine Gedanken abschweiften und er sich in vagen Erinnerungen verlor. Zeitweise fühlte er sich fast wie in einem Traum. Bilder tauchten im Geiste vor ihm auf, von alten Bekannten und längst verstrichenen Tagen. Und in manchen Augenblicken dachte Rabenstein sogar an die Zeiten mit Primus zurück, die so lange schon in der Vergangenheit ruhten.

Er erinnerte sich daran, wie er und Primus die Akademie von Hohenweis besucht hatten. Wie sie als freche Kerle ihren Lehrern Streiche gespielt hatten, und wie sie heimlich durch die Gewölbe der Laboratorien geschlichen waren. Noch immer konnte er den Geruch der altehrwürdigen Räume riechen und das Bauchkribbeln spüren, wenn sie dabei von den Professoren beinahe erwischt worden waren. Wie lange war das nun schon her? Zweihundert Jahre? Zweihundertzehn? Er wusste es nicht. Zu viel Zeit war inzwischen vergangen, und viel zu viel war geschehen.

Dann sah er plötzlich Magnus Ulme vor sich, seinen alten Meister. Er sah, wie dieser ihn und Primus als seine Schüler aufnahm und wie er die beiden in allerlei geheime Künste unterwies. Es war eine große Ehre, unter Magnus Ulme als Novize zu dienen, eine Auszeichnung, die wahrhaftig nicht jedem zuteilwurde. Aber ganz egal, was Magnus Ulme sie auch gelehrt hatte, Primus, dieser Streber, war immer für den Besseren gehalten worden.

Wenig später erinnerte sich Rabenstein an das Turmzimmer. Jenen Raum, den er wegen des hämischen Spiegels so sehr gemieden hatte. Er dachte daran, wie er und der junge Primus an einem sonnigen Morgen den Fußboden gefegt hatten, wie sie das eiserne Fernrohr poliert und schließlich auch, wie sie Magnus Ulmes wertvolle Unterlagen geordnet hatten. Nie würde er vergessen, wie sehr ihn die Zeichnungen über die Mondsichel fasziniert hatten, als sie ihnen dort oben beim Aufräumen unter die Finger gekommen waren – Ulmes Forschungen über die fünf magischen Elemente und nicht zu vergessen: die Legende über die Nebelfee. Was für eine Entdeckung! Der alte Spiegel hatte sie bei ihrer Stöberei nicht aus den Augen gelassen. Wie konnte es auch anders sein? Dieser Besserwisser. Stechend hatte Rabenstein seinen Blick im Rücken gespürt, als er nachts einmal alleine hochgeschlichen war, um Ulmes geheime Niederschriften zu studieren. Primus hätte das nie gewagt, dafür war er Ulme viel zu ergeben. Aber dass sich sein jüngerer Freund auch noch gegen Rabenstein gestellt hatte, um ihn von seinen durchtriebenen Plänen abzuhalten, das hätte er nicht von ihm gedacht.

Noch immer sah er Primus vor sich, so, als wäre es gestern gewesen. In den Erdspalt wollte er gerade noch steigen, aber das wäre dann auch schon alles gewesen. Zu mehr hatte Rabenstein ihn letztendlich nicht bewegen können. Deshalb hatte er es auch für das Beste erachtet, dass Primus für immer dort unten bleiben sollte. So konnte er ihm wenigstens nicht mehr in die Quere kommen.

Rabenstein beschleunigte seinen Schritt.

»Und dann tauchst du auf einmal wieder auf!«, schrie er vor sich durch die Dunkelheit. »NACH ZWEIHUNDERT JAHREN, WIE AUS DEM NICHTS!!!«

Mit gefletschten Zähnen und glühenden Augen ging die Wut mit ihm durch.

Doch schon im nächsten Augenblick nahm er sich wieder zusammen. Er atmete einmal tief ein und ordnete seine Gedanken. Bloß nicht die Nerven verlieren, sagte er sich, auf gar keinen Fall. Er war schließlich beinahe am Ziel. Die immerwährende Dunkelheit hier unten machte ihn offenbar mürbe, daran lag es, jawohl. Aber die Dunkelheit würde er sehr bald überstanden haben, jetzt konnte es nicht mehr lange dauern.

So wanderte Rabenstein weiter dahin, Schritt für Schritt und immerzu beherzt dem schwachen Licht seiner Öllampe hinterher. Die Stunden vergingen.

Dann endlich, nach zahllosen Meilen durch die Einsamkeit, veränderte sich plötzlich etwas. Rabenstein hatte kurz zuvor schon mit dem Zweifel gekämpft, ob der Tunnel denn jemals ein Ende nehmen würde und hatte sich bereits ernsthaft Gedanken gemacht, was wäre, wenn er umkehren müsste. Doch jetzt fasste er umso schneller wieder Mut. Denn weit in der Ferne, schwach und kaum merklich, tauchte auf einmal ein Lichtschimmer auf. Auf magische Weise glimmte dieser zu ihm herüber und zuckte wie das Wetterleuchten hinter gewittrigen Bergen. Was konnte das sein? Rabenstein spähte geradeaus. Tageslicht war es eindeutig nicht, denn dafür erschien das Licht viel zu blau. Doch was war es dann? Sofort begann sein Herz wie rasend zu schlagen. Er rannte unter Hochspannung durch den Tunnel und auf den geheimnisvollen, bläulichen Schimmer zu, den er nicht mehr aus den Augen ließ.

Rasch kam er ihm näher.

Rabenstein löschte seine Lampe. Im Dunkeln huschte er das letzte Stück durch den Tunnel und gab keinen Laut mehr von sich. Er war zum Zerreißen gespannt.

Schließlich erreichte er eine Stelle, an der sich der Tunnel nach allen Seiten hin verbreiterte. Wie bei einem Trichter wichen die Wände zurück und öffneten sich zu einem röhrenartigen Vorraum von gewaltigen Ausmaßen. Überwältigt blieb Rabenstein stehen. Das Innere der Röhre war poliert und nach all den Jahrtausenden noch immer so glatt, dass er fast den Halt verlor.

Doch letztendlich war es der Anblick, der Rabenstein taumeln ließ. Fassungslos starrte er vor sich in den Hohlraum und erkannte eine riesige, schimmernde Scheibe, die das Ende der Tunnelröhre verschloss. Winzige Blitze durchzuckten ihre Oberfläche und sprangen hervor wie kleine, bläuliche Funken. Rabenstein konnte es nicht glauben. Nicht einmal in seinen kühnsten Träumen hätte er vermutet, dass sich *das* all die Jahre unter der Erdoberfläche befunden hatte. Eine Sensation.

Ganz langsam kam er näher. Er betrachtete die hauchdünne, leuchtende Scheibe und streckte vorsichtig seine Hand danach aus. Dieses mysteriöse Objekt war nicht mehr als ein Vorhang, eine blitzende Barriere, so fein wie ein Schleier. Geheimnisvolle Zeichen rankten sich entlang eines wulstigen Rahmens, der das blaue Licht rundherum einfasste. Rabenstein stockte der Atem. Mit spitzen Fingern berührte er die schimmernde Oberfläche und strich sachte darüber. Sie war spiegelglatt und so kalt wie Eis. Er versuchte hindurchzugreifen, doch der dünne Lichtschleier war hart und unnachgiebig. Es gelang ihm nicht. Ratlos stand er davor und verschränkte die Arme.

Da ertönte auf einmal ein seltsamer Laut. Zischend und wie in einer fremden, unverständlichen Sprache kam er aus dem Lichtschleier hervor. Rabenstein blieb beinahe das Herz stehen. Vor Schreck zuckte er zusammen und sprang zurück. Was hatte das nun wieder zu bedeuten? Mit wachsamen Augen verharrte er und überlegte.

Ein paar Sekunden später trat er erneut an das magische Licht heran. Er stemmte sich dagegen und versuchte, es zu durchschreiten. Aber so sehr er sich auch anstrengte, Rabenstein kam nicht hindurch.

Wieder ertönten die Worte. Sie schallten durch den Vorraum und dröhnten in seinen Ohren. Doch genau wie beim ersten Mal wusste Rabenstein nicht, was er damit anfangen sollte. War das etwa eine Frage, die er da vernommen hatte? Es hörte sich zumindest ganz danach an.

Plötzlich kam ihm eine Idee. Das könnte möglicherweise funktionieren, dachte er, einen Versuch ist es zumindest wert. So stellte er sich gebieterisch in den Vorraum und hob das Kinn.

»Es lasse mich ein«, befahl er dem blauen Licht in forschem Ton. »Sofort!«

Nichts passierte.

»Hat es nicht gehört, was ich ihm sage? Ich fordere Einlass, aber rasch.«

Wieder nichts.

Daraufhin versuchte Rabenstein es ein weiteres Mal, und zwar mit altertümlichen Ausdrücken – mit Wörtern, die er vor langer Zeit einmal gehört hatte und die heute kaum noch jemand benutzte.

Doch das Unterfangen war zwecklos. Das Tor blieb verschlossen.

Rabenstein dachte fieberhaft nach. Hier halfen keine Magie und auch kein Flehen. Selbst wenn er die Sprache beherrscht hätte, die man im Zeitalter des Eiskönigs gesprochen hatte, wusste Rabenstein nicht, was er dem magischen Tor hätte antworten sollen. So vergrub er das Gesicht in den Händen, rieb sich die Schläfen und sann verzweifelt nach einer Lösung. Er konnte unmöglich aufgeben, so nahe am Ziel.

Da schoss ihm auf einmal ein Gedanke durch den Kopf. Vielleicht gab es ja einen Notschlüssel. Eine andere Möglichkeit fiel ihm jedenfalls nicht ein. Denn wenn Rabenstein das richtige *Passwort* nicht wusste, dann konnte er sich eigentlich nur durch ein ganz bestimmtes *Zeichen* zu erkennen geben.

Vorsichtig öffnete er seinen Umhang. Er griff unter sein Hemd und zog das Amulett heraus, in dem der Splitter der Unsterblichkeit steckte. Diesen hielt er vor das Tor.

»Sieh her«, befahl er dem Licht. »Erkennst du das? Dies hat DEIN König erschaffen Und zwar FÜR MICH! Ich bin ein Gast.« Und mit grimmiger Miene fügte Rabenstein hinzu: »ALSO LASS MICH EIN!«

Seine Stimme hallte durch den Vorraum und ging in ein grausiges Echo über.

Doch mit Erfolg.

Der Lichtschimmer wurde heller und die Oberfläche teilte sich. Wie ein Vorhang schoben sich die zwei Hälften auseinander und gaben den Weg für Rabenstein frei. Zum Schluss hatte er doch noch gesiegt.

»Gut«, heischte er dem Tor zu. »Sehr gut.«

Er nahm seine Grubenlampe, entfachte den Docht und schritt mit eiserner Miene hindurch.

Hinter ihm schloss sich das Tor.

Der Vormittag war beinahe vorüber, als Primus und Plim endlich ins Freie traten. Geblendet sahen sie in die Sonnenstrahlen, und frostig wehte ihnen der Wind entgegen. Die beiden atmeten auf. Sie hatten den Weg durch den gefürchteten Stollen unbeschadet überstanden. Ohne sich zu verirren waren sie unter dem Berg hindurchgegangen und hatten den gespenstischen Stimmen mit all ihren Verlockungen widerstanden. Es war geschafft. Selbst Primus, der sich zu Beginn noch hatte beirren lassen, war dem Zauber in der Finsternis nicht ein zweites Mal auf den Leim gegangen. Dafür hatte Miss Plim mit ihrer ganz eigenen Form der Magie schon gesorgt … wenngleich sie den Vorfall im Inneren des Berges mit keiner Silbe mehr erwähnte. Es war ihr dann doch ein wenig peinlich.

Nun aber kehrten sie dem Stollen den Rücken zu.

Sie und Primus waren jetzt unter freiem Himmel und standen im Talscheitel zwischen zwei sehr steilen Felsketten. Die beiden hoben die Köpfe. Senkrecht schoss das Bergmassiv vor ihnen in die Höhe, während der Wind mit geisterhaften Tönen quer durch die enge Spalte heulte. Nicht gerade ein Ort, um sich niederzulassen. Doch im Gegensatz zu diesem unheimlichen Stollen, den sie gerade erst hinter sich gelassen hatten, fühlten sie sich hier beinahe in Sicherheit. Sofern das in den Bleibergen überhaupt irgendwo möglich war.

Aber da tauchte schon das nächste Problem auf.

»Wo sollen wir jetzt hin?«, fragte Plim. »Nach links oder nach rechts?«

»Hm, das weiß ich nicht«, entgegnete Primus. »Geradeaus geht es auf jeden Fall nicht weiter.« Er krauste die Nase und blickte sich um. »Am besten wäre es natürlich, wenn wir den Pfad erneut ausfindig machen würden. Er ist zwar auf der anderen Seite des Berges verschüttet, aber hier irgendwo müsste er wieder herauskommen.«

Na, wunderbar, dachte Plim. Jetzt durften sie auch noch durch den Schnee stapfen und das Bergland absuchen. Fappner hätte ihnen ruhig etwas genauer sagen können, wo sie langgehen mussten. Trotzig nahm sie ihre Mütze ab und strich sich durch das Haar. Da erregte plötzlich etwas ihre Aufmerksamkeit.

Sie quiekte laut und stieß Primus mit dem Ellbogen in die Seite.

»Au!«, schrie er. »Was ist?«

Plim schnappte nach Luft. »Dort drüben.« Sie deutete mit dem Finger geradeaus. »Ist das nicht dieser Berg, den du mir in Ulmes Buch gezeigt hast?«

»Wo? Welchen meinst du?«

»NA, DEN DA HINTEN NATÜRLICH!!!«, plärrte sie aufgeregt. »Den am Ende der Schlucht.«

Primus reckte den Hals. »Tatsächlich«, sprudelte es aus ihm heraus, »ich glaube, du hast recht. Das muss die Spindelwand sein.«

Hektisch zog er das Büchlein aus der Tasche und fing an zu blättern. Dann betrachteten er und Miss Plim die Zeichnung, die Magnus Ulme einst nach alten Erzählungen angefertigt hatte. Keine Frage, die Ähnlichkeit mit dem Berg war nicht zu übersehen.

Primus trat einen Schritt zurück. Er legte den Kopf in den Nacken und ließ den Blick wandern. Ein Schaudern ging durch seinen Körper. So hoch und steil hatte er sich die Felswand wahrhaftig nicht vorgestellt. Zerfurcht und unheilvoll erhob sie sich aus dem Talscheitel und schoss mehr als zweitausend Fuß pfeilgerade nach oben. Primus war erschüttert.

Und auch Miss Plim war nur milde begeistert. »Da wollen wir wirklich hoch?«, fragte sie. »Sind wir denn vollkommen verrückt?«

»Tja«, pustete Primus, »wir haben kaum eine andere Wahl. Das ist der einzige Weg, von dem ich weiß.«

Er richtete sich auf und stierte in die Ferne. »Ich glaube, ich kann sogar die Treppe erkennen«, murmelte er. »Da oben, siehst du? Die kleine Verdunklung, die sich schräg die Felswand hinaufzieht. Das könnte sie sein.«

»Ach, du meine Güte«, jammerte Plim, »dieses steile Etwas soll die Treppe sein? Das wird ja immer besser. Da brauchen wir ja Tage, bis wir oben sind.«

»Das glaube ich nicht«, entgegnete Primus. »Wenn wir uns beeilen, dann haben wir es in zwei oder drei Stunden geschafft. Das ist auch nicht viel schlimmer, als der schmale Felsvorsprung, den wir gestern bestiegen haben. Solange kein Sturm aufkommt und wir fest angebunden sind, kann uns kaum etwas passieren. Los, komm und lass uns keine Zeit mehr verlieren. Die Treppe muss irgendwo dort drüben beginnen.«

Sie rannten durch den Schnee.

Zielstrebig näherten sich Primus und Plim der Stelle, an der die Vertiefung im Fels den Boden berührte. Durch die helle Mittagssonne konnten sie den Punkt schon von Weitem erkennen. Sie kämpften sich eine Böschung hinauf, sprangen über einen Bachlauf und erreichten schließlich, nach wenigen hundert Schrittlängen, den Fuß der gefürchteten Spindelwand.

Wortlos blieben sie stehen. Tatsächlich, Primus hatte sich nicht getäuscht: Gleich vor ihren Füßen nahm die Treppe ihren Anfang.

Die beiden kamen aus dem Staunen gar nicht mehr heraus. Das also war sie nun, die sagenumwobene Treppe, die sie zu den Schwefelzinnen führen sollte. Sie hatten sie endlich gefunden. Ein atemberaubender Moment, wenngleich auch der Anblick alles andere als einladend war. Denn die geheimnisvolle Treppe, von der niemand wusste, wer sie einst in den Fels getrieben hatte, war auf das Gröbste behauen und vom Wetter der Jahrtausende abgeschliffen wie ein altes Stück Seife. Mit hohen Steigungen zogen sich ihre Stufen die Felswand hinauf, wobei diese bestenfalls zwei Ellen in der Breite besaßen.

Plim blies die Backen auf. »Jetzt hoffe ich bloß, dass uns auf diesem Abschnitt niemand entgegenkommt«, schluckte sie. »Der kann ansonsten gleich wieder umkehren.« Verstimmt betrachtete sie die enge Treppe und schüttelte den Kopf. »Da hat man ja selbst alleine kaum Platz.«

Doch Primus sah das gelassen. »Ich glaube nicht, dass wir auf der Treppe Gegenverkehr bekommen. Es sei denn, auf den Schwefelzinnen herrscht gerade Wochenmarkt, was ich mir nicht vorstellen kann.«

»Schade eigentlich«, bedauerte Plim, »bei dieser Gelegenheit hätte ich mir gleich etwas mitgenommen.«

Er nickte. »Da bin ich mir sicher«, und er dachte an ihre diebischen Finger.

»Was war das?«

»Ach, gar nichts«, winkte Primus ab. »Mir kam da nur so ein Gedanke.«

»Ja, ja«, knurrte sie, »ich hab's genau gehört.«

Doch Primus hatte inzwischen andere Sorgen. Prüfend sah er zum Himmel und runzelte die Stirn. Wolkenfetzen zogen von Osten herauf und jagten in Scharen über die mit Schnee bedeckten Gipfel.

»Hoffentlich hält sich das Wetter«, sagte er. »Der Wind verheißt nichts Gutes. Und in der Steilwand können wir ein heiteres Schneegestöber überhaupt nicht gebrauchen.«

»Wem sagst du das«, pustete Plim. »Das Unwetter in der Schlucht hat mir wirklich gereicht.« Sie stellte ihren Pelzkragen auf und zog die Mütze zurecht.

Dann grinste sie ihn an. »Also«, sagte sie, wobei sie sich die Hände rieb, »wer von uns geht zuerst?«

»Meinetwegen«, lenkte Primus ein, »lass mich ...«

Sofort schnippte sie mit dem Finger. »Eine gute Idee«, stimmte sie zu, ohne ihn weiter ausreden zu lassen. »Genau das hätte ich nämlich auch vorgeschlagen.«

Auch wenn er Plims Art inzwischen ganz gut kannte, war er baff von so viel Unverschämtheit. Wortlos ließ er die Arme hängen.

Sofort klappte Plim ihre Handtasche auf. Sie ging in die Knie und zog das lange Seil heraus. Was für ein Glück, dass sie es mitgenommen hatten. Immerhin kam es jetzt schon zum zweiten Mal zum Einsatz. Die beiden legten es um und knoteten es wie zwei Bergsteiger um ihre Hüften. So waren sie für den Ernstfall gesichert.

Aber Plim war noch nicht fertig. Vorsichtshalber und ganz wie erwartet überreichte sie Primus auch noch ihre Tasche … man konnte ja nie wissen und im Gegensatz zu Primus hatte sie es mit ihrem Rock doch wesentlich schwerer als er. Sie setzte zur üblichen Ansprache an und unterrichtete ihn mit wedelndem Finger, dass er immerzu auf das schwere Ding aufpassen musste und die Tasche unter gaaaaar keinen Umständen fallen lassen durfte. Sonst ginge für sie die Welt unter. Nachdem sie endlich fertig war, konnte es losgehen.

Primus lief voran. Im Gänsemarsch und mit nur wenigen Ellen Abstand kletterten er und Miss Plim die halsbrecherischen Stufen empor.

Von jetzt an musste jeder auf seine Schritte achten. Mit allergrößtem Bedacht und immerzu dicht an die Felswand geschmiegt arbeiteten sich die beiden nach oben vor. Es war wie die Wanderung auf einem Hochseil. Schon nach wenigen Klaftern überblickten sie die Schlucht, sahen auf das langgestreckte Tal herab und entdeckten bei der gegenüberliegenden Felskette die Öffnung des gespenstischen Stollens. Jetzt waren sie wirklich in eisigen Höhen. So ging es denn weiter, Schritt für Schritt und stetig die mörderische Steilwand hinauf.

Dünn wurde bald schon die Luft, und immer stärker bliesen ihnen die Winde entgegen. Die Wolken über ihnen verdichteten sich. Bedrohlich zogen sie herauf und schoben sich über das Land.

Voller Anspannung schielte Primus zum Himmel. Das Wetter musste halten, unbedingt. Er und Miss Plim brauchten nur noch wenige Stunden, bis sie bei der gesuchten Hängebrücke ankommen würden. Von dort aus konnte die Festung des Eiskönigs nicht mehr allzu weit entfernt sein. Verflixt nochmal, dachte er, das werden wir doch wohl noch schaffen, oder etwa nicht? Nervös linste er unter seinem Zylinder hervor.

Plim hingegen hatte anderes im Sinn, als an das Wetter zu denken. Sie wagte inzwischen an gar nichts mehr zu denken. Geschweige denn, dass sie auch nur einen kurzen Blick zur Seite gemacht hätte. Balancierend und höchst konzentriert stieg sie hinter Primus her. Diese schwindelerregende Höhe gefiel ihr ganz und gar nicht und dabei waren sie erst im unteren Drittel. Wie sollte es bloß in den höheren Lagen der Steilwand werden? Mit leisem Singsang und unter gespielt fröhlichem Trällern versuchte sie, sich von allem Übel abzulenken. Aber innerlich schlotterte sie vor Furcht. Plim wollte gar nicht wissen, wie weit es neben ihr nach unten ging. Zudem war ihr sehr wohl bewusst, dass die Tiefe des Abgrunds mit jeder Treppenstufe zunahm. Ein tragisches Dilemma, in das sie da geraten war. Hach, seufzte sie, beim blubbernden Hexenkessel, wäre sie doch bloß zu Hause geblieben. Selbst die nervige Gesellschaft von Taddel und Mills hätte sie diesem Albtraum freudestrahlend vorgezogen. Zaudernd und mit einem flauen Gefühl im Magen kletterte sie weiter.

Aber trotz der gefährlichen Höhe und des immer schlechter werdenden Wetters hatten die beiden Glück. Denn während des sonnigen Vormittags war das Eis in der Steilwand weitestgehend geschmolzen, sodass Primus und Plim auf der Treppe Fuß fassen konnten. Die beiden kamen gut voran – das heißt, zumindest am Anfang.

Denn dieser Umstand änderte sich, als die Luft merklich abkühlte und die Sonne hinter den Wolken verschwand. Dies geschah schlagartig und von einem Moment zum anderen. Winde fegten über die Felsen, schneidend und kalt, und wenig später fielen auch schon die ersten Schneeflocken vom Himmel.

Primus fauchte vor Zorn. »Das ist genau das, was ich befürchtet hatte«, schimpfte er, während ihm der Wind den Schnee ins Gesicht wehte. »Etwas Schlimmeres hätte uns gar nicht passieren können.«

Plim zog den Kopf ein. »Wie weit ist es denn noch?«

»WAAAS?«, rief er.

Sie legte die Hände um den Mund und schrie gegen den Wind. »ICH FRAGTE, WIE WEIT ES NOCH IST!«

»Wir sind noch nicht einmal auf der Hälfte«, antwortete er. »Und weiter oben wird es bestimmt nicht besser.«

Mit großen Augen sah er die Spindelwand hinauf, über die nun ein dichter Schneesturm fegte.

Plim bekam es mit der Angst zu tun. »UND WAS MACHEN WIR JETZT?« Sie drückte sich mit aller Kraft an die Felswand.

»Das weiß ich auch nicht«, rief Primus. »Wir können nur hierbleiben und hoffen, dass der Sturm bald wieder nachlässt.«

»Du willst hierbleiben?« Dieser Vorschlag gefiel ihr ganz und gar nicht. »Bist du denn von allen guten Geistern verlassen? Wenn das Wetter noch schlimmer wird, bin ich bald steifgefroren wie ein Eiszapfen.«

»Dann müssen wir also weitergehen.«

»Das kannst du dir genauso aus dem Kopf schlagen«, protestierte Plim. »Ich will sofort wieder nach unten!!!«

Sie wagte einen kurzen Blick über den Abgrund und verdrehte die Augen. Die Situation schien ihr aussichtslos zu sein. Schnell drückte sie sich wieder an die Felswand und kauerte sich zusammen.

Primus setzte sich neben sie. Peitschend fegte der Wind über sein Gesicht, und immer dichter fielen die Flocken. Er zog die Beine an und überlegte. Was sollten sie tun? Bei diesem Schneesturm war ein Abstieg über die verschneite Treppe ebenso gefährlich wie auch der Weg nach oben. Nicht auszudenken was passierte, wenn sie abrutschten. Ratlos starrte er ins Leere.

Plötzlich kam ihm eine Idee.

Aufgeregt stupste er Plim an. »Wir müssen wieder zurück«, schrie er.

»Ein grandioser Einfall«, keuchte sie. »Da wäre ich von alleine gar nicht drauf gekommen.«

Primus schüttelte den Kopf. »Wir gehen nicht bis *ganz* nach unten«, erklärte er, »sondern steigen nur ein kurzes Stückchen die Treppe runter. Ich glaube, da war irgendwo eine Höhle.«

»Eine Höhle?«

»Ja«, sagte er, »oder eine Vertiefung, eine Art Nische im Fels. Genau habe ich es leider nicht gesehen. Aber dort könnte es windgeschützt und trocken sein.« Er stand auf und zwängte sich vorsichtig an ihr vorbei. »Komm mit«, forderte er sie auf, »es ist nicht weit.«

Und er half ihr auf die Beine.

Nun traten Primus und Plim den Rückzug an. Behutsam und mit ganz langsamen Schritten ging es wieder nach unten. Die beiden Freunde kletterten die rutschigen Stufen hinab und hielten sich dicht an der Felswand. Der Schnee der letzten Minuten hatte die Treppe fast vollständig unter sich begraben.

Dennoch blieben sie wacker auf den Beinen und es schien, als hätte Primus richtig gelegen. Denn bereits nach wenigen Stufen erreichten sie ein kleines, kreisrundes Loch, das in Schulterhöhe über den Stufen klaffte.

Plim hatte offensichtlich etwas anderes erwartet. »Nennst du das etwa eine Höhle? Da passen wir beide doch nie und nimmer hinein. Einen Blumentopf kannst du hier vielleicht unterstellen, aber mehr auch nicht.«

»Ach, was«, entgegnete Primus und klopfte sich den Schnee vom Frack, »das schaffen wir schon. Als Fledermaus brauche ich fast keinen Platz und so schmal wie du bist, bekommen wir dich locker da rein.«

Er packte ihre Tasche und stellte sie an den Rand der Öffnung. Dann sah er Plim an.

»Jetzt du«, sagte er. »Schaffst du es oder soll ich dich hochheben?«

»Pah«, winkte sie ab, »dass ich nicht lache. Wenn du wüsstest, wo ich schon überall hineingekommen bin.«

Sie löste das Sicherheitsseil und zog sich empor. Allerdings fiel ihr das Klettern mit der dicken Winterjacke und den Stiefeln dann doch nicht allzu leicht. Ächzend hing sie aus dem Loch und strampelte mit den Beinen.

»Äh«, japste sie, »… du musst … ah … vielleicht doch ein wenig schieben. Weil … äh … puh …«

Primus versuchte, sie zu packen. Aber in all der Hektik bekam er nur ihre Füße ins Gesicht.

»Hör auf zu strampeln«, rief er.

»Tu ich doch gar nicht«, kam es von oben.

»Doch«, schimpfte er, »tust du sehr wohl.«

»Gar nicht wahr …«

Dann endlich hatte er sie.

Primus schnappte sich Plim an den Oberschenkeln und gab ihr einen kräftigen Schub nach vorne. Mit einem Schrei und samt ihrer Tasche verschwand sie daraufhin im Loch. Die Höhle schien ein bisschen tiefer zu sein, als vermutet. Ein Poltern ertönte, und nur wenige Sekunden später setzte lautstarkes Fluchen ein.

Primus stellte sich auf die Zehenspitzen. »Ist dir etwas passiert?«, rief er.

»Autsch«, hörte er sie jammern, »na, warte. Komm du mir nach Hause.«

Flugs verwandelte er sich und flatterte Plim hinterher. Gerade noch rechtzeitig, denn just in diesem Augenblick setzte das Unwetter richtig ein.

Primus flog durch das Loch, hinter dem es etwa fünf Fuß senkrecht nach unten ging. Erstaunt über das, was er vorfand, sah er sich um: Offensichtlich war das Loch keine Nische und auch keine winzige Höhle. Vielmehr glich es einem *Fenster* … und zwar von einer muffig-modrigen, aber geräumigen Behausung, die sich hinter der steilen Felswand verbarg.

Mit ausgestreckten Beinen saß Plim unter ihm auf dem Boden. Sie zog ein Gesicht wie sieben Tage Regenwetter und hielt sich den Kopf.

»Kannst du nicht aufpassen?«, begrüßte sie ihn. »Jetzt bekomme ich bestimmt eine Beule.«

»Tut mir leid«, sagte Primus und nahm seine menschliche Gestalt an. »Ich habe nicht gewusst, dass …« Plötzlich brach er ab. Primus hob die Nase und begann zu schnüffeln. »Was stinkt denn hier so?«

»Woher soll ich das wissen?«, schnappte Plim. »Keine Ahnung. Es sei denn, in meiner Tasche ist etwas kaputtgegangen.« Grimmig sah sie ihn an. »Wehe, wenn das stimmen sollte, mein Lieber.«

Sofort machte sie ihr Heiligtum auf und klapperte mit den Fläschchen. Doch glücklicherweise war alles heilgeblieben. Der ungeheure Gestank musste eine andere Ursache haben.

Da ertönte auf einmal eine tiefe Stimme. »Ja, ist das zu fassen«, schallte es. »Wally, Klampe, seht doch mal her. Wir haben Besuch.«

Primus fuhr herum. Starr vor Schreck blickte er in den Raum. Vor ihm standen drei Trolle.

Damit hatte Primus wahrhaftig nicht gerechnet. Die Ungetüme sahen tatsächlich genauso aus, wie Plim sie ihm beschrieben hatte. Jeder von ihnen war gut und gerne acht Fuß groß, hatte riesige Hände und eine dicke, runzelige Knollennase. Grünlich schimmerte ihre Haut, während sie Primus und Plim mit bemerkenswert dümmlichen Gesichtern anstarrten.

»Glaubt ihr, die beiden hier kann man essen?«, fragte einer von ihnen und bohrte in der Nase.

»Bestimmt«, grunzte der Mittlere. Er wandte sich an seinen Kollegen zur Rechten. »He, Drulle«, sagte er, »hol doch mal die Pfanne her.«

Primus und Plim sprangen auf. Mit dieser unerquicklichen Bande war gewiss überhaupt nicht zu spaßen. Blitzartig wechselte Primus seine Gestalt und schwang sich in die Luft.

Den drei Trollen gingen vor Verwunderung die Augen über. So etwas hatten sie noch nie erlebt.

»Das ist überhaupt kein Kerl«, rief Drulle, »das ist ein Huhn … nein, eine Wachtel! EINE SCHWARZE WACHTEL MIT HUT!!! Klampe, mach schnell, wir brauchen einen Topf!«

Stampfend liefen sie hinter Primus her und versuchten, ihn zu fangen.

»WO IST DENN DER TOPF?«, brüllte Klampe.

»DA HINTEN NATÜRLICH! Wally hat doch eben noch draufgesessen!«

Es ging zu wie im Tollhaus. Mit Löffeln, Tiegeln und Bratpfannen bewaffnet stürmten die Trolle durch die Höhle und hefteten sich an Primus‘ Fersen. Ihre Plattfüße klatschten über den Boden.

»Dort drüben ist er«, schrie Wally. »Schnell, das Vieh fliegt uns weg.«

Drulle schwang die Bratpfanne. »Den hab ich gleich.« Er holte aus und ließ die Pfanne wie einen Prügel durch die Luft sausen. Knapp daneben.

In Panik flatterte Primus den Trollen davon und versuchte, ihren Hieben zu entkommen. Es war wie bei der Mäusejagd. Links und rechts sausten die Töpfe und Kochlöffel an ihm vorbei, während die Fledermaus eilig auf die kleine Fensteröffnung zusteuerte. Primus und Plim mussten hier raus, aber sofort.

»Los«, schrie er ihr zu, »beeil dich. Steig aus dem Fenster. Ich lenke sie ab.«

Doch Wally war schneller.

»Nichts da«, schnaubte er, »du bleibst schön hier.«

Er streckte den Arm aus und packte Miss Plim. Kreischend hing sie gleich darauf über seiner Schulter und gab ihm Saures. Sie biss, kratzte und prügelte, aber den riesigen Troll kümmerte das überhaupt nicht.

Derweil jagte Primus kreuz und quer durch die Trollhöhle und flog bis in die hintersten Ecken. Im Raum befanden sich ein Tisch, drei wuchtige Betten und allerlei schäbiger Krempel. In der Wand gegenüber dem Fensterloch gab es eine Tür und mitten in der Decke einen Rauchabzug. Irgendwie werden wir hier schon herauskommen, dachte Primus, das wäre doch gelacht.

Doch für eine Flucht war es zu spät. Zielgenau schwang Klampe seinen Kochlöffel, holte aus und zog ihn der Fledermaus mit voller Wucht über den Schädel. Das Holz knackte. Primus hörte ein Bimmeln, taumelte und stürzte dann zu Boden. Im gleichen Moment wurde ihm schwarz vor Augen.

Ein seltsames Klappern lag in der Luft, als Primus nach einiger Zeit wieder zu sich kam. In seinem Kopf brummte es, wie zu Hause im Sommer vor den Bienenstöcken. Er raffte sich auf und blinzelte zaghaft zwischen seinen Lidern hindurch. Der Geruch von Rauch und Holzfeuer lag in der Luft und von irgendwoher, so kam es ihm vor, konnte er Plims betörendes Duftwässerchen riechen. Merkwürdig, dachte er, parfümierte sich Madame gerade wieder einmal ein, oder was war hier los?

Doch da hörte er sie auch schon zetern. »Nehmt sofort eure Pfoten da weg«, schallte es. »Meine Sachen gehen euch überhaupt nichts an.«

Einer der Trolle prustete los.

»Finger weg«, keifte sie. »Ihr Tollpatsche macht das bestimmt kaputt!«

Mit einem rostigen Ring um den Knöchel saß Plim auf dem Boden und ballte die Fäuste. Sie war dicht an die Felswand gekettet, während Primus schräg über ihr in einem alten Vogelkäfig steckte. Keine schöne Unterkunft, auch nicht für eine Fledermaus.

»Hallo«, zischte er und winkte mit dem Flügel. »Plim, ich bin hier oben.«

»Ah«, sagte sie, »bist du auch schon wach?«

Er stöhnte. »Kann man so sagen.«

Primus schob den Zylinder zur Seite, unter dem eine große Beule zum Vorschein kam. Der Schlag mit dem Kochlöffel hatte wirklich gesessen. Doch davon abgesehen, hatte Primus den Hieb von Klampe gut überstanden. Im Moment fühlte er sich nur ein wenig verdattert.

Er sah zu Plim hinunter. »Und?«, fragte er. »Wie geht es dir? Ist bei dir alles in Ordnung?«

»In Ordnung? Na, du machst mir vielleicht Spaß. Schau doch mal da rüber.«

Fassungslos streckte sie eine Hand aus und deutete auf die drei dicken Trolle, die wie eine Diebesbande auf dem Boden saßen. Unter lautem Grunzen durchwühlten sie Plims geliebte Handtasche und zogen nacheinander all ihre schönen Sachen heraus. Plim war außer sich vor Wut. Ohne jeden Respekt schraubten die Trolle ihre Ampullen auf und schnüffelten daran. Das war der größte Frevel, den Plim sich vorstellen konnte.

Dann begannen die Trolle zu schmatzen.

»Oh, das riecht aber gut«, freute sich Klampe.

»Echt?« Drulle schnupperte. »Jaaa«, bestätigte er, »fast wie frische Socken.«

Plim rasselte mit der Kette. »WAS HEISST HIER FRISCHE SOCKEN??? Das ist feinster Hexentau, ihr Banausen. Einer der besten Düfte schlechthin. Dafür habe ich tagelang vor dem Kessel gestanden.«

»Aha«, brummte Klampe, »vor dem Kessel hat sie gestanden, höhö.«

»Gib her«, drängte Wally, »ich will auch mal riechen.«

Er griff mit seinen riesigen Pranken nach der Phiole und träufelte sich die Flüssigkeit direkt auf die Nase.

Plim schlug die Hände über dem Kopf zusammen. »Ich fasse es nicht«, jammerte sie. »Ein paar größeren Schwachköpfen hätten wir wahrscheinlich gar nicht über den Weg laufen können.«

»Höhö«, lachten die Trolle. »Höhö.«

Dann kramten sie weiter.

Primus versuchte unterdessen verbissen, aus dem Käfig zu entkommen. Er fuhr mit dem Flügel durch das Gitter und zupfte an der Verschlussklemme. Doch leider war sie mit einem Eisendraht versperrt, der mehrfach in sich verdreht war. Das konnte schwierig werden.

»Plim«, tuschelte er. »He, Plim! Du musst mich hier rausholen.« Er rüttelte am Gitter. »Komm schnell her und mach den Käfig auf.«

»Das habe ich doch längst versucht«, zischte sie, »aber mit der Kette am Bein komme ich nicht ran. Der Käfig ist viel zu ...«

Der Rest des Satzes blieb Plim im Hals stecken. Ein Lärm ging durch die Höhle, als die Trolle scheppernd ihre Handtasche auskippten.

Plim wurde kreidebleich. »JETZT REICHT'S MIR ABER!«, brüllte sie und ruderte mit den Armen. »ZUM TEUFEL, NEHMT EURE GRIFFEL DA WEG!!!«

Kochend vor Zorn zog sie an der Kette und versuchte, den Ring, der um ihren Knöchel lag, zu lösen. Doch ohne Erfolg. Das Eisen war mit einem Vorhängeschloss gesichert, das man ohne Werkzeug nicht öffnen konnte.

»Wir brauchen unbedingt den Schlüssel«, flüsterte Primus und zeigte auf das Schloss. »Wo haben die Trolle ihn hingelegt?«

»Woher soll ich denn das wissen?«, wimmerte Miss Plim. »Ich glaube, der mit der Latzhose hat ihn eingesteckt.« Sie nickte zu Drulle, der gerade genüsslich ihre Badelotion leertrank.

Primus streckte die Nase durch die Käfigstäbe. »Wir müssen ihnen den Schlüssel abluchsen«, bekräftigte er. »Ohne dich bekomme ich diesen Käfig nie auf. Und solange die Trolle beschäftigt sind, werden sie es vielleicht gar nicht bemerken.«

»Und wie soll ich das anstellen?« Sie zuckte mit den Schultern. »Mit der Kette am Fuß komme ich doch gar nicht an die Burschen heran.«

Das stimmte allerdings. Primus kratzte sich am Kopf und überlegte angestrengt.

Doch plötzlich sah Drulle ganz verwundert zu ihnen herüber.

»Was ist denn das?«, wollte er wissen.

»Was?«, schnaubte Plim, wobei sie völlig entnervt zur Decke starrte.

»Na, das hier.« Er hob die Hand und hielt ihr etwas Weißes entgegen.

Plim schüttelte den Kopf. »Ja, was glaubst du wohl, was das sein könnte, hä? Das sind Würfel … das sieht man doch, oder etwa nicht?«

»Oh«, staunte er, »die sind aber klein.«

»Natürlich«, knurrte Plim, »die sind ja auch nicht für dich gemacht.«

Ein wenig unbeholfen ließ der Troll mit seinen dicken Fingern die Würfel fallen. »Holla«, freute er sich, »eine Drei und eine Vier.«

Plim sah zu Primus hinauf und zog die Stirn in Falten. »Hätte nicht gedacht, dass der überhaupt bis vier zählen kann.«

Sofort schnappte sich Klampe die Würfel. »Ich will auch mal«, rief er.

Träge schüttelte er die Hand und ließ die Würfel über den Boden rollen.

»Hähä«, lachte er. »Ich bin besser! Vier und Fünf.«

Drulle schlug mit der Faust auf den Boden. »Du hast geschummelt«, schimpfte er.

»Hab ich nicht!«

»Hast du doch!«

Und die ersten Ohrfeigen klatschten.

Plim hob die Augenbrauen. »Du solltest mal sehen, wie das ist, wenn Trolle Karten spielen. Die können richtig sauer werden. Besonders wenn sie verlieren.«

»Kann ich mir vorstellen.«

Belustigt sahen die beiden Gefangenen zu, wie die Trolle zu Raufen begannen und nach und nach die ganze Höhle auf den Kopf stellten.

Doch dann kam die Hexe plötzlich auf eine Idee. Sie stierte auf ihre Fläschchen, die verstreut neben den Trollen auf dem Boden lagen. Ja, dachte sie, das könnte klappen.

Schnell fuhr sie hoch.

»He, ihr Spaßvögel«, rief sie den beiden zu, »ihr braucht euch gar nicht zu prügeln. Ihr macht das ohnehin falsch.«

Drulle sah auf. Bäuchlings lag er auf Klampe, wobei er dessen Ohren umklammerte.

»Was meinst du damit?«, grunzte er.

»Tja«, erklärte Plim säuselnd, »man muss natürlich zwei *gleiche* Zahlen würfeln. Nur daran erkennt man die echten Meister.« Verführerisch klimperte sie mit den Wimpern. »Aber das schaffen Anfänger wie ihr sowieso nicht. Das kann nur ich.«

Diese Unterstellung konnten die Trolle natürlich unmöglich auf sich sitzen lassen. Neugierig standen sie auf und kamen zu ihr herüber.

»Das will ich sehen«, brummte Drulle.

Plim grinste bis über beide Ohren. »Kein Problem.«

Dann hob sie den Finger. »Ach, Klampe«, rief sie und deutete beiläufig auf ihre Sachen, »bring mir doch schnell mal die grüne Tube da rüber. Da ist mein Balsam drin. Weißt du, hier in der Höhle bekomme ich so furchtbar trockene Hände.«

Der Troll folgte Plim aufs Wort. Er bückte sich und wühlte in ihren Schätzen.

»Diese hier?« Klampe hielt eine dunkelblaue Tube in die Höhe.

»IST DIE VIELLEICHT GRÜN???« Plim verdrehte die Augen und schlug sich auf die Stirn. Diese Trolle waren doch wirklich zu dämlich.

Endlich hatte Klampe die Tube gefunden. Die drei Trolle setzten sich neben Plim auf den Boden, während sie sich zufrieden die Hände eincremte. Von oben, aus seinem Käfig, bemerkte Primus allerdings schnell, dass die seltsame Paste auffällig glitzerte und überhaupt nicht wie ein Handbalsam aussah. Und auch die Art, *wie* sich Miss Plim die Hände einrieb, stimmte ihn nachdenklich.

Sie drückte einen dicken Klumpen in ihre rechte Hand, und verteilte ihn ausschließlich mit einem Finger der linken Hand. So wurden nur sechs ihrer zehn Finger benetzt – die vier übrigen blieben trocken.

»Hach«, schmachtete Plim, »das tut gut.«

»Darf ich auch mal?«, fragte Wally.

Sofort klatschte sie ihm auf die Pranke. »Weg da«, rief sie, »das ist nur was für Damen.«

Dann hob Plim die Würfel auf. Sie nahm sie mit den fünf Fingern der rechten Hand und ließ sie fallen.

»Hihi«, freute sie sich, »zweimal die Fünf.«

Die Trolle zogen lange Gesichter.

»Das kann ich auch«, rief Klampe, »gib mal her!«

Mit einem verkrampften Gesicht schüttelte er die Würfel und warf sie auf den Boden. Doch es erschienen lediglich eine Zwei und eine Drei. Pech gehabt.

»Seht ihr?«, trällerte Plim. »Wie ich gesagt habe. Blutige Anfänger.«

Wieder griff sie nach den Würfeln … doch dieses Mal nahm sie beide Hände zu Hilfe. Der Zeigefinger der rechten Hand war nun auch mit dabei.

Siegessicher sah sie zunächst die Trolle an, bevor sie die Würfel fallen ließ.

Zwei Sechser!

Den Trollen fehlten die Worte.

Plim hingegen strahlte. »Tja, wie ich gesagt habe«, triumphierte sie, »ihr Burschen macht das einfach falsch. Passt mal auf, ich zeige euch, wie das geht.«

Mit einer bühnenreifen Unschuldsmiene rutschte sie zu Drulle hinüber und gab ihm die Würfel. Dabei zog sie ihm so schnell den Schlüssel aus der Hosentasche, dass Primus es gar nicht fassen konnte. Diese Frau war wirklich mit allen Wassern gewaschen.

Plim umklammerte Drulles riesige, behaarte Hände und nickte ihm aufmunternd zu. Daraufhin ließ der Troll die Würfel fallen.

Ebenfalls zwei Sechser!

Drulle war außer sich. Er grölte und schlug sich auf die Schenkel. Das war ja toll.

Sofort griff Wally nach den Würfeln. Genau wie Drulle nahm auch er sie in beide Hände und ließ sie rollen – wenngleich ohne Plims Mithilfe.

Die Würfel kullerten, wurden langsamer und blieben schließlich liegen.

Was für ein Ergebnis! Auch ohne, dass Miss Plim ihre Hände im Spiel gehabt hatte, würfelte er zwei Sechser. Wally hatte einfach nur Glück gehabt.

Voller Begeisterung riss er die Arme in die Höhe und brach in lautstarkes Gejohle aus. »Ich habe auch …, ich habe auch …«

Doch plötzlich stockte er und ließ die Kinnlade fallen. Ganz langsam und wie von Geisterhand kippte auf einmal einer der Würfel nachträglich um. Mit der Drei nach oben blieb er liegen.

Plim grinste. Was es doch für Zufälle gab …

Dem dicken Wally aber verschlug es die Sprache. Mit einem sagenhaft dummen Gesichtsausdruck hockte er da und verstand die Welt nicht mehr. Einzig ein Glucksen kam aus seinem Mund.

Genau das war der Moment, in dem seine beiden Kumpels vor Lachen fast explodierten. Kreischend warfen sich Drulle

und Klampe auf den Boden und lachten, dass ihnen die Knöpfe auf den Bäuchen tanzten. Sie hörten gar nicht mehr auf.

Wally hingegen lief dunkelrot an. Wütend ging er auf Drulle und Klampe los und vermöbelte sie, dass die Fetzen flogen. Nach allen Regeln der Trollkunst wurde geprügelt, geschlagen und an den Ohren gezogen. Primus kam aus dem Staunen gar nicht mehr heraus.

In der Zwischenzeit hatte Plim längst reagiert. Fix hatte sie den Ring vom Knöchel gelöst und Primus aus dem Käfig befreit. Jetzt mussten sie nur noch die stinkende Höhle verlassen und das Weite suchen.

Aber vorher hatte die Hexe noch etwas zu erledigen.

»Wo willst du hin?«, zischte Primus.

»Meine Sachen holen«, antwortete sie. »Die kann ich doch nicht einfach hier liegen lassen.«

»Bist du verrückt?« Primus konnte es nicht fassen. »Wir müssen hier raus!«

»Aber nicht ohne meine Zaubermittel.«

Wie eine Katze huschte Plim um die prügelnden Trolle herum, stürzte sich auf ihre Fläschchen und packte alles wieder ein. Zum Glück hatten diese Halunken nicht ihr ganzes Sortiment geöffnet. Das Meiste davon war noch heil und unversehrt. Mit der vollen Tasche in der Hand kam sie zum Fenster.

»Los«, sagte sie, »machen wir eine Räuberleiter.«

Das musste sie Primus nicht ein zweites Mal sagen. Er verwandelte sich und stellte sich unter das Fenster. Dann half er ihr hoch.

Just in diesem Moment sah Klampe zu ihnen herüber.

»HE, SEHT MAL«, brüllte er. »DIE HAUEN AB!!!«

Plim war bereits auf der Brüstung. »Beeil dich«, rief sie Primus zu. »Gib mir meine Tasche.«

»Du und deine Tasche.«

Hals über Kopf sprangen die Trolle auf. Mit wackelnden Bäuchen trampelte die Bande durch die Höhle.

Schnell schnappte sich Primus die Tasche. Er schwang sie zu Plim hinauf, die sie überglücklich entgegennahm. Doch da standen die Trolle auch schon hinter ihm. Sie griffen nach Primus und holten zum Schlag aus, aber es war zu spät. Wie dünner Nebel glitt er zwischen ihren Fingern hindurch, als er sich in letzter Sekunde verwandelte. Er flatterte einmal um Drulles Kopf herum und flog dann eilends in den Schneesturm hinaus.

Noch für eine kurze Weile konnten Primus und Plim die Trolle hören, wie sie ihnen hinterherschrien. Dann wurden ihre Stimmen leiser. Der Schnee peitschte über die Felswand und wenig später gab es nur noch den Wind, der durch die Schluchten fegte.

Primus und Plim waren entkommen.

Ein Licht in der Nacht

Hoch in der Steilwand tobte das Unwetter, als sollte das ganze Land dem Erdboden gleichgemacht werden. Wahrlich, die Eiswinde traten zum Kampf an. Mit grausigem Heulen und wie von Sinnen fegten sie durch die Schlucht, dass selbst hartgesottene Berggeister in Panik die Flucht ergriffen. Es war genau, wie Bucklewhee es am Morgen befürchtet hatte. Kohlrabenschwarz ballten sich die Wolken, verdunkelten den Tag und verbreiteten Schnee, Eis und bitterste Kälte. Primus und Plim konnten sich in den oberen Höhen der Spindelwand kaum noch halten. Flocken fielen vom Himmel, so bauschig und groß, dass sie beinahe aussahen wie weiße Hühner. In dichten Schwaden kamen sie angeflogen, raubten den beiden die Sicht und begruben knietief die steinerne Treppe. Primus und Plim wurde mulmig zumute. Wie sollten sie dieses Unwetter bloß heil überstehen?

»Ich habe doch gleich gesagt, dass wir nach unten gehen sollen«, schrie Plim, wobei ihr Kragen flatterte. »Wieso laufe ich dir eigentlich immer hinterher?«

Ihre Mütze war mittlerweile schon so von Schnee überhäuft, dass sie ihr fast bis über die Nase hing.

Primus wandte sich um. »Weil der Abstieg über die Treppe einfach viel zu gefährlich ist. Nach unten siehst du kaum, wo du hintrittst. Ein falscher Schritt und du brichst dir sämtliche Knochen.«

Er reichte Plim die Hand. »Wir schaffen das schon«, schrie er in den Wind. »Wir müssen nur irgendwo einen Unterschlupf finden.«

»Einen was?«

»EINEN UNTERSCHLUPF!!!«

Plim deutete mit dem Daumen über die Schulter. »Dann lass uns doch am besten zu diesen drei Kindsköpfen zurückgehen«, schlug sie vor. »Bei Drulle und seinen Kumpels ist es wenigstens lustig.«

»Ja, ja«, sagte Primus, »aber auch nur so lange, bis sie dir auf die Schliche kommen und deine verhexten Würfel bemerken. Danach stecken sie uns sofort in den Topf und verspeisen uns mit Haut und Haar.«

»Bin schwer zu verdauen«, schmollte Plim. »Würde ihnen bestimmt nicht bekommen.«

Sie klopfte sich den Schnee von Mütze und Mantel und blies sich die Flocken aus dem Gesicht. Dann gingen sie weiter.

Der Aufstieg war kräftezehrend. Stufe für Stufe arbeiteten sie sich empor und versuchten, den höllischen Winden zu trotzen. Immer dünner wurde die Luft und immer schmaler die Treppe.

Umso mehr galt es jetzt, vorsichtig zu sein. Bei jedem einzelnen Schritt betasteten Primus und Plim die verschneiten Stufen, prüften den Boden und hielten sich dabei immer dicht an der Steilwand. Nur wenige Handbreit neben ihnen ging es pfeilgerade in den Abgrund. Geisterhaft heulten die Winde und manchmal, so schien es den beiden Freunden, klang ihr Zischen beinahe wie ein hämisches Lachen. Primus und Plim fröstelten. Das Bleigebirge zeigte sich von seiner düstersten Seite.

Dennoch stiegen die beiden höher und höher. Beherzt erklommen sie die uralten Stufen, hielten der schneidenden

Kälte stand und kämpften sich langsam aber sicher immer weiter voran. Die Treppe in der Spindelwand konnte schließlich nicht ewig ansteigen. Irgendwann musste auch sie ein Ende haben.

Auf einmal blieb Primus inmitten all des Getöses wie angewurzelt stehen. Er schob seinen Kopf vor und starrte verwundert durch den tobenden Schnee.

Plim tippte ihn an. »Was ist?«, schrie sie ihm von hinten ins Ohr. »Alles in Ordnung?«

Aber Primus schwieg. Schützend hielt er sich die Hand über die Augen und spähte umher. Dann zuckte er mit den Schultern.

»Ich weiß nicht«, rief er nachdenklich. »Ich glaube, da war irgendwas.«

»So?« Plim sah an ihm vorbei. »Was denn?«

»Keine Ahnung. Aber es kam mir so vor, als hätte ich jemanden gesehen.«

»Wie bitte? Wie soll ich das denn verstehen?«

»Kann ich dir nicht erklären«, meinte er. »Möglicherweise habe ich mich ja auch getäuscht. Aber irgendwie hatte ich den Eindruck, als würde ich im Schnee ein paar Gestalten wahrnehmen.«

Er streckte die Hand aus, wobei ihm die Flocken um den Kopf wirbelten. »Gleich da vorne auf der Treppe haben sie gestanden.«

Plim bekam eine Gänsehaut. In der Abgeschiedenheit des Hochgebirges waren solche Nachrichten alles andere als beruhigend. Zumal sie im gespenstischen Stollen schon eine mehr als unheimliche Begegnung hatten.

»Was du nicht sagst«, schauderte sie. »Und jetzt sind sie auf einmal weg?«

Misstrauisch sah Primus sich um. »Es scheint mir zumindest so.«

»Wie haben sie denn ausgesehen?«

»Schwer zu sagen«, antwortete er. »Das waren eigentlich nur verzerrte, dunkle Formen – aus der Entfernung nicht weiter erkennbar.«

»Vielleicht die Trolle?«

»Nein«, rief Primus, »auf gar keinen Fall. Die Umrisse waren zierlich und klein, fast wie von jungen *Mädchen*. Nach Trollen hat das wirklich nicht ausgesehen.« Er vergrub den Kopf im Kragen. »Vielleicht war es aber auch einfach nur ein Trugbild«, lenkte er ein, »ein Schatten im Schneefall, mehr nicht.«

»Na, du machst mir Spaß«, murrte Plim. »Erzählst hier einfach so Schauergeschichten. Mir ist doch ohnehin schon ganz schlecht.«

Daraufhin kletterten die beiden weiter, wenngleich auch von nun an mit noch wachsamerem Blick und stets auf eine Überraschung gefasst. Denn ganz wie die kleine Wirtin in der Bergschänke gesagt hatte: Man konnte nie genau wissen, *wer* hier alles sein Unwesen trieb und *wem* man vielleicht schon im nächsten Moment gegenüberstehen würde. Das Gebirge war lebendig und es schien Augen und Ohren zu haben.

Eine Sache jedoch gab Primus weitaus mehr zu denken, als alle Geister, Phantome und Spukgestalten zusammen – etwas Schleichendes, Unaufhaltsames, das sich nicht so einfach mit ein paar kleinen Zaubersprüchen aus der Welt schaffen ließ: die Zeit! Denn hinter der schweren Wolkendecke senkte sich langsam die Sonne, und die Dämmerung rückte näher.

Primus wurde zappelig. Ursprünglich hatte er mit einem Aufstieg von zwei oder drei Stunden gerechnet, bestenfalls vier. Wie hätte er bloß ahnen können, dass wilde Stürme und eine Sippschaft garstiger Trolle sie so lange aufhalten würden? Jetzt blieb ihnen nur eines: Er und Miss Plim mussten ein Nachtlager finden, und zwar rasch.

Beunruhigt wandte Primus sich um. Er blickte über die Schulter und schaute zu Plim hinunter, die ihm schwerfällig folgte. Ermattet und mit gesenktem Kopf kämpfte sie sich durch den Schnee. Die freche Hexe war mittlerweile am Ende ihrer Kräfte.

Umso freudiger fuhr Plim in die Höhe, als kurz darauf ein schmaler Spalt in der Felswand auftauchte, der geradewegs ins Innere des Bergmassivs führte. Und auch Primus fiel ein Stein vom Herzen. Genau das hatten sie gesucht. Hier würden sie vor dem Wetter Schutz finden.

Schnell überreichte er Plim ihre Handtasche und mit zittrigen Händen kramte sie eine Zaubernuss hervor. Es war eine der Letzten wohlgemerkt, denn der Vorrat an Zaubernüssen neigte sich langsam dem Ende zu. Aber allein diese Nuss würde bis spät in die Nacht leuchten. Und so hatten die beiden genügend Zeit, sich in der Spalte einzurichten.

Gekonnt hielt Plim jetzt die Nuss an ihre Lippen. Sie schloss die Augen und zischte die magischen Laute. Es war ein einfacher Zauber, den auch Primus inzwischen gut beherrschte. Die Kugel wurde heller, leuchtete auf und erstrahlte schon wenig später in gleißendem Licht. Zaubernüsse sind außerordentlich praktisch, dachte Plim. Sobald sie wieder nach Hause kommen würde, musste sie unbedingt für Nachschub sorgen.

Mit dem Licht in der Hand zwängten sich Primus und Plim in den Spalt. Ziemlich eng war es zunächst zwischen den Felsen, und es kam ihnen vor, als gäbe es kaum genügend Platz, um sich auszustrecken. Plim grummelte vor sich hin. Da bahnte sich wohl eine unbequeme Nacht an, schwante es ihr, mit allerlei blauen Flecken und jeder Menge Kreuzschmerzen. Na, großartig. Aber die Felsspalte führte tief in den Berg hinein und nach einiger Zeit gewann sie zusehends an Breite. Voller Neugierde gingen die beiden weiter.

So geschah es schließlich, dass Primus und Plim in eine Höhle gelangten, die zwar auf den ersten Blick relativ klein erschien, aber dennoch eine unglaubliche Höhe besaß. Nicht einmal im Entferntesten ließ sich die Decke erahnen. Die beiden fühlten sich beinahe wie in einem riesigen Schornstein. Aber Primus und Plim stellten heute keine Ansprüche mehr. Immerhin hatten sie Platz und waren vor Eis und Kälte geschützt. Hier wollten sie bleiben.

Plim hielt eine Hand an den Mund.

»HAAAAALLLLLLOOOOOO!!!«, rief sie.

»… lloo … lo … lo …«, antwortete das Echo.

Sie zuckte mit den Augenbrauen. »Hihi, toll. Das habe ich schon als Kind gerne gemacht.«

Dann erst leuchtete sie über die Wände. »Wo sind wir hier eigentlich gelandet?«

»Das weiß ich auch nicht«, entgegnete Primus.

Er hob den Kopf und blickte nach oben. Ganz leicht spürte er einen Luftzug und manchmal, so kam es ihm vor, landete eine winzige Schneeflocke in seinem Gesicht. Regungslos stand er da. Der Schacht musste eine Öffnung haben, vermutete Primus, wenngleich er diese im Moment auch nicht sehen konnte.

Schließlich wandte er sich an Plim. »Glaubst du, du kannst es dir hier gemütlich machen?« Er deutete auf den Boden, der beinahe eben war.

»Tja«, sagte sie, »ich habe bestimmt schon besser geschlafen, aber wenigstens kann man sich hier anständig hinlegen. Ich dachte nämlich schon, ich müsste mich da vorne in die schmale Spalte quetschen.«

»Nein«, lächelte Primus, »ganz so schlimm ist es zum Glück nicht. Aber dennoch könnte es hart werden.«

»Mach dir keine Gedanken«, winkte sie ab, »das wird schon irgendwie gehen. Und ein wenig gepolstert bin ich ja auch.« Sie schüttelte ihre Pelzjacke und zeigte auf die kuschelige Mütze. »Wenn ich die hier aufbehalte«, sagte sie, »dann ist das so gut wie ein Kissen.«

Anschließend kniete sie sich hin. »Zuerst aber muss ich etwas essen«, sagte sie. »Ich sterbe vor Hunger.« Schnell klappte sie ihre Tasche auf und blickte hinein. »Ja, was haben wir denn da alles …«

Sie fing an zu wühlen.

Glücklicherweise hatten sich Drulle, Klampe und Wally nicht an Plims Vorräten zu schaffen gemacht, sondern lediglich ihre Badezusätze verputzt. Eine Verwechslung, die der Bande nicht weiter aufgefallen war. Schließlich galt Feinkost unter Trollen als eine Art Fremdwort. Die belegten Brote, die die nette Wirtin für Plim eingepackt hatte, waren somit noch alle vorhanden … und da Primus beim Essen wieder einmal dankend ablehnte, würde für Miss Plim morgen vielleicht sogar noch ein kleines Frühstück übrig bleiben. Perfekt!

Heimelig und vom Lichtschein der Zaubernuss eingehüllt saßen die beiden auf dem Boden und sannen der Nacht entgegen. In der Höhle fühlten sich Primus und Plim in Sicherheit. Die bitteren Stürme, die draußen durch die Schlucht fegten, konnten ihnen hier, im Inneren des Berges, nichts anhaben. Ja, und was morgen kommen würde, das sollte jetzt nicht wichtig sein.

Erst spät in der Nacht ließ das Unwetter nach. Die reißenden Winde beruhigten sich, flauten ab und ihr lautes Heulen verstummte. Es war, als wären sie des Kampfes zuletzt müde geworden. Ruhe stellte sich ein in den Bleibergen und eine wundersam magische Stille breitete sich aus. Ganz langsam schwebten nun auch die allerletzten Flocken vom Himmel, bevor sie sich sanft auf die tief verschneiten Berggipfel legten.

Dann brach die Wolkendecke auf. Vom Nachthimmel funkelten Tausende Sterne, und mit seinen blassen Strahlen trat der Mond hervor. Geheimnisvoll schien er über das mächtige Gebirge, während das Eis auf den Gletschern zu schimmern begann. Die Geister der Nacht hatten sich zurückgezogen.

Tief in der Spindelwand, im Inneren der Höhle, war von diesem Zauber allerdings kaum etwas zu bemerken. Bis über die Nase in ihre Wintergarderobe gewickelt lag Miss Plim auf dem Boden und schlief. Der Lichtschein der Zaubernuss hatte in der Zwischenzeit deutlich an Stärke verloren. Schwach glimmte er über die Wände und bestrahlte nur noch schummrig Plims hübsches Gesicht. Nicht mehr lange und die Zaubernuss würde erlöschen.

Plim seufzte im Schlaf. Die Strapazen der letzten Tage hatten die junge Hexe doch merklich mitgenommen. Unter schweren Atemstößen hob und senkte sich ihr Brustkorb, während sich auf ihrem Mund immer wieder ein Lächeln abzeichnete. Wahrscheinlich träumte sie gerade von ihrem Gemüsegarten, dem dampfenden Kessel und ihrem Hexenhäuschen im Wald. Inzwischen fehlte ihr all das doch sehr und Plim freute sich darauf, endlich wieder nach Hause zu kommen.

Gleich neben ihr, ein paar Ellen weiter, pendelte Primus von der Wand. Er hatte vor dem Schlafengehen die Gestalt der Fledermaus angenommen und klammerte sich kopfüber mit den Krallen an einer Felsspitze fest. Noch immer klebten ihm die Brösel des Nusskuchens in den Mundwinkeln, der Miss Plim beim Durchsuchen ihrer Handtasche zwischen die Finger gekommen war. Das feine Stück hatte zur Wegzehrung aus Erdeley gehört – ein richtiger Leckerbissen. Und zu solch einem Schmaus hatte Primus natürlich unmöglich nein sagen können. Noch dazu, da Plim nach dem Abendessen ohnehin schon satt gewesen war. So baumelte er jetzt glücklich und zufrieden über dem Boden und ließ seine Flügel hängen. Die kleine Wirtin konnte einfach hervorragend backen. Primus fühlte sich beinahe, wie nach einem seiner Besuche in Klettenheim.

Doch auf einmal und wie aus dem Nichts heraus ging ein feines Leuchten durch die Höhle. Langsam und sachte wanderte der Strahl über die Wände bis er Primus mitten im Gesicht traf.

Er grunzte im Schlaf. Mit einem mürrischen Ächzen hob Primus die Flügel und wickelte sie um seinen Körper. War es etwa schon Morgen? Dieser Gedanke gefiel ihm überhaupt nicht, zumal Primus vollkommen vergessen hatte, dass er sich gerade nicht zu Hause im Turm, sondern tief in der Steilwand befand. Leise fing er zu brabbeln an und rekelte sich. Dann schlief er seelenruhig weiter. Wenngleich auch nur für ganz kurze Zeit, denn das störende Licht kitzelte ihn weiter in der Nase.

Verschlafen gähnte er und rieb sich die Augen. Nun fiel ihm auch wieder ein, wo er war: in einer Höhle in der Spindelwand! Er blinzelte. Autsch, durchzuckte es ihn, das war offenbar keine gute Idee. Denn wie sich herausstellte, kam das Licht von oben, von der Decke der Felskammer. Und da Primus als Fledermaus bekanntlich verkehrtherum hing, schossen ihm die Strahlen direkt in die Augen.

Seltsam, ging es ihm durch den Kopf, was mochte das nur für ein Leuchten sein? Primus konnte sich beim besten Willen nicht vorstellen, dass Miss Plim zwischenzeitlich eine weitere Zaubernuss entzündet hatte. Und selbst wenn, warum schwebte die dann hoch oben in der Luft?

Schon wurde er neugierig. Dieser Sache musste er auf den Grund gehen, und zwar rasch. Also breitete er die Flügel aus und ließ sich fallen.

Miss Plim lag eingerollt im Schatten neben der Wand und bemerkte von alledem nichts. Lautlos nahm Primus seine menschliche Gestalt an und huschte an ihr vorüber. Die Zaubernuss gab just in diesem Moment ihr letztes Glimmen von sich.

Primus stellte sich in die Mitte der Höhle und blickte hinauf. Du meine Güte, dachte er, als er ihr Ausmaß zum ersten Mal bei Licht erblickte. Die Felskammer musste gut und gerne sechzig Schrittlängen hoch sein. Wesentlich mehr, als er anfangs vermutet hatte. Wie im Inneren eines Kegels rückten die Wände nach obenhin zusammen und verjüngten sich zu einem kreisrunden Loch, das geradewegs nach draußen ins Freie führte. Demnach hatte Primus richtig kombiniert, als der Luftzug an ihm vorbeigezogen war. Die Höhle besaß tatsächlich eine Öffnung, wenngleich diese so klein war, dass man sie während des Schneesturms nicht hatte erkennen können.

Dafür aber konnte er sich jetzt umso deutlicher ein Bild von ihr machen. Die Öffnung war nicht recht viel größer als ein großer Teller, bestenfalls zwei Fuß im Durchmesser. Mächtige Eiszapfen hingen von ihr herab, so riesig, wie Primus sie noch nie im Leben gesehen hatte. Und an einer Seite, dort wo auch das Licht herkam, schaute etwas Weißes zu ihm hinunter.

War das etwa der Mond, den er da sah? Ja, tatsächlich. Das bleiche Gestirn stand lotrecht über der Höhle und wanderte langsam zur Mitte der Öffnung. Was für ein Zufall. Beeindruckt stand Primus da.

Aber nachdem er einige Zeit nach oben gestarrt hatte, ließ seine Begeisterung wieder nach.

»Hm«, grummelte er, »bloß der Mond. Und nur deswegen bin ich aufgestanden.«

Er wandte sich ab und suchte nach einem Platz, wo er sich ungestört hinlegen konnte. Kopfüber an der Wand würde er so schnell kein Auge mehr zutun.

Doch während Primus noch überlegte und nach einer Lösung sann, vernahm er plötzlich ein seltsames Geräusch. Überraschend ging es durch den Raum, wurde leiser und verhallte schließlich.

Primus merkte auf. Es hatte sich genauso angehört, als würde ein Stein ins Wasser geworfen. Ein spritzender, platschender Laut.

Er blickte sich um. Wo war das nur hergekommen? Primus sah nach unten und suchte den Boden ab. Doch so sehr er sich auch bemühte, in der Höhle konnte er weder eine Pfütze, noch sonst eine Spur von Wasser erkennen. Alles war vollkommen trocken. Sehr seltsam, hatte er sich womöglich getäuscht?

Da erklang das Geräusch schon wieder.

Primus hielt den Atem an und spitzte die Ohren. Das Platschen kam nicht aus der Höhle. Jetzt war er sich sicher. Es musste von draußen kommen, durch die Öffnung an der Decke.

Neugierig richtete Primus sich auf. Er schloss die Augen und lauschte. Da lag noch etwas anderes in der Luft, stellte er fest, ein weiteres Geräusch, das er zu Beginn gar nicht bemerkt hatte.

Primus konzentrierte sich und versuchte, die Töne zu deuten. Sie glichen einer Art Knirschen. So, als würde jemand durch den Schnee stapfen, weit entfernt und ganz leise. Aufgeregt blickte er zu Plim und überlegte. Was sollte er jetzt tun? Sollte er sie vielleicht aufwecken und ihr davon erzählen? Oder wäre es besser, sie schlafen zu lassen?

Er wählte die erste Variante und stupste sie an. »He, Plim«, sagte er, »aufwachen.«

Sie knurrte leise.

»Hallo«, tuschelte Primus. »Los, wach auf, ich habe was gehört.«

Nichts zu machen. Sie schlief tief und fest.

»Zu dumm«, murmelte er. »Aber wenn ich sie jetzt wachrüttle, dann hat sie morgen bestimmt den ganzen Tag schlechte Laune. Herrje, das kann ich wirklich nicht gebrauchen.« Er knabberte auf der Unterlippe.

Dann aber, nach einem kurzen Moment, wusste er, was zu tun war. Prüfend sah er durch die Höhle und nickte. Er konnte gewiss für einige Augenblicke nach oben fliegen und nach dem Rechten sehen. Miss Plim würde schon nichts passieren. Schließlich wäre er ja in Sichtweite und könnte im Notfall gleich wieder bei ihr sein. Noch einmal tippte er sie an, aber vergebens. Die junge Hexe befand sich im Tiefschlaf. So wechselte Primus kurzerhand seine Gestalt und machte sich auf den Weg.

Es ging wie der Wind. Mit schnellen Flügelschlägen arbeitete Primus sich dem Mondlicht entgegen. Der Anblick, der sich ihm dabei bot, war bemerkenswert. Denn der Mond prangte jetzt genau über der Mitte der Höhle und strahlte der Fledermaus mit seinem Antlitz entgegen.

Primus war zum Zerreißen gespannt. Er näherte sich der Öffnung, passierte die riesengroßen Eiszapfen und war im nächsten Moment auch schon im Freien. Glitzernd empfing ihn das Sternenlicht und mit klirrender Kälte hüllte die Nachtluft ihn ein.

Im Flug stoppte er kurz und blickte zurück. Weit unter sich sah er Plim liegen, die immer noch schlief. Von hier oben und mit ihren flauschigen Pelzkleidern sah sie beinahe aus, wie ein weißes Kaninchen.

Primus setze sich auf den Rand der Öffnung und wandte sich um. Von hier spähte er in die Nacht hinaus. Was er nun sah, verschlug ihm die Sprache. Primus befand sich am oberen Ende der Spindelwand, einem verschneiten und weitgehend abgeflachten Bergrücken. Hinter ihm, in kurzer Entfernung, führte die Steilwand senkrecht nach unten, während das Gelände vor ihm eine geringfügige Neigung besaß. Wie eine Ansammlung kleiner Hügel zeichneten sich die Felsen unter der dicken Schneedecke ab und bildeten das Becken für das spiegelnde Wasser, das sich vor Primus‘ Augen ausbreitete.

Er konnte es gar nicht fassen. In grenzenloser Überraschung und mit starrem Blick saß er da.

Vor ihm lag der rätselhafte See!

Es dauerte etwas, bis Primus sich wieder gefasst und seine Gedanken neu geordnet hatte. In seinem Kopf rumorte es wie in einem Uhrwerk. Auch bei genauerem Hinsehen gab es für ihn keinen Zweifel. Das war exakt derselbe See, den er zuletzt auf den Feldern vor Erdeley gesehen hatte und der am nächsten Tag spurlos verschwunden war. Was für eine Entdeckung.

Primus war außer sich. Er hatte sich also doch nicht getäuscht. Den See gab es demnach wirklich. Und das Beste war: Diesmal befand sich das Wasser des Sees sogar fast in greifbarer Nähe.

Doch Primus war jetzt nicht nach Planschen zumute, ganz im Gegenteil. Heimlich, still und leise verharrte er am Rande der Höhlenöffnung und schaute umher. Die glitzernde Wasseroberfläche gab ihm noch immer zu denken. Sie war trotz der Eiseskälte nicht im Geringsten gefroren und kräuselte sich sanft im Licht des Mondes. Wie konnte so etwas bloß möglich sein? Das war doch wirklich gegen jede Regel der Natur.

Primus erkannte die Insel, die wie ein kleiner Hügel aus dem Wasser ragte und die jetzt nicht weiter als fünfzig Schrittlängen von ihm entfernt lag. Geheimnisvoll sah sie aus, mit dem knorrigen Baum auf der Kuppe, der seine Äste weit in den Himmel streckte.

Aber da gab es noch mehr! Die Fledermaus schärfte den Blick. Ein Steinquader ragte unter den Baumwurzeln hervor, ein mächtiger Block. Er war aalglatt behauen und mit seltsamen Zeichen versehen. Beim letzten Mal war ihm dieser Quader überhaupt nicht aufgefallen. Aber wie hätte er ihn auch sehen können? – gestand sich Primus ein. Schließlich war der See letzte Nacht viel zu weit weg gewesen.

So kam Primus aus dem Staunen gar nicht mehr heraus. Denn das Bemerkenswerteste von allem, was er sah, waren letztendlich nicht der See, die Insel, der Baum oder der riesige Steinquader. Am allermeisten beeindruckten ihn die märchenhaften Gestalten, die Hand in Hand um den Baum herumstanden.

Es war fantastisch. Wie bei einem Reigen umschloss eine Gruppe Mädchen den runzeligen Stamm und starrte schweigend ins Leere.

Waren das etwa jene Mädchen, die er während des Sturms auf der Treppe gesehen hatte? Die seltsamen Schatten im tobenden Schnee? Ja, dachte er, das wäre gut möglich. Ihre Umrisse hatten ungefähr so ausgesehen. Er kniff die Augen zu zwei Schlitzen zusammen. Eins, zwei, drei, zählte er die Mädchen, bis er sie schließlich alle erfasst hatte: Es waren sieben, stellte sich heraus. Sieben Mädchen mit langen Haaren und weißen Kleidern. Als würden sie die Kälte nicht spüren, standen sie mit bloßen Beinen im Schnee und bildeten einen Kreis.

Völlig ratlos saß Primus in seinem Versteck. Was hatte das zu bedeuten? Wer waren diese Mädchen und was taten sie da? Ihr Alter war kaum zu erraten, obschon sie Primus sehr kindlich erschienen.

Er musterte die Gruppe.

Die Mädchen sahen sich ähnlich, stellte er fest. Sie hatten schlanke Gliedmaßen und feine Gesichtszüge. Waren sie etwa Geschwister?

Plötzlich kam Primus ein Gedanke. Er neigte den Kopf und legte den Flügel an seine Stirn. Irgendwie hatte er das seltsame Gefühl, als würde ihm das alles bekannt vorkommen. Diese Szene, die hatte er doch schon einmal gesehen. Aber wo? Angespannt dachte er nach. Es konnte noch nicht lange her sein.

Dann fiel es ihm ein. Heureka, schoss es ihm durch den Kopf, natürlich!!! Das war die Lösung. Die Szene sah haargenau so aus, wie die rätselhafte Schnitzerei am Eingang der Bergschänke. Jenes Relief, das er und Miss Plim so eingehend bestaunt hatten. Jetzt war ihm auf einmal alles klar.

Sofort begann sein Herz wie rasend zu schlagen. Er schloss die Augen und dachte an das Bildnis zurück. Da hatte es doch noch etwas gegeben, was ihm an der Schnitzerei aufgefallen war, versuchte er sich zu erinnern. Ein winziges Detail, das man nur schwer hatte erkennen können. Was war das bloß?

Sekunden später hatte er es vor Augen. »Der Schlüssel!!!«, hauchte Primus, wobei sich ihm die Fellhaare aufstellten. »Welche von euch sieben Schönen hat den Schlüssel dabei, hm?«

Er rutschte ein Stückchen höher und streckte sich. Der Reihe nach beäugte er nun jedes der Mädchen und prüfte, ob vielleicht eines etwas bei sich trug. Aber leider hatte Primus von seinem Platz aus nur einen mäßigen Überblick. So sehr er sich auch bemühte, er konnte bei keinem der Mädchen den Schlüssel erkennen.

Ein Jammer, dachte er, das wäre wohl auch zu schön gewesen.

Aber die Betroffenheit währte nicht lange, da sich Primus schon kurz darauf ein Schauspiel bot, das ihm weitaus mehr zu denken geben sollte, als die Suche nach dem vermeintlichen Schlüssel. Wie versteinert saß er da und traute seinen Augen nicht. Denn noch während sich die Mädchen bei den Händen hielten, hoben sie langsam die Arme und ein Licht erglühte. Allerdings kam der Schimmer nicht von den Sternen und auch nicht vom Mond. Es war vielmehr der *Baum*, der zu leuchten begann. Bläulich und wie von einem Zauber umgeben erstrahlte sein dicker Stamm und erhellte sacht das Wasser des Sees.

Primus war gänzlich überwältigt. Er kniff sich ein paar Mal in die Nase um sicherzugehen, dass er das alles nicht träumte. Etwas Vergleichbares hatte er noch nie im Leben gesehen. Ob Plim ihm das überhaupt glauben würde, wenn er ihr davon erzählte?

Noch einmal drehte Primus sich um und blickte zu ihr in die Höhle hinunter. Der Mond war inzwischen weitergezogen und erhellte nur noch schwach den felsigen Boden. Bald würde es dort unten wieder dunkel werden.

Primus betrachtete die schlafende Plim. Selbst, wenn er sie jetzt aufwecken würde, dann konnte sie doch unmöglich zu ihm nach oben kommen. Die Wände hingen über und waren nicht zu besteigen. Schade, er hätte sie so gerne bei sich gehabt und ihr das alles gezeigt.

Schließlich wandte er sich wieder den Mädchen zu. Er hob den Kopf und blickte über den Schnee. Doch vor lauter Erstaunen hätte er beinahe den Halt verloren. Nicht viel, und Primus wäre rückwärts in die Höhle gestürzt. Der See war verschwunden! Spurlos und von einem Moment zum anderen.

Das konnte doch nicht wahr sein, durchzuckte es ihn. Teufelei und Hexenwerk, was wurde hier bloß gespielt? Primus rieb sich die Augen und blinzelte völlig entgeistert in die Nacht.

Weit und breit war nichts mehr zu sehen, was an den geheimnisvollen See erinnern ließ. Weder die Insel, der Baum und schon gar nicht die sieben Mädchen. Es schien, als wäre das alles niemals hier gewesen.

Sofort breitete Primus seine Flügel aus und schwang sich in die Luft.

»Es müssen doch zumindest noch Spuren zu finden sein«, knurrte er. »So ein See kann sich schließlich nicht einfach in Luft auflösen.«

Die Fledermaus flatterte über den Bergrücken und spähte nach allen Richtungen. Doch es war vergebens. Die Schneedecke war glatt und unberührt, ohne jeglichen Makel. Primus fand keinerlei Anzeichen für das, was er kurz zuvor erlebt hatte. Jetzt zweifelte er beinahe schon an sich selbst.

Da bemerkte Primus plötzlich etwas anderes und schlagartig ging ein Schaudern über seinen Rücken. Denn im Lichte des Mondes und nicht allzu weit entfernt, erblickte er fünf Berggipfel, die mit scharfen Konturen zum Nachthimmel aufragten.

Primus riss die Augen auf. Er wusste sofort, worum es sich hierbei handelte und bekam eine trockene Kehle. Das waren die Schwefelzinnen, ging es ihm durch den Kopf, da gab es überhaupt keinen Zweifel. Sie befanden sich unmittelbar über der benachbarten Steilwand, die der Schneesturm zuvor noch verdeckt hatte.

Deutlich konnte er die Felsen erkennen, sah die zweite Treppe, von der Ulmes Aufzeichnungen berichteten, und erspähte zuletzt sogar die Hängebrücke, die über den Abgrund führte. Er und Miss Plim hatten es beinahe geschafft.

Morgen schon müssten sie die Festung des Eiskönigs erreicht haben.

Noch einmal überblickte Primus das Gelände und hielt Ausschau nach dem geheimnisvollen See. Dann gab er auf. Es wäre kaum sinnvoll, heute noch weiter danach zu suchen. So flog er kurz darauf einen Schlenker, ließ sich abfallen und segelte gezielt in die Höhle hinunter. Sobald der Tag anbrechen würde, wollte er Plim von allem berichten. Doch jetzt musste er schlafen.

Anderenorts, wenngleich auch nicht allzu weit entfernt von Primus und Plim, ertönten indessen Schritte im Inneren des Gebirges. Stetig und einem tickenden Uhrwerk gleich hallten sie durch den Unterbau der geheimnisvollen Festung, als Rabenstein Stufe für Stufe die Treppen erklomm. Er war inzwischen wie von Sinnen und nach all der Hast kaum noch wiederzuerkennen. Mit gefletschten Zähnen und geweiteten Augen kämpfte er sich nach oben, während das Licht seiner Grubenlampe fast schon erloschen war. Fürwahr, die Zeit drängte. Schnell wischte Rabenstein seine schweißnassen Hände ab und drehte den Docht in die Höhe. Dann hastete er weiter.

So ging es nunmehr seit Stunden. Weder hatte Rabenstein seit seinem Eintritt durch das magische Tor geschlafen, noch war er auch nur kurz zur Ruhe gekommen. Unaufhörlich trieb ihn sein Begehren weiter voran, und der Gedanke an die Nebelfee ließ alles andere um ihn herum verblassen. Rabenstein war wie gebannt. Den gewaltigen und meisterhaft verzierten Säulen, die um ihn herum in die Höhe ragten, schenkte er keine Aufmerksamkeit. Ebenso wenig dem Gewirr aus Tunneln und Gängen, das nach allen Seiten hin wegführte. Für Rabenstein existierten diese Dinge nicht. Er hatte einzig und allein die Treppen im Auge, die sich wie

Spinnfäden kreuz und quer durch die Fundamente der Bergfestung zogen.

Mittlerweile besaß Rabenstein einen gewaltigen Vorsprung, selbst wenn er sich dessen nicht vollkommen sicher war. Er konnte lediglich ahnen, dass er seinen Gegenspielern um einige Längen voraus war. Denn schließlich gab es hier, im Unterbau der Festung, weder dichten Schnee, noch tobende Stürme, die ihn hätten aufhalten können, ganz im Gegenteil. Alles lief wie am Schnürchen, und er kam bestens voran. Hier unten gab es nichts anderes als Dunkelheit und endlose Treppen. Und letztere hatte er schon beinahe bezwungen.

Er keuchte erschöpft, wischte sich mit dem Ärmel über das Gesicht und blickte nach oben. Zwar reichte der Schein seiner Lampe nicht aus, um die Decke der Kaverne zu erhellen, aber die Schwefelzinnen mussten seiner Einschätzung nach bereits über ihm liegen. Welch ein Triumph, dachte Rabenstein. Vielleicht befand er sich ja sogar schon in einem der Gipfel.

Er fuchtelte mit dem Arm und brabbelte vor sich hin. Irgendwo dort oben, vermutete er, hoch über den gewaltigen Kavernen, musste die Halle des Eiskönigs liegen. Er würde es schaffen, lachte Rabenstein leise in sich hinein. Die Nebelfee wäre schon bald in seinen Händen.

So stieg er denn weiter die uralten Stufen empor, in hämischer Vorfreude und stets mit einem Auge auf das schwindende Licht.

»Und du bist ganz sicher, dass du das alles nicht bloß geträumt hast?«, fragte Plim. »Das kann ich ja kaum glauben, was du mir da erzählst. Was sollte denn eine Gruppe Mädchen nachts auf dem Gletscher zu suchen haben? Noch dazu barfuß und in hauchdünnen Hemdchen?«

Frisch und munter saß sie neben Primus auf dem Boden, bürstete sich die Haare und band zwei Zöpfe. Die Morgensonne schien durch die kleine Öffnung und ließ die Eiszapfen an der Decke funkeln und glitzern.

»Das weiß ich auch nicht«, antwortete Primus, »ich war ja selbst völlig überrascht.«

»Äußerst merkwürdig.« Sie zog die Nase hoch und zuckte mit den Schultern. »Und dann waren die Mädchen plötzlich weg, oder wie?«

»Genau«, bestätigte er, »einfach so. Mitsamt dem See, dem Baum und der Insel.«

Plim legte die Haarbürste zur Seite und kramte in ihrer Tasche. »Und wieso bist du dann nicht einfach vorher zu ihnen hingegangen und hast nachgefragt, was sie da treiben?«

»Wie jetzt?« Fragend sah Primus sie an.

»Na, als ob das so schwer wäre«, sagte sie. »Das ist doch überhaupt kein Problem. Wenn *ich* dabei gewesen wäre, dann wäre das mit Sicherheit das Erste gewesen, was ich getan hätte.« Sie verschränkte die Arme und knurrte entrüstet. »Da kann man sich doch schnell mal erkundigen, oder etwa nicht?«

Primus stand der Mund offen.

Klappernd zog sie ihren Lippenstift und weitere Utensilien heraus und begann, sich zu schminken. Dann schnippte sie mit dem Finger.

»Jetzt pass mal auf, mein Lieber«, quasselte sie wichtigtuerisch. »Bevor du das nächste Mal durch die Nacht flatterst, gibst du mir einfach Bescheid, ja? Ich glaube, es ist besser, wenn ich solche Sachen erledige. Du bist da immer viel zu höflich.«

Sie machte einen verführerischen Augenaufschlag und schloss ihre Tasche.

Na, das ist ja wieder einmal typisch, dachte Primus. Das werte Fräulein hatte sich partout nicht aus ihrem Schönheitsschlaf aufwecken lassen und erzählte ihm jetzt, dass er wieder einmal aaaaalles falsch gemacht hatte. Der Tag ging ja gut los.

Aber so wie er Plim kannte, war es überflüssig, dagegen anzureden. Es hätte ohnehin nichts gebracht. Grummelnd stand er auf und strich sich den Frack zurecht. Unterdessen packte Plim ihre Sachen. Sie schüttelte ihre Pelzmütze, klopfte sich sorgfältig etwas Dreck von der Jacke und machte sich abmarschbereit. Als sie fertig war, gingen die beiden nach draußen.

Die Morgensonne schien ihnen entgegen, als Primus und Plim aus dem Schatten der Felsspalte traten. Der Himmel war beinahe wolkenlos. In tiefstem Blau breitete er sich über den Bleibergen aus, während von allen Seiten der Neuschnee glitzerte.

»Ach, du giftige Brühe«, freute sich Plim, »das ist ja mal ein Prachtwetter. Wer hätte das gedacht?« Sie schloss die Augen und ließ sich die Sonne ins Gesicht scheinen. »Da bekommt man ja richtig Farbe.«

Neckisch blinzelte sie Primus von der Seite an. »Schadet dir übrigens auch nicht«, summte sie. »Bist immer so blass um die Nase, hihi.«

Er gab ein missbilligendes Knurren von sich. Am liebsten wäre er auf der Stelle zurück in die Höhle geflüchtet und hätte sich irgendwo verkrochen, um sich vor dem grellen Tageslicht zu schützen. Zu Hause im Turm machte er das jedenfalls so. Jetzt aber stellte er schnell seinen Kragen auf und zog den Zylinder ganz tief ins Gesicht.

Die beiden blickten in die Ferne. Es sah ganz danach aus, als hätten sie heute die besten Voraussetzungen für einen Aufstieg. Das Wetter war grandios und schien für die nächsten Stunden zu halten. Zumindest erweckte es den Eindruck. Denn Primus und Plim wussten sehr genau, dass man sich dessen im Gebirge nie ganz sicher sein durfte. Gerade in den Hochlagen vermochte sich das Wetter rasend schnell zu ändern, weshalb man stets auf der Hut sein musste. Diese Erfahrung hatten sie selbst in den letzten Tagen mehrfach gemacht.

Doch im Augenblick sollte sie das nicht weiter kümmern. Primus und Plim hatten ausgeschlafen und waren sehr guter Dinge. Lediglich die schwindelerregende Höhe setzte Plim heute Morgen noch etwas zu. Sie spähte über die Kante und blies die Backen auf.

»Ach, du liebes bisschen«, fiepte sie, »ich darf gar nicht hinsehen.« Verschreckt hielt sie sich eine Hand vor die Augen und drehte sich weg. »Bei vollem Tageslicht kommt einem das ja noch viel, viel höher vor. Na, das kann ja spaßig werden.«

»Immer langsam«, sagte Primus und versuchte, sie zu beruhigen. »Wir machen das schon. Stell dir doch einfach vor, du wärest bei dir zu Hause und würdest die Holztreppe von der Hexenküche zum Dachboden hochsteigen. Hm, was denkst du?«

Plim jaulte. »Die ist aber nicht so hoch«, kam es unter ihrer Hand hervor.

»Und wenn schon«, winkte er ab, »dir wird bestimmt nichts passieren. Wir seilen uns wieder an, und ich gehe voraus. Außerdem ist es heute windstill und nicht annähernd so gefährlich wie gestern.«

»Na, gut«, jammerte sie, »wenn du meinst.«

Sie nahm das Seil und knotete es um ihre Hüften. Dann konnte es losgehen.

Knirschend ertönten ihre Schritte, als Primus und Plim die verschneite Treppe betraten. Sofort versanken sie bis zu den

Knien im Schnee. Sie prüften den Fels, sicherten ihre Tritte und stiegen bedächtig die Stufen empor. Dann folgte der nächste Schritt … und der nächste … und der nächste … So ging es dahin.

Der Aufstieg war mehr als anstrengend. Unter lautem Keuchen stieg ihr Atem in die Höhe, als Primus und Plim im Licht der Wintersonne die Spindelwand erklommen – stets begleitet von ihren Schatten, die ihnen auf Schritt und Tritt folgten. Die Sonne wies ihnen die Zeit.

So ging es schließlich auf den Vormittag zu, als Primus und Plim zu einem Felsen gelangten, der rechtwinklig und wie ein Podest aus der grauen Steilwand ragte. Mit klopfendem Herzen blickten die beiden auf. Sie bestiegen die letzten Stufen, schüttelten sich den Schnee von den Beinen und blieben stehen. Endlich, freuten sie sich. Auch wenn Primus und Plim zwischenzeitlich fast nicht mehr daran geglaubt hatten, so war es ihnen doch gelungen: Sie hatten das Ende der Treppe erreicht.

Schweigend standen sie auf dem Felsen und ließen ihre Blicke wandern. Zwar hatten sich während der letzten Stunde bedrohliche Wolken zusammengebraut, aber die Aussicht war schlichtweg atemberaubend. Nur wenige Schritte von ihnen entfernt, am Ende des Felsens, klaffte der Abgrund wie die Grenze zu einer anderen Welt. Senkrecht ging es hinab in die Schlucht, deren Grund nicht einmal annähernd zu erahnen war. Dahinter ragten die Felsen auf. Es war der Südkamm des Bleigebirges, die mächtigen Hochlagen, und gleichzeitig auch das Massiv, auf dem sich die sagenumwobenen Schwefelzinnen befanden.

Doch da war noch etwas anderes.

Primus schluckte. Langsam trat er vor und streckte die Hände aus. Ein Kribbeln ging durch seinen Körper. Dann berührte er sachte die uralten Seile, die sich über den Abgrund spannten. Das also ist sie, dachte er, die legendäre Hängebrücke, die zu den Schwefelzinnen führt. Nun hatte er sie in unmittelbarer Nähe vor sich.

Doch Plim riss ihn gleich wieder in die Realität zurück.

»Sieht ziemlich wacklig aus«, sagte sie. »Glaubst du, dass die noch hält?«

Eine berechtigte Frage. Neugierig untersuchte Primus die morschen Bretter und setzte einen Fuß darauf. Anschließend wippte er einige Male auf und ab.

»Scheint stabil zu sein«, urteilte er und zog den Fuß wieder zurück.

»Bist du sicher?«

»Tja«, brummte Primus, »sie macht zumindest den Eindruck. Die Brücke ist alt, aber robust.«

Er legte den Kopf zur Seite und spähte in den Himmel. Denn viel weniger als die Brücke gefiel Primus das Wetter. Mit gerunzelter Stirn betrachtete er die bedrohlichen Wolken, die sich urplötzlich und wie aus dem Nichts über der Brücke ballten.

Primus befeuchtete einen Finger. Er richtete sich auf und streckte ihn prüfend die Höhe.

Verwundert sah ihm Plim dabei zu. »Was ist denn?«

Primus war misstrauisch. Als ob er sich beobachtet fühlte, blickte er sich um.

»Weiß nicht recht«, brummte er. »Aber es ist so merkwürdig windstill. Und dennoch braut sich da oben etwas zusammen.«

Er kratzte sich am Kinn und überlegte. Wenige Augenblicke später löste er das Seil, das er um seine Hüften trug und ließ es fallen.

»Ich schlage vor, dass ich zuerst gehe«, sagte er. »Ich bin schwerer als du. Wenn die Brücke mich aushält, dann kann dir auch nichts passieren.«

Solche Vorschläge waren immer willkommen.

»Gut«, sagte Plim, »aber mach schnell.«

Er nickte. »Bin schon dabei.«

Die morschen Bretter bogen sich unter seinem Gewicht, als Primus die alte Brücke betrat. Plim stand aufgeregt neben einem der Stützpfosten und hielt den Atem an. Ein Grummeln kam aus den Wolken. Schritt für Schritt ging Primus weiter, wobei er sich fest an die seitlichen Seile klammerte. Wenn er Magnus Ulmes Buch Glauben schenken konnte, dann ging es unter ihm mehr als dreihundert Klafter senkrecht hinab.

Noch einmal lugte er zum Himmel und beäugte die Wolken. Sie schienen ihm doch allzu verdächtig. Weshalb tauchen die ausgerechnet jetzt auf, fragte er sich. Wenige Augenblicke zuvor hatten er und Plim doch noch strahlend blauen Himmel gehabt. Da war doch bestimmt wieder irgendetwas im Spiel.

Aber Primus wollte sich nicht ablenken lassen. Entschlossen richtete er seinen Blick auf die gegenüberliegende Felswand und konzentrierte sich. Jetzt konnte er auch die Treppe erkennen. Die zweite Treppe wohlgemerkt, die weiter hoch zu den Gipfeln führte. Unfassbar, dachte Primus, es ist wirklich alles genau so, wie Magnus Ulme es in seinem Buch beschrieben hat.

Primus fiel auf, dass die Treppe wesentlich breiter war, als jene zuvor. Sie war etwas flacher und besaß darüber hinaus auch noch ein Geländer. Ausgezeichnet, folgerte er, das würde ihnen den weiteren Teil des Weges doch um Einiges erleichtern. Danach konnte es auch nicht mehr allzu weit sein. Sofern er alles richtig im Kopf hatte, musste diese zweite Treppe genau zum Eingang der Festung führen.

Er griff in seine Fracktasche und tastete besorgt nach dem Buch von Magnus Ulme. Es war alles in Ordnung. Ulmes

Aufzeichnungen befanden sich noch immer an Ort und Stelle. Sobald Primus auf der anderen Seite angekommen wäre und Miss Plim die Brücke überquert hätte, wollte er nachlesen, wie es weitergehen würde.

Schnell zog er die Hand wieder aus der Tasche und umklammerte das Seil.

Da passierte auf einmal das Unglück!

Zufällig und beinahe unmerklich war ihm der Zettel aus der Tasche gerutscht, den er vor seiner Abreise im Turmzimmer gefunden hatte. Primus fuhr herum. Sofort streckte er die Hände aus, um danach zu greifen, als plötzlich ein Donnern ertönte. Krachend schossen die Blitze vom Himmel und mit einem Stoß fegte der Wind den Zettel davon. Ein Lachen hallte durch die Berge.

Primus ballte die Fäuste und schrie aus voller Kehle zu den Wolken auf.

»ZUM TEUFEL NOCHMAL!!! HABT IHR GEISTER DENN NICHTS BESSERES ZU TUN???«

Doch das Lachen wurde daraufhin nur noch gehässiger. Spöttisch ging es durch die Schlucht und ließ die kalten Felsen erbeben. Dann wurde es leiser und verklang.

Eindeutig, das war zu viel für Primus. Eilig und mit einer Höllenwut im Bauch überquerte er das allerletzte Stück der Hängebrücke. Er erreichte die andere Seite, schlug die Hände über dem Kopf zusammen und ließ seinem Zorn freien Lauf.

Plim traute ihren Augen nicht. So außer sich vor Wut hatte sie ihn noch nie erlebt.

»Was ist denn jetzt schon wieder?«

»Ach, nix«, rief er und stampfte mit dem Fuß auf, »überhaupt nix.«

»Du, das hört sich aber gar nicht so an«, rief sie. »Warum hüpfst du denn dann so komisch herum?«

Er verdrehte die Augen. »Stell mir jetzt bloß keine Fragen, sondern komm lieber rüber.«

»Pah«, schnappte sie und machte sich auf.

Sie betrat die Brücke und huschte elegant über die verwitterten Bretter. Als wäre es das Leichteste auf der Welt, überquerte sie den Abgrund.

»War doch ganz einfach«, meinte sie. »Warum hat das denn bei dir so lange gedauert?«

Primus fuhr sie an. »Ich habe den Zettel verloren«, rief er verzweifelt. »Hier wimmelt es nur so von Geistern und boshaftem Gelichter. Bin gespannt, was sie sich als nächstes einfallen lassen.«

»Was denn für einen Zettel?«

»Na, den mit den seltsamen Zeichen drauf!«

Plim sah ihn fragend an.

»MEINEN EINKAUFSZETTEL!!!«, platzte es aus ihm heraus. »JETZT STELL DICH HALT NICHT SO AN!!!«

»Ach so, den«, sagte Plim. »Du meinst das Geschnörkel mit dem Honig.«

»Genau! Den hätten wir bestimmt noch gebraucht. Nicht umsonst hat der alte Spiegel so großen Wert darauf gelegt, dass ich das Papierchen mitnehme.« Primus griff sich an die Stirn. »Was stand nochmal drauf?«, murmelte er. »... blauer Honig?«

»Nein«, sagte Plim, »da stand noch mehr.«

»Richtig«, nickte Primus. »Ich glaube, es hieß: Blauer Honig am Mittag.«

»Oder: Zu Mittag blauer Honig«, verbesserte Plim.

Er schnippte mit dem Finger. »Exakt«, rief er. »Das war es. *Zu Mittag blauer Honig*. Das dürfen wir auf gar keinen Fall vergessen.«

»Und was bitteschön heißt das jetzt?«, fragte Plim unbeeindruckt.

»Das wissen wir leider immer noch nicht. Aber mir schwant, dass sich das schon sehr bald aufklären wird.«

Er schnaufte tief durch und beruhigte sich wieder. Dann blickte er nach oben. Die Wolken hatten sich genauso schnell verzogen, wie sie sich zusammengebraut hatten. Der Spuk war vorüber.

»Die Sonne steht bereits hoch«, sagte er. »Wenn es den Honig zu Mittag gibt, dann müssen wir uns beeilen. Ich bin gespannt, wie er wohl schmeckt.« Er schenkte Plim ein Lächeln und zog eine Augenbraue hoch.

Dann wandten sich die beiden der Treppe zu. Sie umfassten das Geländer und stiegen die Stufen empor. Die Festung des Eiskönigs erwartete sie.

Der blaue Honig

Wenig später näherten sich Primus und Plim den frostigen Hochlagen, die vom Eis der Jahrtausende über und über bedeckt waren. Gleißend strahlten ihnen die Gletscher entgegen, reflektierten das Licht und leuchteten so stark, dass es den beiden fürchterlich in den Augen ziepte. Geblendet und mit einer Hand vor dem Gesicht torkelte Primus die Stufen hinauf, wobei er nur noch zaghaft zwischen seinen Fingern hindurchlugte. Geister, Trolle und jetzt auch noch *das*, ging es ihm durch den Kopf. Etwas Schlimmeres hätte ihm nicht passieren können. Er stöhnte. Zum ersten Mal auf dieser Reise sehnte Primus sich Wolken herbei.

Doch der Aufstieg sollte nicht allzu lang dauern. Bereits nach einer halben Meile fand die Treppe ihr Ende und führte die beiden zu einer kleinen und tief verschneiten Ebene, die sich gleich über dem Massiv der Steilwand befand. Dahinter erhob sich der Gipfel. Es war der fünfte Gipfel der Schwefelzinnen. Wohlgemerkt der höchste und furchterregendste von allen zugleich. Wie ein Horn ragte er in den Himmel, während seine vier Brüder geisterhaft im Dunst der Ferne versanken. Unheilvoll zeigten sich diese Berge, beängstigend und von einer Aura umgeben, die wahrlich nichts Gutes verhieß.

Dennoch, eines stand zweifelsfrei fest: Magnus Ulme sollte bei allem, was er in das Buch geschrieben hatte, recht behalten. Angefangen bei der Quelle des Schneckenbachs, über die gespenstische Schlucht, bis hin zur Treppe, die sich die Spindelwand hinaufzog. Seine Route, die er nach jahrelanger Forschung zusammengestellt hatte, erwies sich als richtig. Wenngleich auch der alte Mann selbst nie so weit gekommen war – ein Jammer.

Nachdem Primus und Plim die letzten Stufen erklommen hatten, blieb die Hexe plötzlich stehen.

»Du, ich glaube, da vorne ist was«, rief sie.

»Ach, ja?« Primus wischte sich mit dem Ärmel über die Augen. »Wo denn?«

»Da vorne, siehst du?«

Sie deutete an ihm vorbei und zeigte auf ein seltsames, zylinderförmiges Gebilde, das kerzengerade aus der dicken Schneedecke ragte.

Primus spähte blinzelnd über die Ebene. Er hatte noch immer Schwierigkeiten, klar zu sehen. Aber jetzt erkannte er etwas.

Er lächelte. »Jetzt sieh mal einer an«, murmelte er. »Ist denn das zu fassen. Demnach hat der Wanderer also doch die Wahrheit gesagt.«

»Was denn für ein Wanderer?« Plim drehte den Kopf und blickte sich um. »Hier ist kein Wanderer. Ist mir da vielleicht etwas entgangen?«

Primus half ihr auf die Sprünge. »Erinnerst du dich noch daran, wie wir letzten Sommer die Bibliothek von Hohenweis durchsucht haben?«

»Natürlich«, sagte sie, »wie könnte ich das wohl vergessen haben? Schließlich bin ich an jenem Tag klitschnass geworden. Wir haben damals nach Hinweisen über die Mondsichel gesucht.«

»Genau«, bestätigte er, »und dabei ist dir doch unter anderem die Geschichte eines Mannes zwischen die Finger gekommen, der angeblich zu den Schwefelzinnen hinaufgestiegen war.«

»Stimmt! Der Kerl, der von diesen riesigen, abgebrochenen Röhren berichtet hat.«

Primus nickte. »Und das hier ist wohl eine von ihnen.«

Er beschattete seine Augen und hob den Kopf. Dann zeigte er nach links.

»Und da drüben haben wir auch schon die nächste Röhre, siehst du? Sie ist ein wenig kürzer als die andere. Und weiter oben befindet sich noch eine.« Primus schmunzelte. »Dieser Wanderer war also doch nicht verrückt, wie die Leute geglaubt haben. Er hatte sich damals tatsächlich hier oben aufgehalten.«

Neugierig sahen die beiden sich um. Schon bald entdeckten Primus und Plim immer mehr Überreste der geheimnisvollen Bergfestung, die nunmehr seit über 12 000 Jahren hier oben in Schnee, Eis und Vergessenheit lag. Es war fast wie bei einem Suchspiel.

Schließlich hielten sie für einen Moment inne und überlegten. Wie hatte es wohl einst ausgesehen, das sagenhafte Reich des Eiskönigs, noch bevor die Mondsichel vom Himmel gefallen war und alles zerschmettert hatte? Welch Zauber war hier am Werk gewesen? Und wozu haben diese Röhren gedient, deren Stümpfe noch immer aus dem Boden ragten, als wären es mächtige Schornsteine? Die beiden hatten keinerlei Vorstellung. Das Zeitalter des Eiskönigs war gänzlich verstrichen.

Nach einer Weile blickte Plim zum Himmel. Die Sonne zog ihre Bahn und näherte sich langsam aber sicher dem höchsten Punkt. Sie mussten sich beeilen. Spätestens in einer halben Stunde würde es Mittag sein.

Sie stupste Primus an. »Und was jetzt? Wenn wir zu Mittag blauen Honig haben wollen, dann müssen wir schnell machen. Ansonsten habe ich nur noch ein paar Butterbrote dabei. Aber die werden uns bei der Suche nach der Nebelfee wohl kaum behilflich sein.«

»Ja«, stimmte Primus ihr zu, »du hast recht. Wir dürfen keine Zeit mehr verlieren.«

Schnell zog er das Buch aus der Tasche und fing an zu blättern. »Ah, dieses Licht«, grummelte er, »das wird ja immer schlimmer.«

Mit einem verkniffenen Gesicht trat er in Miss Plims Schatten und beugte sich über die Buchseiten. Schon wenig später hatte er die betreffende Stelle gefunden.

»Der Eingang zur Festung muss sich im Boden ganz nah neben einer der Röhren befinden«, erklärte er. »Wahrscheinlich neben dieser da drüben. Magnus Ulme spricht von einem *Schacht*.«

»Genau, das hast du schon einmal erwähnt. Und wie kommen wir da hinunter?«

»Tja, da müssen wir uns wohl oder übel selbst einen Weg suchen«, meinte er. »Denn weiter führen Ulmes Aufzeichnungen leider nicht. Das ist alles, was er je herausgefunden hat.«

Plim schnaufte anerkennend. »Und das war ohnehin schon eine ganze Menge!«

Daraufhin steckte Primus das Büchlein in die Tasche. Er richtete sich auf und warf Plim ein Lächeln zu.

»Haben wir noch Zaubernüsse?«

»Zwei Stück«, antwortete sie.

»Na, dann los.«

Gemeinsam stapften die beiden durch den Schnee und näherten sich einem der zylinderförmigen Schlote. Die äußere Hülle des Rohrs war glatt und schien aus einer Substanz gefertigt worden zu sein, die Primus und Plim vollkommen unbekannt war.

Primus runzelte die Stirn. Das kann kein Maurerhandwerk sein, dachte er, und erst recht nicht die Arbeit eines Zimmerers. Vielmehr glich die Röhre dem Werk eines Töpfers, wenngleich auch die Töpferscheibe gigantische Ausmaße gehabt haben musste.

Miss Plim konnte es natürlich nicht unterlassen, eine Hand danach auszustrecken und das seltsame Bauwerk zu berühren. Sie strich über die Röhre und fuhr voller Erstaunen zusammen.

Die Röhre war warm! So, als würde die Kälte, die sie umgab, keinerlei Einfluss auf sie haben. Was für ein Zauber steckte da nur dahinter?

»Du«, sagte sie zu Primus, »diese Röhre hier …«

»Ich weiß«, flüsterte er, »sie ist warm. Ich spüre es bis hierher.«

»Aber … wie kann das sein?«

»Frag mich nicht«, sagte Primus. »Ich kann es dir nicht erklären. Wahrscheinlich hat es vor langer Zeit einmal Zauberkräfte gegeben, die stärker waren, als alles was uns heute bekannt ist.«

»Mir ist eine ganze Menge bekannt«, murmelte Plim, »aber so etwas ist mir noch nie untergekommen. Wo gibt es denn einen Zauber, der 12 000 Jahre lang wirkt?«

»Hier oben wird es gewiss noch mehr Überraschungen geben«, antwortete Primus. »Das ist bestimmt erst der Anfang.«

Mit diesen Worten lief er los. Neugierig, und als ob Primus eine Vorahnung hatte, schob er die Nase vor und schritt um die Röhre herum.

Plötzlich blieb er wie angewurzelt stehen. Er drehte sich um und blickte zu Plim.

»Aber noch viel mehr würde mich interessieren, welche Formen von Zauber *da unten* auf uns warten.«

Respektvoll deutete er auf eine runde Öffnung, die sich inmitten des verschneiten Bodens befand. Pfeilgerade führte sie hinab in die Tiefe. Es war der gesuchte Schacht. Genau wie Ulme ihn beschrieben hatte. Primus und Plim hatten ihn tatsächlich gefunden.

Die beiden kamen aus dem Staunen gar nicht mehr heraus. Derart groß hatten sich Primus und Plim den Zugang zur Festung wahrhaftig nicht vorgestellt. Der Schacht musste gut und gerne einen Durchmesser von fünf oder sogar sechs Schrittlängen messen. Das Innere des Schachtes war vollkommen eisfrei, als wäre seine Wand aus demselben rätselhaften Material gefertigt worden, wie auch die Röhren. Wenngleich mit dem feinen Unterschied, dass die Fläche des Schachtes meisterhaft poliert und spiegelglatt erschien. Es gab nicht die kleinste Fuge, an der man sich hätte festhalten können.

»Und wie um alles in der Welt sollen wir da hinunterkommen?«, rätselte Plim. »Selbst eine Eidechse würde hier abrutschen.« Sie zeigte auf die Innenwand des Schachtes und zog die Nase hoch.

»Hm«, brummte Primus, »stimmt. Das könnte in der Tat ein wenig schwierig werden.« Er beugte sich über den Rand und blickte hinab. »Außerdem, glaube ich, wäre unser Seil nicht lang genug. Da geht es doch bestimmt mehr als zehn Klafter nach unten.«

Ratlos standen die beiden im Schnee.

Plim kam das Ganze langsam merkwürdig vor. »Und du bist dir auch vollkommen sicher, dass das der Eingang zur Festung ist?«

Primus schürzte die Lippen. »Nun, zumindest hat Ulme das behauptet.«

»Aber das kann doch nicht sein«, entgegnete sie. »So einen Eingang braucht doch kein Mensch. Oder willst du mir vielleicht erzählen, dass der Eiskönig so klebrige Finger gehabt hat, dass er hier jedes Mal wie eine Schnecke rauf- und runtergeklettert ist?« Sie verdrehte die Augen und schüttelte sich. »Pfui, zum Glück muss ich dem nicht die Hand geben.«

Primus wusste keinen Rat. Unschlüssig sah er sie an und hob die Schultern.

»Vielleicht sollte ich schnell mal hinunterfliegen und nachseh…«

»Untersteh dich«, knurrte Plim, »du lässt mich hier nicht alleine sitzen und flatterst da unten herum. Das kannst du dir gleich aus dem Kopf schlagen. Am Ende machst du noch irgendetwas kaputt.«

»Ich dachte ja nur …«

»Nein, nein, nein«, bestimmte sie, »keine Widerrede. Wir finden das schon noch heraus. Irgendetwas fällt uns gewiss gleich ein.«

So setzten sich die beiden an den Rand des Schachtes und dachten nach. Doch so sehr sie sich auch anstrengten, sie kamen auf keine Lösung.

Primus knirschte mit den Zähnen. »Es muss da einen *Trick* geben. Warum, bitteschön, sollte man einen Zugang von dieser Größe errichten, wenn man sich dann einfach nur abseilen muss, um hinunter zu kommen? Da stimmt doch etwas nicht. In diesem Fall hätte es ein schmales Loch schließlich auch getan. Dafür braucht man doch keinen Schacht von sechs Schrittlängen Durchmesser.«

Ungeduldig saß er da und fasste in den Schnee. In seinem Kopf schossen die Gedanken umher. Primus dachte an dies und dachte an das, aber etwas Vernünftiges fiel ihm trotz allem nicht ein. Es war zum Verzweifeln.

Geistesabwesend und schlecht gelaunt formte Primus einen Schneeball und begann, ihn zu kneten. Nach einer Weile warf er ihn mürrisch in den Schacht. Es kann doch unmöglich sein, dachte er, dass wir ausgerechnet hier und jetzt scheitern.

Jäh riss ihn Miss Plims Stimme aus seinen Gedanken.

»Was, bei allen dampfenden Hexenkesseln, ist denn das???!!!«

Primus blickte auf. »Was? Was meinst du?«

Er erhielt keine Antwort. Verdutzt saß Plim da und starrte zur gegenüberliegenden Seite der Öffnung. Sie traute ihren Augen nicht.

Nun verschlug es auch Primus die Sprache. Denn der Schneeball, den er gerade in den Schacht geworfen hatte, schwebte langsam und sachte wieder nach oben. Als würde er von Geisterhand emporgehoben. So etwas hatten sie noch nie gesehen.

Dann aber begann es Primus zu dämmern. Er sprang auf und schnippte mit den Fingern.

»Lass mich das nochmal versuchen«, rief er.

Hastig und mit klopfendem Herzen griff er in den Schnee und formte einen weiteren Ball. Flink warf er auch diesen in die Öffnung – an fast dieselbe Stelle wie auch beim ersten Mal.

Und es sollte klappen. Durch den Schwung fiel der Ball zunächst ein Stückchen nach unten, wobei er merklich langsamer wurde. Es sah beinahe so aus, als wäre er in ein Fass, gefüllt mit unsichtbaren Federn, gefallen. Anschließend hielt sich das Bällchen für einen kurzen Moment in der Luft, bevor es sich von selbst wieder in die andere Richtung in Bewegung setzte. Wenig später kam es ruhig und gemächlich zurück an die obere Kante des Schachtes. Der Anblick war sensationell. Die Wärme des Schachtes ließ den Schneeball schmelzen, er wurde kleiner, bis er schließlich restlos verschwunden war.

Primus schlug sich mit der Faust in die flache Hand. »Das nenne ich doch mal eine elegante Form, sich fortzubewegen«, lachte er. »Und unsereins ärgert sich heutzutage noch immer mit Seilen und Kletterhaken herum. Haha, vor 12 000 Jahren waren sie weiter, als wir es heute sind. Das muss man sich einmal vorstellen.«

»Aber was bedeutet das?« Für Plim schien das immer noch äußerst befremdlich.

Doch Primus war bereits voll in seinem Element. Aufgeregt ging er in die Hocke und begann, die Sache zu untersuchen.

»Jetzt pass mal auf«, grinste er, »ich glaube, ich weiß schon, wie der Hase läuft. Ich könnte mir nämlich gut vorstellen, dass wir da ganz bequem hinunterkommen. Ohne Beulen und blaue Flecke.«

Er griff sich eine weitere Handvoll Schnee, formte einen Ball und warf auch diesen in die Öffnung. Allerdings hatte Primus das Bällchen diesmal nicht an die gegenüberliegende Seite des Schachtes geworfen, sondern es kurz vor seinen Füßen nach unten fallenlassen.

Noch bevor der Ball tiefer in den Schacht eintauchte wurde er auch schon langsamer, begann zu schweben und glitt wie von Wolken getragen nach unten. Bald war er verschwunden.

Das war die Lösung!

Mit glänzenden Augen blickte Primus zu Plim.

»Das habe ich mir gedacht«, freute er sich. »Da drüben geht es rauf und hier geht es runter. Wahrscheinlich gibt es dazwischen einen nahtlosen Übergang.«

Er stand auf. »Das muss ich gleich mal ausprobieren«, sagte er entschlossen.

Mutig und ohne auch nur einen Moment zu zögern streckte Primus das Bein aus und trat ins Bodenlose.

Plim kniff vor Schreck die Augen zusammen. War er jetzt völlig übergeschnappt? In all der Aufregung hatte sie glatt vergessen, dass sich Primus im Notfall hätte verwandeln können.

Aber seine Rechnung ging auf und so gab es keine bösen Überraschungen.

»Plim«, rief er, »du kannst deine Augen wieder aufmachen. Schau her, das ist ganz einfach. Man steht hier fast wie auf einem Kissen.«

Sie blinzelte durch ihre Finger. Dann streckte sie ihren Kopf vor und sah zu Primus hinab. Was es nicht alles gibt, dachte sie, das ist der beste Zauber, den ich jemals gesehen habe. Wie eine Feder schwebte Primus den Schacht hinunter und blickte fröhlich zu ihr empor.

Dennoch war Plim nicht überzeugt. Schließlich war der Schacht halsbrecherisch tief.

»Und du willst mich auch wirklich nicht verschaukeln?«

»Nein, ganz und gar nicht«, versicherte er. »Es ist genau, wie ich gesagt habe. Schau doch mal.«

Noch während Primus nach unten glitt, machte er einen Schritt in die Mitte der Öffnung, wobei er deutlich langsamer wurde.

»Hier im Zentrum kann man sogar richtig stehen. Und hier …« Er trat zur gegenüberliegenden Seite des Schachtes. »… hier drüben geht es wieder nach oben. Ist das nicht großartig?!«

Primus war ganz aus dem Häuschen.

»Jetzt komm schon«, rief er ihr zu. »Das musst du auch mal ausprobieren. Dir passiert schon nichts.«

Pah, das konnte ja jeder sagen. Sie zauderte und zog ängstlich die Mundwinkel herunter.

»Versprich es mir«, jammerte sie.

»Ja«, sagte Primus, »ich verspreche es dir.«

»Na, gut. Ich komme.«

Wie bei einem Sprung ins Wasser hielt sie die Luft an und schloss die Augen. Dann trat sie über den Rand. Ein Kribbeln ging ihr durch den Bauch, als sie den Boden unter ihren Füßen verlor. Mit einem schrillen Quieken drückte sie ihre Tasche an die Brust und verzog das Gesicht.

Aber Primus sollte recht behalten. Als würde Plim in einen Wattebausch treten wurde sie aufgefangen und schwebte gemächlich den Schacht hinunter.

Sie sah sich um. Das würde ihr zu Hause bestimmt niemand glauben, ging es ihr durch den Kopf, völlig ausgeschlossen. Sie blickte zu Primus, der gleich neben ihr in der Luft hing.

»Jetzt sieh dir das an«, jubelte er. »Einen Schritt hier rüber und du fährst nach oben. Einen Schritt zurück und du fährst wieder nach unten. Das muss ich unbedingt Bucklewhee erzählen. Vielleicht bauen wir so etwas zu Hause im Turm ein.«

Wunderbar, es gab wieder etwas zu entwickeln und konstruieren – für den Gesprächsstoff der kommenden Nächte war bei Primus und Bucklewhee zumindest schon einmal gesorgt.

Inzwischen hatte auch Miss Plim ihre Angst überwunden und war mehr als erleichtert. Sie hatte sich bereits mit gebrochenem Genick und kaputter Handtasche auf dem Boden des Schachtes liegen sehen. Was für ein Albtraum! Aber zum Glück war der Tasche nichts weiter passiert.

Beruhigt schenkte sie Primus ein Lächeln und atmete auf. Dann legte sie den Kopf in den Nacken. Weit über ihr zogen die Wolken dahin und wurden von der Schachtöffnung eingefasst, wie von einem riesigen Bilderrahmen. Plims Augen funkelten. Diesen Moment würde sie gewiss so schnell nicht vergessen.

So ging es abwärts und wie auf leichten Schwingen in die Festung des Eiskönigs hinein.

Es war eine kurze Fahrt. Bereits nach wenigen Momenten näherten sich Primus und Plim dem Boden und setzten auf. Ein smaragdgrüner Ring umgab sie und markierte die Stelle, in der die magischen Kräfte des Schachtes ihre Wirkung taten. Sehr gut, dachte Primus, dieser Punkt war nur schwer zu übersehen. Für den Rückweg mussten sie einzig und alleine wieder hierher finden.

Dann reckten die zwei ihre Hälse. Wie hell es hier unten war, stellten sie fest. Allzu befremdlich. So tief unter dem Schnee musste es doch eigentlich dunkel wie in einem Tintenfass sein. Gebannt standen sie da und ließen ihre Blicke wandern. Damit hatten sie nicht gerechnet.

Primus und Plim befanden sich jetzt in einem runden, kuppelförmigen Raum, der aus seltsam schimmernden Steinen bestand. Durch den Schacht in der Mitte der Kuppel fiel das Licht, verteilte sich im Raum und brachte sein Inneres zum Leuchten. Sie kamen sich vor wie in einem Leinenzelt mitten im Sommer.

»Hier unten ist es ja fast genauso hell wie draußen im Freien«, sagte Primus beeindruckt. »So, wie es aussieht, brauchen wir die Zaubernüsse gar nicht mehr.«

Plim dagegen zeigte sich desinteressiert. Schließlich konnte sie mit diesen altehrwürdigen Zauberkünsten längst nicht mehr mithalten und begann langsam, neidisch zu werden. Das wird ja immer schlimmer hier, dachte sie. Gespielt gleichgültig hob sie das Kinn und schüttelte den Kopf.

»Pfff, mich würde dieses Licht stören«, sagte sie abfällig.

»Warum denn das?«

»Na, wenn das immer so hell ist, dann kann man ja nachts kein Auge zutun.«

Primus runzelte die Stirn. »Glaubst du denn, dass die Steine die ganze Zeit über leuchten?«

»Ganz bestimmt«, entgegnete sie. »Und so etwas ist garantiert nicht gesund. Der liebe Chuck würde dir das sofort bestätigen. Er bekommt nämlich schlimmes Kopfweh von zu viel Helligkeit.«

»Aha.«

»Ja, ja«, schnurrte sie.

Plim lächelte. Sie war der festen Überzeugung, dass damit ihr Ruf und Ansehen – ihre Zauberkünste betreffend – wiederhergestellt waren.

Dann gingen sie weiter. Primus und Plim eilten geradewegs auf eine Toröffnung zu und verließen den Raum. Ein Korridor, ebenso weiß wie das Gewölbe, schloss daran an und führte tiefer in das Massiv des Gipfels. Beherzt und mit einer gehörigen Portion Mut gingen die beiden ihm nach.

Der Gang führte etwa fünfzig Schrittlängen geradeaus, grub sich durch das Gestein, bis er schließlich auf eine Felsspalte stieß, die sich versteckt im Inneren des Berges befand. Die Freunde blieben stehen. Zahllose Klafter ging es hinab in die Tiefe, während ein gewaltiger Luftzug von unten heulte und dröhnte. Kein sehr einladender Anblick, aber daran hatten sich die beiden auf ihrer Reise ja mittlerweile schon gewöhnt.

Doch da entdeckten sie noch etwas!

Eine Brücke setzte vor ihren Füßen an und spannte sich knöchern über den Abgrund. Oder waren es gar die *Überreste* einer Brücke? Die beiden konnten es nicht genau sagen. Eines aber stand zweifelsfrei fest: Im Lichtschein des Korridors sah das Gebilde ganz danach aus, als würde es jeden Moment in sich zusammenbrechen.

»Lass mich raten«, stöhnte Plim. »Genau hier müssen wir rüber, oder?«

»Kommt mir so vor. Einen anderen Weg kann ich zumindest nicht sehen.«

»Aber das Ding ist ja völlig kaputt«, rief sie, »brüchig, baufällig und genauso runzlig wie ein alter Termitenhaufen.« Plim ruderte mit den Armen. »Ein Termitenhaufen nach einem Platzregen!!!«

»Nun«, meinte Primus, »da haben die Jahrtausende wohl doch ihre Spuren hinterlassen.«

Er ging in die Knie und untersuchte die Brücke. Spröde zog sich das dünne Stück Fels über den Abgrund, wobei es zur Mitte hin zunehmend schmaler wurde. In der Tat, dachte er, hier müssen wir vorsichtig sein.

Währenddessen stellte sich Plim auf die Zehenspitzen. Sie lugte über den Spalt und spähte umher.

»Hm«, murmelte sie, »der Korridor geht auf jeden Fall da drüben weiter, siehst du? Da hinten klafft ein Loch in der Felswand. Das schimmert genauso, wie der Korridor auf unserer Seite.«

»Ja«, sagte Primus, wobei auch er hinüberschaute, »da müssen wir garantiert hinein.«

Er verschränkte die Arme. »Aber zuerst einmal müssen dort *hin*«, wandte er ein. »Ob es uns nun gefällt oder nicht – an dieser Brücke kommen wir leider nicht vorbei.«

Da hatte Primus recht. Wenngleich Miss Plim nur milde Begeisterung zeigte.

Schließlich gab sie sich einen Ruck. »Also gut«, murrte sie, »von mir aus. Gehen wir es an.«

Primus war als erster an der Reihe. Zwar hätte er in seiner Gestalt als Fledermaus auch fliegen können, aber für Miss Plim musste er den Weg vorher einmal erproben. Was, wenn die Brücke wirklich in sich zusammenbrechen würde? Er breitete die Arme aus und balancierte konzentriert über den Steg. Der dünne Felsstreifen erschien ihm trotz allem sicher und fest. Einzig die wirbelnde Strömung, die der Luftzug erzeugte, ließ ihn hier und da etwas wanken.

Dennoch, kurz darauf war er auf der anderen Seite angekommen und winkte der Hexe aufmunternd zu.

»Jetzt du«, forderte er sie auf.

Plim legte die Hände um den Mund und rief. »Und du bist dir auch vollkommen sicher, dass die Brücke hält? Ehrenwort?«

»Glaub schon«, schrie er zurück.

Sie schlug die Hände über dem Kopf zusammen. »NA, WAS SOLL ICH DENN DAMIT ANFANGEN?«

Das galt es schleunigst auszubügeln: »Die hält bestimmt«, bekräftigte Primus.

Plim aber schüttelte nur ihren Kopf. »... hält bestimmt«, wiederholte sie knurrend. »Tststs, das wird ja immer besser. Und wenn hier alles einbricht und ich hinunterfalle, sagt *er* am Ende auch noch ‚Hoppla'.« Sie seufzte. »Aber meinetwegen.«

So nahm sie einen tiefen Atemzug und ging auf die Brücke zu. Mit winzigen Schritten arbeitete sie sich voran. Bedrohlich ging es seitlich hinunter, und mit gespitzten Ohren lauschte Plim den knackenden Geräuschen des Felsens. Jetzt bloß nicht den Mut verlieren, dachte sie. Das würde sie schon schaffen.

Flinken Fußes huschte sie das letzte Stück über den Abgrund, bevor sie auf der anderen Seite bei Primus eintraf. Letztendlich war diese Übung ein Leichtes für sie gewesen. Da hatte sie wahrhaftig schon schwierigere Hindernisse gemeistert.

»Zum Glück haben wir diesmal nicht den dicken Kürbis dabei«, schnaufte sie. »Bei alledem, was Chuck ihm in letzter Zeit zu fressen serviert hat, hätte ihn die Brücke bestimmt nicht gehalten.«

»Sag ihm das bloß nicht«, mahnte Primus. »Snigg hat mir neulich noch erzählt, dass er abgenommen hat.«

Die beiden schmunzelten.

Dann wandten sie sich um. Primus und Plim befanden sich auf einem kleinen Absatz, der aus der Felswand ragte. Und tatsächlich, der Korridor führte von hier aus weiter ins Innere des Berges.

»Herrje«, zischte Plim, »dieser Gang strahlt ja noch heller als das Gewölbe von vorhin. Ich möchte allzu gerne wissen, wie die das damals angestellt haben.«

Doch Primus hatte da seine Zweifel. »Das werden wir wohl nie erfahren.«

Anschließend hob er den Kopf und beäugte den Korridor. Er betrachtete die schimmernden Steine und sah sich zuletzt nach allen Seiten um. Plötzlich bemerkte er, dass neben dem Absatz, auf dem sie gerade standen, ein kleiner Vorsprung verlief. Unmerklich und nur so breit wie ein Fensterbrett führte dieser an der Wand der Spalte entlang. Einst musste der Felsvorsprung ein Weg gewesen sein. Doch genau wie bei der Brücke hatte hier deutlich sichtbar der Zahn der Zeit genagt.

Neugierig beugte Primus sich vor.

»Das gibt es doch nicht«, flüsterte er.

»Was denn?«

Primus starrte geradeaus. »Ich glaube, da drüben ist *noch* ein Gang.«

»Wie bitte? Wo?«

Er streckte die Hand aus. »Dort hinten«, sagte er aufgeregt. »Siehst du? Die Öffnung klafft nur ein paar Schritte weiter, am Ende des Vorsprungs.«

Plim sah ihm über die Schulter. »Ja«, sagte sie, »ich glaube, du hast recht.«

Auf der Stelle wechselte Primus seine Gestalt.

»Warte hier«, rief er. »Ich bin gleich wieder da.«

»He«, protestierte Plim, »Moment mal. Du kannst doch nicht einfach …«

Zu spät. Primus war längst an der Felswand entlang geflattert und näherte sich der geheimnisvollen Öffnung. Sie war ebenso groß, wie die des Korridors. Nur mit dem Unterschied, dass sie kein bisschen leuchtete. Neugierig setzte er sich in den Eingang, steckte den Kopf hinein und begann, das Loch zu erkunden.

Das war kein Korridor, stellte er fest, weit gefehlt. Das war der Zugang zu einer Kaverne. Einer gewaltigen Kaverne, die sich unendlich weit in die Tiefe erstreckte. Zahllose Treppenstufen führten hinunter und verloren sich irgendwo in der Finsternis.

Plim wurde ungeduldig. Sie zappelte auf der Stelle und blickte zu Primus hinüber.

»Was ist denn da?«, wollte sie wissen.

»Ach, nichts Besonderes«, antwortete er, »nur eine Treppe. Sie führt hinunter in eine riesige Höhle.«

»Das ist alles?«

»Hm«, grummelte er, »sieht so aus.«

Plim war etwas enttäuscht. »Und sonst kannst du nichts erkennen?«, fragte sie. Sie hatte sich durchaus etwas mehr erwartet.

»Nein«, sagte er, »leider nicht …«

Dann stockte Primus plötzlich. Überrascht hob er die Nase und schnupperte.

»… aber ich *rieche* etwas.«

»Wie?« Plim fuhr hoch.

Aber Primus war selbst sehr erstaunt. Nachdenklich saß er da und prüfte den Geruch.

»Hier riecht es irgendwie streng«, bemerkte er, »scharf und verbrannt. Wie der Duft von einer Öllampe.«

Auf der Stelle klappte Plim ihre Handtasche auf. »Bei mir ist alles in Ordnung«, stellte sie fest. »Von meinen Mittelchen ist keines ausgelaufen.«

»Sehr merkwürdig«, grübelte Primus. »Es riecht, als hätte hier vor kurzem noch der Docht einer Lampe gebrannt. Aber das kann ja nicht sein, oder?« Voller Misstrauen sah er sich um.

Dann breitete Primus seine Flügel aus. Er schwang sich in die Luft und flatterte zu Plim zurück. Dort angekommen, stellte er sich wieder auf die Beine.

»Lampe hin oder her«, meinte er, »auf jeden Fall sieht das Ganze nicht danach aus, als hätte der Eiskönig dort drüben einst seine Halle errichtet. Das ist lediglich ein gewaltiges Treppenhaus, sonst nichts. Komm, sehen wir uns lieber diesen Korridor hier an. Ich glaube, da sind wir auf der richtigen Spur.«

Mit diesen Worten machten die beiden sich auf. Plim griff nach ihrer Tasche, und gemeinsam betraten sie und Primus den zweiten, schimmernden Gang. Jetzt konnten sie es beinahe schon spüren: Die Reise neigte sich langsam aber sicher ihrem Ende zu.

Flink ging es voran. Der Weg erwies sich als wesentlich länger als bei dem Korridor, den Primus und Plim zuerst durchschritten hatten. Schnurgerade und ohne die geringste Abweichung zog er sich durch das Gestein, wobei seine Wände mit jedem Schritt immer heller wurden. Den beiden klopfte das Herz bis zum Hals. Schweigend eilten Primus und Plim weiter, wobei sie vor lauter Aufregung kaum mehr zu atmen wagten. Die Sekunden kamen ihnen wie eine Ewigkeit vor.

Dann aber, nach etwa hundertfünfzig Schrittlängen, wichen die Wände plötzlich zur Seite. Der Korridor fand ein Ende, stieß aus dem Fels und öffnete sich zu einer kunstvoll gestalteten, schneeweißen Halle, die vor ihnen im Licht des Mittags lag. Der Anblick, der sich ihnen bot, war überwältigend. Große Röhren durchbrachen die Decke, führten hinauf bis über den Gipfel und schickten die Strahlen der Sonne nach unten.

Ergriffen ließ Plim die Arme hängen. »Ah«, seufzte sie, »ist das schön. Jetzt sieh dir das nur mal an.«

»Ja«, hauchte Primus, »unfassbar.«

Sie reckten die Hälse.

Die beiden befanden sich jetzt in einem großen, rechteckigen Saal, dessen längste Seite gut und gerne fünfzig Schrittlängen maß. Gewaltige Säulen mit meisterhaft gearbeiteten Sockeln stützten die Decke, durch die strahlend das Licht der Mittagssonne fiel. Den beiden blieb die Spucke weg. Damit hatte wirklich keiner gerechnet. Denn die Halle, die Primus und Plim hier vorgefunden hatten, schien völlig intakt zu sein. So, als wären die 12 000 Jahre niemals verstrichen. Und von der Katastrophe, die die Mondsichel im Unkrautland einst ausgelöst hatte, war kaum eine Spur zu erkennen.

Fasziniert sah Primus sich um. Er konnte es nicht glauben. Ein Zeugnis uralter Zeiten lag vor ihnen, komplett und völlig unversehrt. Einzig im hinteren Bereich des Raumes, dort wo die Decke in die Wand überging, sah Primus einen waagerechten Riss, wie von einer Erschütterung. Wulstig und in dicken Bahnen quoll an dieser Stelle das Eis über die Wand und breitete sich ähnlich einer Pfütze über dem Boden aus. Aber dies war der einzige Makel, den Primus entdeckte. Ansonsten kam es ihm vor, als wäre die Zeit an diesem Ort stehen geblieben.

Dennoch, trotz aller Faszination gab es *einen* Punkt, der Primus und Plim überhaupt nicht gefiel und der ihnen bald schon mächtig zu denken geben sollte. Denn von der Nebelfee, die Primus und Plim im Inneren dieser Kammer vermutet hatten, fehlte jede Spur.

»Und was jetzt?«, fragte Plim. »Siehst du hier vielleicht irgendwo etwas rumliegen?«

»Nein«, antwortete Primus, »überhaupt nichts.«

Die Halle war vollkommen leer.

Plim schüttelte den Kopf. »Vielleicht sind wir hier falsch. Wir hätten uns möglicherweise doch in diesem Treppenhaus umsehen müssen.«

»Das glaube ich nicht«, entgegnete Primus.

»Aber hier drin ist die Nebelfee jedenfalls nicht«, stellte Plim fest. Sie hob die Hand und wedelte mit dem Finger. »Hol doch nochmal das Buch heraus. Du hast bestimmt wieder einmal etwas übersehen.«

»Was? Ich?«

»Ja, du!«

»Aber da steht wirklich nichts weiter«, verteidigte sich Primus. »Ich weiß es genau.«

»Ach, papperlapapp. Das will ich sehen.« Sie streckte eine Hand aus und wippte ungeduldig mit dem Fuß.

Primus verdrehte die Augen. Mit dieser Art würde ihn das werte Fräulein eines Tages noch zur Weißglut bringen. Aber eine Diskussion mit ihr konnte er jetzt am allerwenigsten gebrauchen. Also griff Primus in seine Tasche und holte das kleine Büchlein hervor. Angespannt blätterten die beiden es durch.

Seite für Seite überflogen sie die Texte, sahen sich die Zeichnungen an und zerbrachen sich regelrecht die Köpfe dabei. Doch ohne Erfolg. Primus und Plim erfuhren nichts, was sie nicht schon gewusst hätten. Es war wirklich wie verhext.

Indessen stieg die Sonne zum Zenit auf. Hell fielen ihre Strahlen vom Himmel, spiegelten sich in den glänzenden

Röhren und ließen das Eis an der Saalwand schimmern und funkeln. Ein Schauspiel, das seinesgleichen suchte.

Doch die beiden hatten dafür jetzt gar keinen Sinn. Sie mussten das Versteck der Nebelfee finden, und zwar hurtig. Nachdenklich starrte Plim in das Buch. Irgendwo musste doch noch ein Hinweis zu finden sein. Aber da hatten sie auch schon den hinteren Teil des Büchleins erreicht, und die Texte waren zu Ende … beinahe zumindest.

»Na, das war wohl nichts«, seufzte Plim. »Aber einen Versuch war es auf jeden Fall wert.«

Kopfschüttelnd betrachtete sie die letzte Seite und zog die Stirn in Falten. »Da sind ja auch schon wieder diese komischen Krähenfüße«, sagte sie. »Zu blöd, dass das keiner von uns lesen kann.«

»Aber wir wissen doch sehr wohl, was das heißt«, erklärte Primus. »Das ist dasselbe Sprüchlein, das auch auf dem Pergament gestanden hat.«

»Ach so«, erinnerte sich Plim, »richtig. Das mit dem Honig. Diesen kleinen Zettel hatte ich ja schon wieder völlig vergessen.«

Primus nickte. »*Zu Mittag blauer Honig*«, übersetzte er die Zeichen. »Aber leider hilft uns das ja auch nicht weiter. Mit diesem Sprüchlein habe ich schon viel zu viel Zeit vergeudet. Im ganzen Unkrautland gibt es offenbar keinen blauen …« Plötzlich brach er ab.

»… Honig«, ergänzte Plim.

Doch Primus reagierte nicht. Stocksteif blickte er durch den Raum. Ist das zu fassen, ging es ihm durch den Kopf. Darauf wäre er nie gekommen.

Mit großen Augen betrachtete er die gegenüberliegende Saalwand, an der das Eis in üppigen Wülsten zu Boden hing. Die kunstvollen Formen sahen beinahe so aus, als hätte jemand einen Bottich voll gläsernem Teig durch die Decke gekippt, der zäh und schwerfällig die Wand heruntergelaufen war. Das Licht der Mittagssonne fiel durch die Decke, spiegelte sich in einem bestimmten Winkel in den Röhren wider und traf mit einem gebündelten Strahl auf das Eis. In schillernden Blautönen begann das verzerrte Gebilde zu leuchten. Jetzt wusste Primus, wo sie suchen mussten. Nun war ihm auf einmal alles klar:

Das war der blaue Honig!

»Wir müssen da rüber!!!«, schrie er, dass es von den Wänden hallte. »Hinter dem Eis muss etwas sein.«

Völlig außer sich rannte er durch die Halle. Er passierte die mächtigen Säulen, stellte sich vor die Wand und blickte wie gebannt durch den Eispanzer. Dann hüpfte er jubelnd und mit wehendem Frack hin und her.

»Heißa«, frohlockte er. »Juhu! Das ist es. Das ist der blaue Honig. Plim, jetzt komm schon her und sieh dir das an. Hinter dem Eis ist ein Durchgang.«

Natürlich wollte sie das auch sehen. Schnell eilte Plim herbei und stellte sich neben ihn. Gemeinsam drückten sie die Nasen gegen das Eis.

»Stimmt«, sagte sie, »dahinter ist ein Torbogen.« Fassungslos sah sie Primus an. »Ich werd verrückt … Wir haben das mit dem Honig offenbar die ganze Zeit über viel zu wörtlich genommen.«

Primus sah sie eindringlich an. »Wir müssen da durch!«

»Aber wie?« Plim klopfte gegen das Eis.

»Nun komm schon«, drängte er sie, »du hast bisher noch jede Tür aufbekommen. Dieser Eisberg muss doch ein Klacks für dich sein.«

Komplimente wirkten bei der hübschen Hexe eigentlich immer. Sie spielte mit ihren Zöpfen und war äußerst geschmeichelt. Schon im nächsten Moment fiel ihr eine Lösung ein.

»Ja«, schnurrte sie, »ich könnte mir vorstellen, dass ich vielleicht etwas dabeihabe.«

»War zu erwarten«, schmunzelte er.

Übereifrig öffnete Plim ihre Tasche. Sie holte ein kleines Fläschchen hervor und zog den Korken ab. Dann beträufelte sie die eisige Fläche.

Plim grinste bis über beide Ohren. »Dauert ein bisschen«, vertröstete sie ihn, »aber nicht lange.«

Voller Ungeduld standen sie und Primus im Saal und sahen zu, wie das Eis vor dem Durchgang zu schmelzen begann. Es zischte und dampfte und bald schon klaffte eine Öffnung.

Plim rieb sich die Hände. »Aber diesmal gehe ich vor«, freute sie sich.

»Gerne«, sagte Primus und wies durch die Öffnung, »nach dir.«

Sie hob ihren Rock und stieg hindurch. Primus kam ihr in kurzem Abstand hinterher.

Nun hatten sie es endlich geschafft. Primus und Plim waren am Ziel ihrer Reise angelangt. Auf den Schwefelzinnen, zu Mittag und beim blauen Honig. Wenngleich sie auch nicht wussten, dass eine dunkle Person ihnen heimlich auf Schritt und Tritt folgte.

Nebel im Wald

Düster war es jenseits des Eises, gar schummrig und fahl. Einzig die wenigen Sonnenstrahlen, die durch das Eis und den freigeschmolzenen Zugang fielen, erhellten den geheimnisvollen Raum, der bis vor kurzem noch im Verborgenen gelegen hatte. Der Moment war erhebend. Primus und Plim waren so aufgeregt, dass ihnen beinahe die Luft wegblieb. Gänzlich versiegelt hatte der Saal die Zeit überdauert, auf das Säuberlichste verschlossen und von der Außenwelt seit Abertausenden von Jahren abgeschnitten, als würde er nicht existieren. Welch eine Entdeckung. Doch nun lag der Raum offen vor ihnen und umso ergreifender war der Augenblick des Betretens.

Wortlos verharrten Primus und Plim im Halbdunkel und sahen sich um. Zwar konnten sie die Formen, die sich im Zwielicht vor ihnen abzeichneten, nur mäßig erkennen, dennoch wussten sie genau, dass sie diesmal auf der richtigen Fährte waren. Hier irgendwo, inmitten dieses Raumes, musste sich das Gefäß mit der Nebelfee befinden. Da gab es überhaupt keinen Zweifel. Sie brauchten bloß noch etwas Licht, um danach zu suchen.

Primus wandte sich an Miss Plim und deutete auf ihre Tasche. Geschwind formte er mit den Händen eine Kugel in der Luft, wobei er lautlos seine Lippen bewegte. Doch Miss Plim verstand auch ohne Worte, was Primus von ihr wollte. Schnell klappte sie ihre Handtasche auf und zog eine Zaubernuss hervor. Kaum hörbar flüsterte sie die magischen Laute und brachte die Kugel zum Glühen. Dann leuchtete Plim durch den Saal.

»Ah«, hauchte sie, »jetzt sieh dir das an.«

»Ja«, sagte Primus, »sagenhaft. Einen so hohen Raum habe ich selten gesehen.«

Die beiden verharrten.

Im strahlenden Schein der Zaubernuss tauchten nun gewaltige Säulen vor ihnen auf, vier an der Zahl, mit in sich verdrehten Sockeln und kunstvoll gearbeiteten Ornamenten. Beinahe wie mächtige Lanzen ragten die Säulenschäfte in die Luft, bis sie in schwindelerregender Höhe ihr Ende fanden. Dort prangte die Decke. Gut und gerne sechzig Fuß über dem Boden überspannte sie den quadratischen Saal, wobei sie mittig von einem großen, röhrenförmigen Schacht durchbrochen wurde.

Einst musste diese Öffnung das Sonnenlicht eingelassen haben, mit gleißenden Strahlen und aller nur denkbaren Pracht. Doch dieses Wunder lag offenbar schon sehr lange zurück, und vom Licht der Sonne ließ sich heute nichts mehr erkennen. Der Schacht war dunkel und von herabgefallenen Gesteinsbrocken, die wie eine Sperre darin klemmten, gänzlich verschüttet.

Prüfend kam Primus näher. Er sah hoch und spähte in die blockierte Öffnung.

»Hier hat der Einschlag der Mondsichel allerdings ganz deutlich seine Spuren hinterlassen«, stellte er fest. »Wir können von Glück sagen, dass der Raum so mächtige Säulen besitzt. Andernfalls wäre seinerzeit gewiss der halbe Gipfel durch die Decke gekracht.«

Er deutete auf einen großen Haufen Geröll, der mitten im Saal unter der Öffnung lag. Mit einem Donner mussten diese Felsbrocken einst auf dem Boden aufgeschlagen sein, bevor die größeren Stücke anschließend den Lichtschacht verstopft hatten.

»Denkst du, die Steine sind *damals* schon heruntergefallen? Durch die Katastrophe, die der Sturz der Mondsichel ausgelöst hat?«

»Das könnte ich mir gut vorstellen«, antwortete er. »Denn wenn man den alten Schriften Glauben schenken kann, hat die Mondsichel einst das ganze Land in Schutt und Asche gelegt. Bei diesem Unglück sind sicher auch die Berge nicht verschont geblieben.«

»Vielleicht hast du recht«, schauderte sie. »Das muss ganz schön gepoltert haben.«

Davon war Primus überzeugt. Er verschränkte die Arme und betrachtete den riesigen Gesteinshaufen vor ihnen auf dem Boden.

Plötzlich ging ein Zucken durch seinen Körper. Mit geweiteten Augen stand er da und blickte zu dem Gipfel des Haufens empor. Warum war er da nicht gleich drauf gekommen? Fassungslos ließ er das Kinn hängen, bevor er leise zu sprechen begann.

»Der Thronsaal«, sagte er.

»Was?«

Zittrig streckte Primus eine Hand aus. Er hob den Finger und zeigte auf die herabgefallenen Felsen, unter denen das obere Ende einer monströsen Stuhllehne hervorstach. Kalt lief es Primus den Rücken hinunter und er wagte kaum, seine Vermutung auszusprechen.

»Das ist der Thronsaal des Eiskönigs. Hier in der Mitte muss der Kerl einst gesessen haben, siehst du? Unter den Steinen ist sein Stuhl begraben.«

»Ach, du liebes bisschen«, erschrak Plim und machte einen Satz zurück, »tatsächlich. Am Ende sitzt der Kerl noch immer drauf.«

Primus schluckte respektvoll. »Ja«, sagte er, »das könnte gut möglich sein.«

»Eieiei«, machte Plim und versteckte sich hinter Primus' Rücken. »Das gefällt mir aber ganz und gar nicht. Glaubst du, dieser Bursche könnte uns heute noch gefährlich werden?«

»Weiß nicht recht. Nach 12 000 Jahren ist das eher unwahrscheinlich, selbst für einen so großen Hexenmeister. Trotzdem sollten wir vorsichtig sein. Denn falls der Eiskönig wirklich noch am Leben ist, hat er gewiss furchtbar schlechte Laune.«

Plim rümpfte die Nase. »Und einen gehörigen Brummschädel hat er bestimmt auch. Ich möchte gar nicht wissen, was so ein Felsbrocken wiegt. Der liebe Chuck fängt meistens schon zu winseln an, wenn der Luftdruck einmal zu hoch ist.«

»Dann lass uns lieber leise sein«, sagte Primus. »Man kann ja nie wissen.«

Auf Zehenspitzen und in Ehrfurcht vor dem großen Zaubermeister schlichen die beiden behutsam um die Steine herum. Der Thron, der sich darunter verbarg, musste eine Höhe von mindestens fünfzehn Fuß haben, wenn nicht sogar mehr. Aufmerksam behielten Primus und Plim die mächtige Lehne im Auge, um nicht doch noch eine Überraschung zu erleben. Aber zum Glück schien sich unter den zentnerschweren Felsbrocken nichts mehr zu rühren.

Der Lichtschein der Zaubernuss huschte durch den Saal, flog über die Wände und traf schließlich auf ein kleines, dunkles Podest, das sich unweit des Throns zwischen den Säulen erhob. Sofort blieben die beiden stehen. Schmutz bedeckte eine geheimnisvolle Kugel, die auf dem reichlich verzierten Sockel ruhte, und wie gespenstische Haare hingen Staubfäden zu Boden.

Miss Plim schnappte nach Luft. »Ist das etwa …? Ist das vielleicht …?« Sie streckte den Finger aus und zeigte auf die Kugel.

»Ja«, sagte Primus leise, »ich glaube, das ist sie.«

Stille breitete sich aus. Staunend betrachteten Primus und Plim das runde Gefäß, das vor ihnen auf dem Sockel lag. Die Atmosphäre war zum Zerreißen gespannt. Dann fassten sich die beiden ein Herz und traten näher.

Die Kugel hatte die Größe von knapp drei Handbreit im Durchmesser, ähnlich einem Spielball. Zwei schlanke Ringe fassten sie ein und unterteilten ihre Oberfläche in vier gleichgroße Segmente. Fast sah die Kugel aus, wie eine astronomische Apparatur … das rätselhafte Modell eines Himmelskörpers. An ihrer Oberseite, dort wo sich die zwei Ringe kreuzten, befand sich ein kleiner Zylinder. Das musste der Schließmechanismus sein.

Primus sah Plim in die Augen und biss sich auf die Lippen. Jetzt war es so weit. Nun wollte er es wissen. Er nahm einen tiefen Atemzug, beugte sich vor und blies mit aller Vorsicht den Staub von der Kugel. Ein dunkles, glänzendes Material kam zum Vorschein. Magisch funkelte seine Oberfläche, während die Staubkörner glitzernd zu Boden schwebten. Der Augenblick war ergreifend. Es kam ihnen vor, als würde die Zeit für einen Moment stillstehen.

Bestand die Kugel aus Glas oder war sie gar aus Kristall gefertigt? Das konnte zunächst keiner der beiden sagen. Sicher war bloß, dass man durch ihre Oberfläche hindurchsehen konnte. Und zwar auf einen zähen, trüben Nebel, der sich gespenstisch im Inneren der Kugel kräuselte.

Bewegt nahm Primus die Zaubernuss entgegen. Er hielt sie in die Höhe und beleuchtete damit das zauberhafte Schauspiel. Es war fantastisch. Wie Rauch in einer Lampe verteilte sich der Nebel, bildete Wellen und leichte Spiralen, während sich seine Schwaden immer wieder verdichteten und anderswo auflösten.

Primus und Plim steckten die Köpfe zusammen. Sie starrten in die Kugel und versuchten, die wunderlichen Gebilde, die der Nebel formte, zu entschlüsseln.

Da tauchte plötzlich ein Gesicht vor ihnen auf!

Ängstlich und scheu trat das Antlitz einer bezaubernden Frau aus dem Nebel hervor und sah sie an, bevor es im selben Augenblick auch schon wieder verschwunden war.

Plim quiekte so laut, dass die Halle erzitterte. Beinahe hätte sie ihre Tasche fallengelassen. Sie zupfte Primus am Frackärmel.

»Da war sie«, kreischte Plim, »... die Nebelfee!!! Ihr Gesicht ... ich habe sie gesehen.«

Primus rang nach Luft. »Ich auch. Sie ist tatsächlich noch am Leben.«

»Und wunderschön ...«, schwärmte Plim.

Primus nickte.

»Und was machen wir jetzt mit ihr? Darüber haben wir uns noch überhaupt keine Gedanken gemacht.« Plim zuckte mit den Schultern.

»Wir lassen sie frei«, antwortete Primus. »Aber nicht hier in den Bergen. Das wäre falsch. Sie muss in das Hügelland zurück. Zum Finsterwald, wo man sie eingefangen hat.«

»Ja«, sagte die Hexe, »das machen wir.«

Neugierig starrten sie weiter in den wogenden Nebel, ohne das Gesicht der Fee ein zweites Mal zu erblicken.

»Wo ist sie denn?«, flüsterte Plim. »Warum lässt sie sich nicht sehen?«

»Keine Ahnung. Vielleicht hat sie ja Angst vor dem Licht.«

Primus streckte den Arm aus. Sanft bewegte er die Finger und wollte die Kugel berühren.

Doch genau in diesem Moment ging ein markerschütternder Schrei durch die Halle.

»NIMM DEINE HÄNDE VON MEINEM EIGENTUM«, schallte es, »DU ELENDER WURM!«

Zu Tode erschreckt fuhren Primus und Plim zusammen. Diese Stimme war ihnen nur zu gut bekannt. Sie drehten sich um und sahen Rabenstein direkt ins Gesicht. Rasend vor Wut stand er vor ihnen und richtete sich auf. Das Blut gefror ihnen in den Adern.

»DU SCHÄBIGE LAUS«, brüllte er, dem Irrsinn nahe. »JETZT HABE ICH ABER GENUG VON DIR!!!«

Seine schwarze Robe war vom Kragen bis zum Saum verdreckt. Mit wildem Blick und aller Gewalt schwang er die eiserne Grubenlampe und schlug sie Primus geradewegs über den Schädel. Splitternd ging das Glas in Scherben.

Primus brach zusammen. So flink wie Rabenstein zugeschlagen hatte, hätte er sich gar nicht verwandeln können. Wie ein nasser Sack fiel Primus zu Boden, wo er regungslos liegen blieb.

Anders Miss Plim. Sie ging zum Angriff über.

Mit scharfen Fingernägeln und übelsten Flüchen hieb sie auf Rabenstein ein. Das vermaledeite Scheusal sollte sie kennenlernen. Brüllend fuhr sie Rabenstein über das Gesicht, zerkratzte ihm Wangen und Stirn und schrie so laut, dass ihm die Ohren sausten.

Doch Rabenstein war der Stärkere. Blitzschnell packte er Plim an der Gurgel und drückte ihr die Kehle zu.

»So, mein Fräulein«, säuselte er, »wir kennen uns doch, nicht wahr? Die junge Hexe aus dem Finsterwald, wenn ich nicht irre. Gestattet, dass ich auf eine Vorstellung verzichte. Mich dünkt, das wird nicht weiter notwendig sein.« Er grinste sie an wie ein Teufel. »Habt ihr zwei das Gebirge also doch bezwungen, hm? Meine Hochachtung, wer hätte gedacht, dass ihr den höllischen Winden entkommt. Und das Rätsel um den blauen Honig habt ihr auch gelöst, sehr gut. Ha, und ich hatte all die Zeit über nach einem kleinen Töpfchen gesucht, nicht zu fassen.« Rabenstein drückte auf Plims Hals, dass ihr beinahe die Sinne schwanden.

»Du widerlicher Schuft … du scheußliches Etwas«, keuchte Plim und rang verzweifelt nach Luft. »Ich … ich werde dich …«

»Nein, nein«, lächelte Rabenstein und würgte sie nur noch fester. »Ihr werdet gar nichts. Aber wie ich sehe, habt ihr beide noch etwas Licht dabei. Welch dienlicher Zufall. Das ist durchaus willkommen, oh ja. Der Weg durch die Kaverne ist nämlich dunkel, müsst Ihr wissen. Und meine Lampe hat Primus soeben kaputt gemacht, hahaha.«

Er bückte sich und griff nach der Zaubernuss. Dann drückte er sie Plim in die Hand.

»Das hübsche Fräulein wird mir fortan den Weg leuchten«, flüsterte er. »Und ein kleines Stück begleiten wird sie mich auch. Darf ich bitten?«

Angewidert streckte Plim die Zunge raus.

Rabenstein schmunzelte nur. »Oh, das heißt ‚ja', nehme ich an. Wie schön. Ich bin erfreut.«

Er trat mit Plim vor das Podest und blickte genüsslich in die Kugel. Der kräuselnde Nebel zeigte noch immer keine Form, und von der Nebelfee war nichts zu erkennen. Doch das war Rabenstein im Moment nicht weiter wichtig. Er wusste genau, dass sich die sagenumwobene Gestalt im Inneren der Kugel befand und hatte anderes im Sinn. So streckte er eine Hand aus und zog voller Stolz die Kugel vom Podest.

»Sie bekommt schon sehr bald ein viel schöneres«, frohlockte er, »ich selbst habe es anfertigen lassen.«

»Ich weiß«, meinte Plim.

»Ach, ja«, erinnerte sich Rabenstein, »ihr zwei habt ja vor einer Weile mein Studierzimmer durchsucht. Das hatte ich doch völlig vergessen. Und meine Unterlagen habt ihr dabei auch entwendet. Aber das hilft euch beiden jetzt nicht mehr weiter. Ihr, mein wertes Fräulein, kommt schön mit mir mit. Und sollte Primus glauben, er müsste mir noch einmal in die Quere kommen, dann breche ich Euch persönlich das Genick, verstanden?«

Mit festem Griff um ihren Hals hob er Plim in die Höhe, sodass ihre Füße über dem Boden baumelten.

»Mitkommen«, drohte er, »und keine Widerrede.«

Japsend willigte Plim ein.

»Gut«, sagte Rabenstein, »dann gehen wir.« Er setzte Plim ab, ohne sie dabei loszulassen.

»Aber … aber meine Tasche …«, jammerte sie.

Rabenstein wandte den Kopf. »Sind dort noch weitere Zaubernüsse drin?«

Plim nickte.

»Wie viele?«, fragte er.

»Mindestens fünfzehn bis zwanzig.« Das Lügen würde sie wohl nie verlernen.

»Wohlan denn«, willigte er ein. »Nehmt sie mit.«

So schritt Rabenstein aus dem Thronsaal. In der einen Hand die wertvolle Kugel mit der Nebelfee und an der anderen Miss Plim, die den Tränen nahe war.

Primus schmerzte der Kopf. Stöhnend schlug er die Augen auf und hielt sich die Stirn. Was war passiert? Warum lag er so unbequem auf dem Boden? Er tastete über die Steine und rappelte sich auf. Autsch, durchzuckte es ihn, da lagen ja überall Scherben. Verwirrt blickte Primus sich um. Plötzlich erkannte er das Podest und den schimmernden Eingang. Das war die Halle des Eiskönigs – jetzt fiel ihm alles wieder ein.

Ruckartig wandte Primus den Kopf und starrte durch den Raum. Aber wo war Miss Plim? Und wo steckte Rabenstein? Ach herrje, die Kugel mit der Nebelfee fehlte ja auch. Primus war verzweifelt, hoffentlich war es nicht schon zu spät.

Auf der Stelle wechselte er seine Gestalt. Jede Sekunde zählte. In Windeseile flatterte er durch die Halle und durchquerte den Zugang, um die zwei einzuholen. Die Sonne stand noch immer hoch am Himmel und strahlte grell durch die Lichtschächte der Vorhalle. Folglich konnte noch nicht viel Zeit vergangen sein, rechnete Primus sich aus, höchstens ein paar Minuten. In Panik steuerte er durch den Korridor und wieder heraus, geradewegs auf die steinerne Brücke zu. Da bemerkte er plötzlich aus dem Augenwinkel einen Lichtschimmer.

Sofort bremste Primus ab. Noch während er sich über der steinernen Brücke befand, flog er einen Bogen und blickte zurück. Ha! – schoss es ihm durch den Kopf. Er hatte sie gefunden. Beinahe wäre er an ihnen vorbeigeflattert. Rabenstein und Miss Plim waren neben dem Absatz des Korridors, auf dem engen Weg, der seitlich an der Spalte entlangführte. Vorsichtig und mit dem Rücken zum Abhang schritten die beiden das Sims entlang.

Was wollten sie denn *da*? – fragte sich Primus. Hatte Rabenstein etwa vor, die Kaverne zu erreichen und die geheimnisvolle Treppe hinunterzusteigen?

Aber ja, kombinierte er, natürlich. Wahrscheinlich war Rabenstein auch über ebendiese Treppe heraufgelangt. Der beißende Geruch der Öllampe, den Primus dort wahrgenommen hatte, war ihm doch auf Anhieb verdächtig vorgekommen. Demnach musste noch ein *zweiter* Zugang zur Bergfestung existieren. Ein unterirdischer! Nun wusste Primus Bescheid. Schnell flog er auf sie zu.

»PLIM«, schrie er, »PLIM, ICH BIN HIER!«

Sie wandte sich um. »PRIMUS, NA ENDLICH!« Erleichtert, blickte sie zu ihm auf.

Ganz anders Rabenstein: »Pest und Galle«, fluchte er, »dieses leidige Ungeziefer. Wird man den Kerl denn niemals los. Wieso muss er gerade hier auftauchen?!«

Rabenstein war außer sich. Mit Primus konnte er es auf dem schmalen Sims unmöglich aufnehmen. Das war viel zu gefährlich für ihn. Schließlich konnte Primus fliegen … eine Fähigkeit, über die Rabenstein nicht verfügte. Folglich blieb nur eines: Rabenstein musste zurück auf den freien Absatz zwischen dem Korridor und der Brücke. Nur da wäre es ihm möglich, sich zur Wehr setzen. Aber um dorthin zu gelangen, galt es, an der störrischen Hexe vorbeizukommen. Sie stand ihm genau im Weg.

»Du windiges Gör«, schrie er Plim an. »Mach Platz, geh mir aus den Augen.«

Rücksichtslos drückte er Plim an den Rand des Abgrunds und quetschte sich an ihr vorbei

Plim wusste überhaupt nicht, wie ihr geschah. Sie schrie, dass ihr beinahe die Augen herausfielen und ruderte mit den Armen. In all der Angst ließ sie sogar ihre Handtasche auf das Sims fallen. Dann verlor sie das Gleichgewicht. Hilflos kippte Plim nach hinten weg, bevor sie mit einem gellenden Schrei in die Spalte stürzte.

Primus blieb fast das Herz stehen. Das kann doch nicht wahr sein, dachte er. Oh, nein!!!

Doch glücklicherweise fiel Plim nicht tief. Bereits nach wenigen Schrittlängen hatte sie sich an den hervorstehenden Steinen festklammern können und baumelte über dem Abgrund.

Die Erleichterung stand der Fledermaus ins Gesicht geschrieben. Nicht auszudenken, was gewesen wäre, hätte

Plim keinen Halt mehr gefunden. Primus war klar, dass er sie heraufholen musste – und zwar schleunigst!

Aber ehe er sich um sie kümmern konnte, musste er Rabenstein unschädlich machen. Dieser Schurke würde schließlich keinen Augenblick ruhen, bevor er Primus‘ Rettungsversuch verhindert hätte. Hoch aufgerichtet stand er auf dem Absatz vor dem Korridor und blickte der Fledermaus finster entgegen.

Primus setzte zur Landung an. Rasch verwandelte er sich und trat seinem alten Freund gegenüber.

»So, Primus«, begrüßte ihn Rabenstein, »jetzt sehen wir uns also wieder. Das wird ja immer öfter in letzter Zeit, nicht wahr?«

»Ich habe nicht darum gebeten«, entgegnete Primus.

»Ach, wie schade«, spottete Rabenstein, »dabei hast du mir richtig gefehlt.« Er zeigte auf die mit Nebel gefüllte Kugel, die er wie einen Schatz in Händen hielt. »Jetzt schau mal her, was ich hier habe. Zu guter Letzt ist es mir doch noch gelungen, hähä. Nach über zweihundert Jahren. Was sagst du dazu?«

»Gar nichts«, entgegnete Primus. »Aber es sollte dich auch vielmehr interessieren, was Magnus Ulme wohl dazu sagen würde. Es ist *seine* Errungenschaft, nicht *deine*. Du hast dich lediglich seiner Arbeit bemächtigt.«

Rabenstein schnaubte verächtlich. »Noch immer dieselbe Leier«, sagte er, wobei er die Kugel vorsichtig auf den Boden legte. »Das Gleiche, wie einst. Mit deiner Rechtschaffenheit hast du mir damals schon in den Ohren gelegen. Du wirst dich wohl niemals ändern, was? Bleibst dem alten Herrn treu bis ins Grab.«

»Wenn es sein muss«, sagte Primus.

»Aber dieses alte Wrack hat sich gehörig getäuscht«, zischte er. »Du bist nie der Bessere von uns beiden gewesen.

Das hätte Ulme wissen müssen.« Triumphierend deutete er auf die Kugel mit der Nebelfee. »Einen Sieger erkennt man am Start.«

»Das sehe ich anders«, erwiderte Primus. »Abgerechnet wird bekanntlich immer erst *zum Schluss*. Sag, Ruven, hast du das nicht gewusst?« Lächelnd hob Primus die Augenbraue. »Der alte Spiegel im Turm würde dir bestimmt das Gleiche sagen. Und wahrscheinlich hat er das früher auch einmal getan, nicht wahr?«

Schweigen setzte ein. Er beobachtete Rabenstein, dessen Kopf dunkelrot anschwoll. Mit seiner Aussage hatte Primus offenbar genau ins Schwarze getroffen.

»PRIIIIIMUUUUUS!!!!!«, brüllte Rabenstein. »Ich reiße dir deine verfluchte Kehle heraus.«

Jetzt hatte er endgültig genug. Das sollte Primus ihm büßen, und zwar gehörig. Wie von Sinnen stürzte Rabenstein auf Primus los und wollte ihn zu Boden reißen.

Doch der war nur schwerlich zu fangen. Noch während Rabenstein nach ihm griff, wechselte Primus die Gestalt und schlüpfte zwischen den Fingern des Feindes hindurch. Rabenstein griff ins Leere.

Aber der Bösewicht hatte sich schnell wieder orientiert. Wie eine Katze sprang er in die Höhe und setzte der Fledermaus nach. Er reckte die Hände und säbelte durch die Luft. Da hatte er Primus auch schon erwischt. Voller Genugtuung zog er die Fledermaus zu sich heran.

»Na, mein Kleiner«, flüsterte Rabenstein mit einem bösartigen Unterton, »warum so eilig? Wolltest mir wohl davonfliegen, hm? Aber daraus wird leider nichts.« Er packte so fest zu, dass er der Fledermaus beinahe die Flügel brach. »Ich möchte gerne wissen, wo du dieses bemerkenswerte Verwandlungskunststück gelernt hast. Früher konntest du das nämlich nicht, das weiß ich genau.«

Primus standen Schweißtropfen auf der Stirn. »Du feiger Verräter«, japste er und schrie vor Schmerz laut auf. »Lass mich los, sonst ...«

»Sonst was?« Rabenstein drückte zu wie ein Schraubstock. »Und warum du nicht älter wirst, ohne ein Stück der Mondsichel dabei zu haben, würde mich auch interessieren. Sehr seltsam. Was passiert wohl, wenn ich dich kleine Wanze einfach in Stücke reiße und in die Felsspalte werfe?« Er blickte Primus aus nächster Nähe in die Augen. »Ich denke, das sollte einen Versuch wert sein, oder?«

»PRIMUS!!!«, schrie Plim eindringlich. »Lass dir was einfallen!«

Und das tat er.

Denn Primus reagierte nun mit einer völlig anderen Taktik. In Windeseile verwandelte er sich und nahm seine menschliche Gestalt an. Damit hatte Rabenstein wahrhaftig nicht gerechnet. Gerade eben hatte er schließlich noch die Fledermaus in den Händen gehalten. Jetzt ging alles ganz schnell. Noch bevor Primus zu Boden fiel, riss er das Knie in die Höhe und schlug es Rabenstein mit ganzer Wucht gegen das Kinn. Rabenstein wurde schwarz vor Augen. Er taumelte und stürzte zu Boden.

Anders Primus. Er war sofort wieder auf den Beinen. Mit schmerzverzerrtem Gesicht stand er da und renkte seine Gelenke wieder ein. Zum Glück hatte Rabenstein sein grausiges Vorhaben nicht in die Tat umsetzen können.

Doch auch Rabenstein kam schnell wieder hoch. Mit glutroten Augen sah er Primus an und wischte sich den Geifer aus dem Gesicht. »Du entkommst mir nicht«, rief er, »niemals. Früher oder später kriege ich dich. Und sobald ich mit dir fertig bin, werde ich mich auch um deine kleine Freundin kümmern. Das wird mir ein ganz besonderes Vergnügen sein.«

Erneut ging er auf Primus los.

Dieser wich zurück. Eilig drehte Primus sich um und ergriff die Flucht, als plötzlich etwas zwischen seine Füße geriet. Beinahe wäre Primus gestolpert. Er senkte den Kopf und blickte nach unten. Es war die Kugel mit der Nebelfee! Sie lag direkt vor ihm auf dem Boden.

In Primus' Kopf schossen die Gedanken umher. Schnell sah er zur anderen Seite der Spalte und überlegte. Ja, dachte er sich, das könnte klappen. Jetzt durfte bloß nichts schiefgehen. Flink griff er nach der Kugel und hob sie auf.

»LASS DAS LIEGEN!!!«, brüllte Rabenstein aus Leibeskräften.

»Ach«, entgegnete Primus, »willst du das etwa haben? So komm doch, mein Freund. Komm her und hol es dir.«

Und er schleuderte die Kugel mit aller Kraft über den Abgrund.

Als Rabenstein das sah, klappte ihm der Kiefer runter. Starr vor Schreck stand er da und blickte der Kugel hinterher.

In hohem Bogen sauste sie durch die Luft, traf auf der gegenüberliegenden Seite auf und kullerte geradewegs in den Korridor, der zur Eingangshalle führte. Ganz wie Primus erwartet hatte: Die Kugel war heil geblieben. Primus lächelte. Was von so mächtiger Hand geschaffen worden war, konnte schließlich nicht so einfach zu Bruch gehen.

Dafür schien Rabenstein fast zu explodieren.

»DU ELENDER TÖLPEL«, schrie er, »ICH DREH DIR DEN HALS UM!!!«

»Leere Versprechungen«, grinste Primus.

Denn Rabenstein tat nichts dergleichen, im Gegenteil. Händeringend und in blinder Raserei stürmte er über die Brücke der Kugel hinterher. Die spröden Felsen knirschten unter dem Gewicht des großen Mannes.

Genau damit hatte Primus gerechnet. Jetzt musste er nur noch ein wenig nachhelfen. Er flog Rabenstein nach und im Sturzflug auf die Brücke zu. Kurz bevor er sie erreichte, wechselte Primus die Gestalt, streckte die Beine aus und sprang so fest auf das dünne Felsgebilde, dass es erzitterte.

Ein Knacken ertönte. Polternd gab die Brücke nach, während Rabenstein das Gleichgewicht verlor. Er rang nach Luft. Mit letzter Kraft versuchte er, zur anderen Seite zu gelangen, doch er scheiterte kläglich. Unter seinen Füßen brach die Brücke zusammen. Panisch riss Rabenstein die Hände in die Höhe. Er setzte zum Sprung an, hechtete das letzte Stück über den Abgrund und hatte gerade noch Glück. In einer schmalen Ritze des gegenüberliegenden Felsens fand er Halt. Da hing Rabenstein nun, knapp unterhalb der Öffnung des schimmernden Korridors und blickte empor.

Primus kam auf ihn zu. Er hatte gleich nach seinem Sprung auf die Brücke wieder die Gestalt gewechselt und segelte mit ausgestreckten Flügeln zur anderen Seite. Dort landete er über Rabenstein auf sicherem Boden. Er verwandelte sich und stellte sich auf die Beine. Schweigend blickte er zu seinem alten Freund hinunter.

Doch der war weit entfernt von Reue und Einsicht.

»Du wirst mich niemals los«, sagte Rabenstein, während er sich verzweifelt an den Felsen krallte. »Ich werde dir immer auf den Fersen sein. Ich bin wie ein Schatten, wie das Unbekannte im Dunkeln. Und wenn du einmal nicht damit rechnest, dann werde ich auftauchen.«

»Das glaube ich nicht«, sagte Primus. »Aus den Bergen kommst du nicht mehr zurück. Du hast schon viel zu lange dein Unwesen getrieben.«

Hasserfüllt sah Rabenstein zu Primus auf. »Du kannst mich nicht töten«, sagte er und grinste böse. »Und ein Sturz von diesem Felsen vermag das auch nicht, das weißt du genau. Solange wie die Zeit existiert, werde ich in deiner Nähe sein. Das verspreche ich dir.«

»Sei dir da bloß nicht so sicher«, sagte Primus und ging in die Hocke. »Die Zeit vergeht schneller, als einem lieb ist.« Er beugte sich vor und blickte Rabenstein tief in die Augen. »Ich glaube, du hast noch etwas von mir, erinnerst du dich? Ein kleines Andenken an damals. Ich habe es dir seinerzeit aus dem Erdspalt geholt. Wie ergeht es dir wohl, wenn du es nicht mehr trägst?«

Und mit einem festen Griff riss er Rabenstein das Amulett vom Hals.

Diesem stockte der Atem. In dem Amulett steckte der Splitter der Mondsichel! Der winzige Splitter mit dem Element der Unsterblichkeit. Ohne ihn war Rabenstein seiner Macht beraubt.

Nachdenklich hielt Primus das Amulett in die Höhe. Er verharrte und blickte gebannt auf den kleinen milchigen Stein, der darin eingearbeitet war. Just in diesem Moment hatte er wieder die Bilder vor Augen … die Bilder von jenem warmen Sommertag, als er mit Rabenstein einst über die Nebelfelder gelaufen war. Primus sah den Erdspalt vor sich, erinnerte sich an das eisig kalte Wasser des Schneckenbachs und spürte schließlich auch den reißenden Luftzug, als sein Freund ihn in die Tiefe gestoßen hatte. Mit einer Gänsehaut am ganzen Körper steckte Primus das Amulett in die Tasche.

»Ich glaube, das gute Stück werde *ich* fortan verwahren«, sagte er. »Ich hätte es dir ohnehin niemals geben sollen. Magnus Ulme hätte der Splitter zugestanden, nicht dir. Vielleicht wäre er dann sogar noch am Leben.«

Rabensteins Augen sprühten Funken. »GIB DAS SOFORT WIEDER HER«, schrie er, dass sich Primus die Haare aufstellten. »DU ARMSELIGER KLEINER WICHT!«

In blanker Raserei nahm er seine letzte Kraft zusammen, zog sich an der Felswand hoch und wollte Primus die Füße wegziehen. Doch er rutschte ab. In Sekundenbruchteilen glitten Rabensteins Hände an der Felswand entlang. Sein Gesicht wurde kreidebleich. Schmerzhaft kratzten seine Fingernägel über die Steine, als Rabenstein die Spalte hinunterrutschte. Dann stürzte er mit einem gellenden Schrei in den Abgrund.

Primus senkte den Kopf. Er beugte sich vor und sah Rabenstein hinterher, wie er rasch immer kleiner wurde. Schon bald war er nicht mehr zu sehen und in der Finsternis verschwunden.

Primus atmete auf. Es war überstanden.

»PRIIIMUUUUUS«, kreischte Plim. »Nun komm doch endlich. Wie lange soll ich hier noch hängen?«

»Ach, herrje«, rief er, »klar. Warte nur noch kurz, ich bin sofort bei dir.«

Hals über Kopf stürzte Primus in den Korridor, um die Kugel mit der Nebelfee zu holen. Er verwandelte sich, packte die Kugel am Verschluss und flog so schnell er konnte zu Plim hinüber. Dort stellte er sich auf das Sims. Glücklicherweise hatte Miss Plim auch mit den Füßen eine Ritze gefunden. Daher hatte sie sich all die Zeit über halten können. Selbst die Zaubernuss lag noch immer auf dem Sims und sorgte für ausreichend Licht.

»Ist bei dir alles in Ordnung?«, rief er.

»Geht so«, meinte Plim. »Ist meine Tasche noch da?«

»Natürlich«, lachte Primus, »heil und unversehrt.«

»Gut, da bin ich aber froh. Ausnahmsweise darfst du jetzt einmal hineinschauen und das Seil herausholen. Aber nur ausnahmsweise, hörst du?«

Primus konnte sich ein Schmunzeln kaum verkneifen. Er klappte die Tasche auf und holte das lange Seil hervor. Dann

zog er Plim auf das Sims. Erleichtert strich sie sich die Kleider glatt und richtete ihr Haar.

»Sind wir ihn los?«, fragte Plim und blickte in die Tiefe.

»Ich weiß nicht«, antwortete Primus, »aber ich gehe doch einmal stark davon aus. Denn selbst wenn Rabenstein den Sturz überlebt haben sollte, wird es schwer sein, aus der Spalte zu entkommen.«

»Das glaube ich auch. Dazu müsste er wirklich gut klettern können.«

Dann aber stemmte Plim die Hände in die Hüften. »Und was ist mit der Nebelfee?« Entrüstet schüttelte sie ihren Kopf. »Wie konntest du die Kugel einfach da hinüber…«

»Ihr ist nichts passiert«, beschwichtigte Primus. »Der Eiskönig hat ganze Arbeit geleistet. Die Kugel lässt sich nicht so einfach zerbrechen, das hätte mich auch gewundert. Sobald wir wieder zu Hause sind, öffnen wir den Verschluss und lassen sie frei.«

Er spähte an Plim vorbei und lugte zu der Öffnung, die in die Kaverne führte. Wenn Rabenstein von dort heraufgekommen war, konnten sie diese Strecke gewiss auch für den Rückweg nutzen. Sie schien ihm einfacher zu sein, als die Strapazen entlang der Spindelwand. Und sollte in der Dunkelheit wider Erwarten eine Handvoll Trolle vor ihnen auftauchen, dann würde Miss Plim sie gewiss nur allzu gerne zu einem kleinen Spielchen einladen. Also los.

Vorsichtig tasteten sich die beiden das Sims entlang, traten durch die Öffnung und stiegen die Stufen hinab. Das Licht der Zaubernuss leuchtete ihnen den Weg.

Zahllose Stunden wanderten die beiden durch die Finsternis, kletterten abwärts und versuchten, sich in dem Gewirr aus Gängen und Treppen zurechtzufinden. Primus war überwältigt von dem Anblick, der sich ihm eröffnete und konnte sich kaum mehr beruhigen. So riesig hatte er sich die Festung wahrhaftig nicht vorgestellt. Bucklewhee würde ihm das bestimmt nicht glauben, wenn er ihm davon berichtete, nie und nimmer. Überall auf den Treppenabsätzen führten Gänge weg, stießen in angrenzende Räume vor oder führten zu gewaltigen Hallen, die sich tief im Herzen des Gebirges verbargen. Welche Geheimnisse würden hier wohl noch schlummern? Die beiden wussten es nicht. Aber der Weg, den Primus und Plim nehmen mussten, führte abwärts und nur diesem wandten sie sich zu. Was immer in der Festung alles verborgen sein mochte, vielleicht würden sie ja eines Tages hierher zurückkommen und danach sehen. Jetzt aber wollten sie bloß noch nach Hause.

Es war bereits spät in der Nacht, als Primus und Plim das leuchtende Tor erreichten. Müde und ohne der funkelnden Scheibe besondere Aufmerksamkeit zu schenken durchschritten sie das blaue Licht und traten in den Vorraum des Tunnels. Das magische Tor ließ sie wohlwollend passieren, schließlich kamen die beiden von drinnen und konnten keine Eindringlinge sein.

Einige Stunden liefen Primus und Plim durch den Tunnel, bevor sie sich endlich setzten und zur Ruhe begaben. Hungrig verspeiste Plim ihre letzten Vorräte, kuschelte sich in den Pelz und legte sich schlafen. Nie zuvor hatten ihr derart die Füße wehgetan. Also wirklich noch nie.

Doch die Reise am nächsten Tag sollte keinen Deut leichter werden. Meile um Meile zog sich der Tunnel in die Länge, während Plim sorgenvoll auf das Licht der Zaubernuss blickte. Es war die Letzte, die sie heute Morgen in ihrer Tasche gefunden hatte und wie eine Kostbarkeit hielt Plim sie in der Hand. Hoffentlich würde der Tunnel bald ein Ende finden, zitterte sie, ansonsten bahnte sich eine finstere Heimreise an.

Dann endlich, nach schier endlosen Stunden tauchte in der Ferne ein winziger Lichtfleck auf. Plim hob den Kopf.

»Siehst du das auch«, fragte sie, »oder sehe ich jetzt schon Gespenster?«

»Nein«, sagte Primus, »du täuschst dich nicht. Das muss der Erdspalt sein. Das Loch im Finsterwald, in das der Schneckenbach mündet. Wir haben es bald geschafft.«

»Bald ist gut«, stöhnte Plim. »Das sind bestimmt noch zwei Meilen. Meine Sohlen sind fast durchgelaufen.«

»Komm«, sagte er, »wir schaffen das schon.«

So schickten sie sich an, das letzte Stück hinter sich zu lassen. Schließlich waren sie da. Vorsichtig kletterten sie die Steighaken hoch, stiegen aus dem Erdspalt und ließen sich überglücklich in den Schnee fallen. Nach einer Weile rutschten sie auf allen Vieren zu einem der Bäume.

Plim lehnte sich zurück. Sie sah zum Himmel auf und atmete durch. »Ah«, seufzte sie. »Ich hatte beinahe vergessen, wie gut die frische Waldluft riecht.«

Primus lächelte. »Ja«, sagte er, »wir sind wieder zu Hause. Wie habe ich das doch vermisst.«

Er ließ seinen Blick über die knorrigen Bäume wandern und betrachtete den Himmel. Er war duster und von dichten Wolken vollkommen verhangen. Sehr gut, dachte Primus. Vom Antlitz des Mondes war nichts zu erkennen. Das kam wie gerufen.

»Was glaubst du, wie spät es ist?«, fragte Plim.

»Ich weiß nicht«, antwortete Primus. »Kurz vor Mitternacht, schätze ich. Vielleicht sogar später.«

Er setzte sich auf und betrachtete die geheimnisvolle Kugel, die vor ihnen im Schnee lag. Der Nebel im Inneren bewegte sich deutlich schneller als zuvor. Wie dünne Fäden glitten die Schwaden durch das Gefäß, als wüssten sie bereits, dass gleich etwas passieren würde.

Primus sah Plim in die Augen. Sie lächelte ihn an und nickte schweigend. Jetzt konnte es also losgehen. Bedächtig legte Primus seine Hand auf den Verschluss und hielt die Luft an. Noch einmal blickte er zum Himmel, wobei er die Wolkendecke prüfte. Primus wusste genau, dass das Licht des Mondes der Nebelfee Schmerzen zufügte. Zumindest besagte das die alte Legende. Doch von den blässlichen Strahlen war weit und breit nichts zu sehen. So griff Primus fester zu und drehte den Zylinder herum. Knackend ging die Versiegelung auf.

Primus und Plim wichen zurück. Schnell und unaufhaltsam strömten die Schwaden aus der Kugel und erfüllten die Luft. Ein Knistern ging durch den Wald. Es war, als würde die Natur mit einem Schlag aufatmen. Der Nebel kräuselte sich, zog sich zusammen und verschwand kurz darauf pfeilschnell im Wald. Selbst ein scheues Reh hätte nicht flinker Reißaus nehmen können.

Enttäuscht ließ Plim die Mundwinkel hängen. Sollte das etwa schon alles gewesen sein? Unfassbar. Da hatte sie durchaus ein bisschen mehr erwartet. Sie sah Primus ernüchtert an und wollte etwas sagen, aber die Worte blieben Plim im Hals stecken. Denn im selben Moment tauchte der Nebel ein zweites Mal auf, umkreiste die beiden und nahm langsam Gestalt an.

Primus und Plim sagten keinen Ton. Schweigend saßen sie unter dem Baum und blickten der bezaubernden Frau ins Gesicht, die sanft aus den Schwaden hervortrat. Plim schluckte und traute ihren Augen nicht. Das war sie also, die Nebelfee. Welch ein erhebender Moment. Die Legende hatte wahrhaftig nicht gelogen. Lautlos kam die Fee auf sie zu und richtete sich auf. Und wie war sie schön!

Sie war wesentlich größer, als Plim sie sich vorgestellt hatte, mit langen Gliedmaßen, weißem Kleid und einem fein geschnittenen Gesicht. Bis zu den Hüften fielen ihre glatten, seidigen Haare, während sie sachte den Kopf hob. Ein Funkeln lag in ihren Augen. Sie blickte Primus und Plim durchdringend an und nickte ihnen kaum merklich zu. Kein Laut war zu hören und dennoch schien es den beiden, als würden sie ein leises ‚Danke' vernehmen.

Dann verblasste ihr Antlitz und der Nebel verflog. Wenige Augenblicke später war er im Dunkel des Waldes verschwunden.

Primus und Plim saßen im Schnee. Wortlos starrten sie vor sich ins Leere und bewegten sich nicht. Eine Träne kullerte über Plims Wange.

»Nicht weinen«, sagte Primus leise.

»Aber ich muss.«

Plim vergrub das Gesicht in den Knien und begann, ganz bitterlich zu schluchzen. Es war doch alles ein wenig zu viel für sie.

Noch eine Weile saßen die beiden da und lauschten der Stille des Waldes. Dann rafften sie sich auf. Primus nahm ihre Handtasche, half Plim in die Höhe und mit knirschenden Schritten wanderten die beiden zwischen den Bäumen hindurch. Es war schon sehr spät und bis zum Hexenhaus lag noch ein weiter Weg vor ihnen.

Das Mondlicht trat hinter den Wolken hervor, als Primus und Plim endlich die hohen Tannen der Lichtung erreichten. Sie gingen durch den verschneiten Garten, passierten die Gemüsebeete und näherten sich schließlich Plims kleinem Hexenhaus. Chuck hatte wirklich gut darauf aufgepasst. Das Gesicht an die Hauswand gedrückt lehnte die Vogelscheuche neben der Tür, während sie im Schlaf immer wieder aufgeregt fiepte. Wahrscheinlich träumte Chuck gerade von einer Maus oder einem ähnlichem Schrecken. Plim trippelte an ihm vorbei, zog die Tür auf und nahm ihre Tasche entgegen. Dann schenkte sie Primus ein Lächeln.

»Danke«, sagte sie und gab ihm einen sanften Kuss auf die Wange, »es hat mir großen Spaß gemacht.«

Primus wusste zunächst gar nicht, was er darauf sagen sollte. Überrascht strahlte er sie an und machte eine galante Verbeugung.

»Ich wünsche wohl zu ruhen«, entgegnete er. »Bis zum nächsten Mal.«

Plim winkte ihm noch einmal zu und trat ins Haus.

Dann verwandelte sich Primus, breitete die Flügel aus und flatterte in Windeseile über die Tannen zum Turm.

»Ja, ist das zu fassen«, schallte es durch das Kaminzimmer, als Primus zum Fenster hereingeflogen kam. »Wie schön, es naht Hilfe.«

Primus blickte verwundert durch den Raum. Er sah an seinem Lehnstuhl vorbei, blickte unter den Tisch und entdeckte schließlich am anderen Ende des Raums das kleine Hühnergerippe, das zappelnd in der Küchentür stand.

»Was machst du denn da?«, fragte er Bucklewhee.

»Na, was wohl?! Ich komme nicht hinein«, entgegnete dieser. »Ich stehe hier schon seit gestern.«

»In der offenen Tür?«

»Natürlich«, knurrte er. »Ich habe mich ausgesperrt, äh, das Passwort vergessen.«

»Das Passwort? Aber die Tür ist offen.« Primus verstand überhaupt nichts mehr.

»Das sind amtliche Angelegenheiten«, verkündete der Vogel wichtigtuerisch. »Streng geheime Sicherheitsregeln. Ich gebe daher förmlich zu Protokoll: Der Hausherr ist zurückgekehrt, und die Kontrollen vor den Zimmertüren sind aufgehoben. Punkt und Siegel.«

Flink trippelte das Hühnergerippe ins Kaminzimmer und sprang Primus entgegen. Seine Aufgabe als Hausmeister hatte ihn stärker in Anspruch genommen, als er gedacht hatte. Jetzt war er wirklich froh, dass Primus endlich wieder daheim war.

Primus nahm Bucklewhee mit ins Dachgeschoss und setzte ihn auf die Vogelstange.

»Wie war es denn in den Bergen?«, fragte der Vogel.

»Ach«, sagte Primus, während er sich in sein geliebtes, weiches Bett fallen ließ, »das ist eine lange Geschichte.

»So, so«, meinte Bucklewhee, »allzu geniös.«

»In der Tat«, bestätigte Primus, »und ein Vogel kommt auch darin vor.«

»Ein Vogel?«

»Sehr wohl. Genau genommen ein Storch. Aber lass mich erst meine Schuhe ausziehen. Ich habe einen weiten Weg hinter mir.«

Dann streckte er sich aus und begann zu erzählen.

Besuch aus den Bergen

Nach und nach zogen die Monate ins Land und es wurde wärmer. Glitzernd tropfte das Wasser von den Eiszapfen und die sonnigen Tage nahmen immer mehr zu. Die Luft wehte lau von den Bergen, die Wiesen fingen an zu blühen, und im gespenstischen Finsterwald, wo bis vor Kurzem noch verschlafene Stille geherrscht hatte, knisterte und knackte es wieder rund um die Uhr. Bald schon war es nicht mehr zu verkennen: Der Frühling hielt Einzug, und zwar mit Saus und Braus. Endlich! Nach dem langen und viel zu harten Winter war er mehr als willkommen. In wilden Scharen flitzten die laufenden Grasbüschel durch das Gehölz, Frösche bevölkerten die Ufer des Mondwassersees und am Gartentor des alten Turms summten und brummten die Bienen. Wahrlich, nun gab es nirgendwo mehr ein Halten. Überall im Land herrschte Trubel und reges Treiben. Selbst Snigg, der körperliche Betätigung seit jeher mied, war eifrig am Werk.

Mit lautem Schlurfen wackelte der Kürbis durch den Garten und schob das alte Laub vor sich her. ‚Frühjahrsputz' nannte Snigg diese Tätigkeit, mit der er liebevoll seinen Komposthaufen auf Vordermann brachte. Keine leichte Aufgabe, da ihm sein dralles Hinterteil schon jetzt so wehtat, dass Snigg gewiss das ganze restliche Jahr Ruhe und Erholung benötigen würde. Arbeit in jeglicher Form war einfach der größte Schädling für das dicke Gemüse, schlimmer noch, als Raupen und Obstfliegen zusammen. Doch auf seiner kuscheligen Blättermatratze würde es der Kürbis anschließend umso besser aushalten können. Hach, wie er sich freute. Vorausgesetzt natürlich, der Zauberzirkel kam nicht wieder mit voller Wucht aus der Postleitung geschossen. An die monatliche Beule würde sich Snigg wohl niemals gewöhnen. Doch im Moment sollte ihn das nicht aus der Ruhe bringen. Erst einmal musste er sein Bett machen. Ächzend und schnaubend werkelte er weiter.

Ein wenig gemütlicher ging es unterdessen weiter oben zu, im Fachwerkhaus des alten Turms. Dort lümmelte Primus in seinem Sessel, hatte die Füße auf den Tisch gelegt und schmökerte entspannt in einem der staubigen Wälzer. Ein Stockwerk über ihm, in der Dachkammer, federte Bucklewhee auf seinem Scherengitter. Hell schimmerte die Morgensonne durch die Butzenglasfenster und tauchte die Zimmer in ein behagliches, goldenes Licht. Die Tage verliefen ruhig und unbeschwert.

In den vergangenen Wochen hatte sich Primus wahrhaftig gut ausgeschlafen. Genau genommen war er fast keinen Augenblick mehr aus den Federn gekommen. Einzig um ein paar Torten zu probieren, war er das eine oder andere Mal nach Klettenheim geflogen und hatte sich anschließend sofort wieder hingelegt. Die Reise zu den Bergen war doch anstrengender gewesen, als es zunächst den Anschein gemacht hatte. Jetzt aber war Primus wieder vollends bei Kräften und studierte interessiert die architektonischen Bücher aus Magnus Ulmes geheimer Bibliothek. Schließlich hatten Primus und Bucklewhee noch zahlreiche Umbaumaßnahmen geplant.

Da ertönte plötzlich ein Klopfen.

»Ja?«, brummte Primus, ohne von seinem Buch aufzusehen. »Was ist denn?«

Bucklewhee hob verwirrt den Schnabel. »Hm? Redest du mit mir?«

»Natürlich«, entgegnete Primus, »hast du nicht gerade geklopft?«

»Nein«, gackerte das Hühnergerippe aus der Dachkammer, »habe nichts zu vermelden. Mich dünkt vielmehr, das muss draußen im Garten gewesen sein.«

»Ah, so.« Unbeeindruckt las Primus weiter.

Es dauerte nicht lange, da klopfte es von Neuem. Jetzt um einiges lauter.

Sofort sprang der Gockel von der Stange. Er ruderte mit den Flügelknochen und hüpfte aufgeregt über den Dachboden. Dann blickte er durch das Geländer ins Kaminzimmer hinunter.

»Du«, rief er Primus zu, »ich glaube, da ist jemand an der Tür.«

Primus wandte sich um. »Kommt mir auch so vor.«

Merkwürdig, hier zum Turm kam schließlich nur ganz selten Besuch.

Wieder erklang das Klopfen.

Bucklewhee lugte wie ein neugieriger Hausbewohner zwischen den Stäben des Geländers hindurch, um bloß nichts zu verpassen. »Los«, tuschelte er, »jetzt schau doch endlich nach, wer das ist. Oder soll ich vielleicht …?«

»Nein, lass gut sein«, winkte Primus ab, »ich bin ja schon unterwegs.«

Er stand auf und ging zum Fenster. Dort lehnte er sich hinaus und sah zum Eingang.

Fast traute Primus seinen Augen nicht. Damit hatte er nicht gerechnet. Auf dem Treppenabsatz vor der Eingangstür stand kein Geringerer als Fappner der Storch. Das war ja eine Überraschung! Fappner trug einen kleinen Wanderrucksack und klopfte mit dem Schnabel an die Tür.

Sofort begann Primus zu winken. »Heda, mein Freund! Ich bin hier oben.«

Fappner trat einen Schritt zurück. Freudig hob er den Kopf und blinzelte in die Sonnenstrahlen. »Sei gegrüßt«, klapperte er, wobei Blütensamen lustig um seine Mütze tanzten. »Ich hoffe doch sehr, ich störe dich nicht an diesem beschaulichen Morgen.«

»Aber nein«, sagte Primus, »wo denkst du hin? Komm nur schnell hoch. Die Tür ist offen.«

Der Storch drückte die Klinke und trat ins Haus. Staksend stieg er die Stufen empor.

»Das ist aber schön«, freute sich Primus, als Fappner wenig später im Kaminzimmer eintraf. »Was führt dich denn hierher? Es ist freilich ein weiter Weg aus dem entlegenen Bergland.«

»Nun, ich reise gen Norden«, antwortete Fappner, »in die fernen Gefilde. Dort wohnt ein Vetter von mir, den ich schon lange nicht mehr gesehen habe. Tja, und da du mich seinerzeit so freundlich eingeladen hast, dachte ich mir, ich statte dir unterwegs einen kleinen Besuch ab.«

Primus fühlte sich geehrt. »Wie nett«, sagte er. »Das ist wirklich eine ...«

»Ähem«, kam es von oben.

Verdutzt blickte Primus zur Dachkammer. »Oh, Verzeihung, wie unhöflich von mir. Da ist ja noch jemand zugegen. Darf ich dir Bucklewhee vorstellen? Den pünktlichsten und präzisesten Weckvogel aller Zeiten.«

»Ganz recht«, bekundete der Gockel und blähte sein Hühnerbrüstchen.

Der Storch machte eine Verbeugung. »Zum Gruß«, sagte er. »Allerhand Federvieh in diesem Gemäuer, wie mir scheint.«

Die drei lachten und das Eis ward gebrochen.

Anschließend begann Fappner zu erzählen. Er berichtete von Berggeistern und grimmigen Trollen, bestellte Grüße von der netten Wirtin und erkundigte sich gespannt über den Ausgang von Primus‘ und Plims gemeinsamem Abenteuer. Die Einzelheiten über die Festung und die Befreiung der Nebelfee fand er natürlich ganz besonders fesselnd. Was für eine Geschichte! Einfach unglaublich.

Für eine geraume Zeit saßen sie im Schein der Morgensonne zusammen und unterhielten sich. Dann fiel Fappner plötzlich etwas ein.

»Oh«, unterbrach er den Plausch, »fast hätte ich es vergessen. Ich habe ja etwas für dich. Die Wirtin hat gesagt, du würdest dich vielleicht darüber freuen.« Er nahm seinen Rucksack und machte ihn auf.

Primus lief bereits das Wasser im Mund zusammen. Es würde doch nicht etwa ein Kuchen sein? Ei, das wäre wirklich nicht nötig gewesen …

Aber es sollte *ganz* anders kommen. Denn anstelle der erhofften Leckerei blitzte Primus etwas Weißes entgegen. Er stutzte. Das kann doch nicht wahr sein, dachte er. Was hatte denn das zu bedeuten? Erstaunt richtete Primus sich auf. In Fappners Rucksack steckte nichts anderes als die rätselhaften Würfel von Nieve.

»Hier«, sagte der Storch und legte sie auf den Tisch, »du hast dich angeblich sehr dafür interessiert. Sie sollen dir gehören.«

»Aber …«, stotterte Primus. »Warum …?«

»Nieve hat uns verlassen«, erzählte Fappner. »Er war plötzlich verschwunden. Niemand weiß, wo er hingegangen sein könnte oder was aus ihm geworden ist. Nur diese Würfel hat er zurückgelassen.«

»Er hat sie zurückgelassen?« Primus war doch sehr verwundert. »Eigenartig. Ich hatte den Eindruck, als hätten sie ihm allerhand bedeutet. Mir wurde gesagt, dass er sich immerzu mit ihnen beschäftigt hat.«

Fappner zeigte sich ratlos. »Ja«, seufzte er, »Nieve war schon ein seltsamer Kauz. Ich bin nie so recht schlau aus ihm geworden. All die Jahre hat er nach dem verschollenen See gesucht, aber ohne Erfolg. Es muss ihn schier um den Verstand gebracht haben.«

»Moment mal«, fiel Primus ihm ins Wort, »Nieve hat einen See gesucht? Was denn für einen See?«

»Ach, das ist bloß ein Märchen«, lächelte Fappner, »eine Geschichte, sonst nichts. Angeblich soll es irgendwo in den Bergen ein magisches Gewässer geben. Einen verwunschenen See mit einer Insel darin. Zumindest besagen das die alten Mythen.«

Primus war ganz aufgeregt. »Das ist kein Märchen«, entgegnete er, »diesen See gibt es wirklich. Ich habe ihn mit eigenen Augen gesehen … zweimal sogar, aber an völlig verschiedenen Orten!«

»Wie bitte?!«

»Ja doch«, bekräftige Primus, »so wahr ich hier sitze. Ein Baum wächst auf der Insel, knorrig und alt. Und unter seinen Wurzeln liegt ein mächtiger Stein begraben.«

Dem Storch stellten sich die Federn auf. »Bei allen Winden«, schauderte er, »du hast ihn wirklich gesehen?!«

Primus nickte. »Doch sprich«, drängte er, »was hat es damit auf sich?«

»Nun, genau kann ich dir das auch nicht sagen«, musste Fappner zugeben. »Ich weiß nur, dass der See in hellen Mondnächten auftaucht und dass angeblich etwas in seinem Wasser verborgen liegt. Ein Geheimnis, das seit alters her wohl und sicher gehütet wird.«

»Und was ist das für ein Geheimnis? Jetzt bin ich aber wirklich gespannt.«

Aber Fappner zuckte mit den Flügeln. »Das weiß ich auch nicht«, sagte er. »Die Geschichten sind mir nur vage bekannt.«

Primus runzelte die Stirn. »Glaubst du, Nieve hat etwas darüber herausgefunden?«

»Das wäre sehr wohl möglich«, stimmte ihm der Storch zu. »Aber ob wir das jemals erfahren werden?«

Er starrte ins Leere und schwieg.

Schließlich wechselten sie das Thema. Fappner blieb noch bis zum späten Vormittag, schwärmte von der Bergwelt und ihren Mysterien, bevor er sich schließlich auf den Weg zu den fernen Nordlanden machte. Primus begleitete ihn nach unten zur Tür. Er gab ihm Grüße und gute Wünsche mit und winkte ihm hinterher. Dann sah er Fappner nach, wie er im Dunst der Ferne verschwand.

Mit goldenen Strahlen schien die Sonne auf Plims kleine Lichtung, während die Schatten der Tannen länger und länger wurden. Die Dämmerung brach herein und der Tag neigte sich seinem Ende zu. Fröhlich sausten die Mücken über die Wiese, begannen ihren Tanz und erhoben sich in die kühle Abendluft, die würzig nach Holz und Kaminfeuer duftete. Plim hatte in den letzten Wochen tüchtig gekocht und die Regale des Spielzeugladens mit zahlreichen Wunderdingen aufgefüllt. Nach allen Regeln der Hexenkunst hatte sie Springteufel gefertigt, Kreisel verzaubert und magisch schimmernde Bauklötze bepinselt. Sogar ein paar Spielwürfel gab es neuerdings in ihrem Sortiment, die schlechte Verlierer nach Strich und Faden auslachten. Daran hatte Plim natürlich ganz besonders großen Spaß gehabt, sodass sie für sich selbst auch welche gefertigt hatte. Wer konnte schon sagen, wann sie das nächste Mal auf ein paar grimmige Trolle treffen würde?

Jetzt durfte Plim erst einmal guten Gewissens ausspannen. Zufrieden und mit einer Gießkanne in der Hand stand sie unter den Bohnenstangen und beträufelte die Beete. Nur wenige Ellen hinter ihr zappelte Chuck auf der Stelle. Die redselige Vogelscheuche konnte es wieder einmal nicht unterlassen, Plim mit Rat und Tat zur Seite zu stehen und plapperte unentwegt auf sie ein.

»Vielleicht solltet Ihr die Geisterklette nicht ganz so nah am Kopfsalat pflanzen«, säuselte er, »besser ein Stückchen weiter weg. Nur deswegen habe ich nämlich vor kurzem einen Ausschlag bekommen. Hach, das hat vielleicht gejuckt, schrecklich.«

»Die Geisterklette ist auch nicht zum Essen da. Das habe ich dir bestimmt schon hundertmal gesagt. Damit putze ich immer den Rost vom Kessel.«

Chuck ruderte mit den Armen. »Aber ich habe sie auch gar nicht gegessen«, beteuerte er. »Ich bin nur ganz leicht dagegen gestoßen. Hier … mit meiner Hand. Autsch, da kriege ich immer noch rote Flecken. Sehr gefährlich. Die Schnecken haben sich auch schon beschwert.«

»Wie???«

»Äh, ich meine natürlich, die Schnecken sehen gar nicht mehr so fröhlich aus«, verbesserte er. »Vielmehr betrübt und niedergeschlagen. Ich kann das natürlich nachfühlen. Neulich kam eine vorbei und hat ganz traurig …«

Plötzlich verstummte er. Chuck sah zum Himmel und drehte sich fröhlich im Kreis. »Plim«, rief er, »seht nur! Da ist Besuch unterwegs.«

»Aha«, brummte sie und goss weiter ihre Beete, »doch nicht etwa eine von den betrübten Schnecken?«

»Aber nicht doch«, sagte die Vogelscheuche, »wo denkt Ihr hin? Viel besser: Diese gut gekleidete Fledermaus ist wieder da.«

Er deutete auf Primus, der flink über die hohen Tannen geflogen kam. Plim wandte sich um. Sie sah zu Primus auf und winkte ihm zu. Er segelte durch den Garten, machte einen Bogen um den Brunnen und setzte dann neben den beiden zur Landung an.

»Hallo«, begrüßte ihn Plim, »na, das ist aber eine Überraschung. Was führt dich denn heute Abend noch hierher?«

»Etwas Wichtiges«, verkündete Primus, während er seine menschliche Gestalt annahm. »Etwas sehr, sehr Wichtiges.« Schnell richtete er sich auf und hob den Finger. »Jetzt rate doch mal, was heute für ein Tag ist.«

Plim gab sich gelassen. »Samstag«, antwortete sie trocken. »Warum?«

Doch Primus schüttelte den Kopf. »Heute ist der Tag vor Neumond«, sagte er aufgeregt. »Du weißt, was das bedeutet, oder?«

Plim überlegte.

Dann aber fuhr sie zusammen. »Hhhhhh«, schnaufte sie und schlug die Hände vor den Mund, »du denkst, heute Nacht schwebt die Nebelfee über die Felder? So, wie es in dem Gedicht beschrieben ist?«

»Genau, das denke ich«, bestätigte Primus. »Heute ist die erste Neumondnacht seit unserer Rückkehr aus den Bergen, die nicht von Wolken verhangen ist. Es ist sternenklar und der Mond wird als hauchdünne Sichel zu sehen sein. Heute Nacht wird sie kommen«, freute sich Primus, »da bin ich mir sicher.«

Plim war ganz aus dem Häuschen. »Dann müssen wir unbedingt zu den Hügeln«, drängte sie. »Oder zumindest zum Waldrand. Meine Güte, das muss ich sehen.«

»Ja«, sagte Primus, »ich auch. In ein bis zwei Stunden müsste es losgehen. Dann geht der Mond auf. Wir haben also noch ein wenig Zeit.«

Gemeinsam schritten Primus und Plim durch den Garten und setzten sich neben dem Brunnen auf den hohlen Baumstamm. Dort saßen sie dann für eine Weile und schnupperten die frische Abendluft.

Plim legte den Kopf in den Nacken. Sie lehnte sich zurück und blickte zum Himmel.

»Vor knapp einem Jahr haben wir auch hier gesessen«, sagte sie, »weißt du noch?«

»Ja«, antwortete Primus, »wie könnte ich das auch vergessen haben? Wir sind um Haaresbreite aus der Grotte entwischt. Das war vielleicht ein Abenteuer.«

Sie lächelte ihn an. »Ist allerhand passiert in diesem Jahr, findest du nicht?«

»In der Tat«, stimmte Primus ihr zu, wobei er leicht errötete. »Wer hätte das für möglich gehalten?«

Dann griff er in seine Fracktasche und zog einen kleinen Würfel hervor. Es war ein Teil des rätselhaften Puzzles, von dem er vor seinem Abflug ein Stückchen mitgenommen hatte.

»Was ist das?«, fragte Plim und rutschte näher.

»Ein Stück von Nieves Puzzle«, sagte er. »Fappner hat mich heute Morgen besucht und es mir gegeben.« Primus drehte den Würfel in seiner Hand und schüttelte den Kopf. »Es ist schon erstaunlich.«

»Was ist erstaunlich?«

Er hielt Plim den Würfel entgegen. »Siehst du diese hauchdünne Linie hier? Diesen kleinen Strich, der aussieht, als wäre es ein Riss?«

»Ja«, antwortete sie, »natürlich.«

»Er hat die gleiche Form wie der Weg, der nach Erdeley geführt hat. Zum Verwechseln ähnlich.«

Damit konnte Plim wenig anfangen. »Und was genau heißt das?«

»Ich weiß es nicht«, murmelte Primus. »Ich glaube nur, dass in den Bergen noch mehr verborgen liegt, als es die Bücher bekunden. Irgendetwas gibt es da, von dem wir nichts ahnen. Und dieses Puzzle«, bekräftigte Primus, »führt uns geradewegs dorthin.« Dann machte er einen tiefen Atemzug und steckte den Würfel wieder ein.

So saßen die beiden nun im Lichte der Abenddämmerung und sannen dem Aufgang des Mondes entgegen. Noch einmal riefen sie sich in Erinnerung, was sie alles erlebt hatten. Sie sprachen über den Einstieg in die Bibliothek, lachten über den Kerker der Kobolde und dachten mit Schaudern an die Schwarze Hütte zurück, deren Fängen sie seinerzeit nur knapp entkommen waren. Und natürlich sprachen sie auch über Erdeley, die Berggeister und die tollpatschigen Trolle in den Höhen der Spindelwand.

Primus schmunzelte. Er schloss die Augen und erinnerte sich an ein Jahr voller Aufregung und Abenteuer – an dunkle Nächte und harte Kämpfe. Und an all die Freunde, mit denen er diese Tage geteilt hatte.

Mehr von Primus und Plim?

Besuche die fantastische Spukwelt. Viele Extras und zahlreiche Bilder von Primus, Miss Plim & Co. findest Du auf www.unkrautland.com.